BEST SHORT STORIES

DIE SCHÖNSTEN ERZÄHLUNGEN

FRANZ KAFKA

BEST SHORT STORIES

DIE SCHÖNSTEN ERZÄHLUNGEN

A DUAL-LANGUAGE BOOK

Edited and Translated by
STANLEY APPELBAUM

DOVER PUBLICATIONS, INC.
Mineola, New York

Bibliographical Note

This edition, first published by Dover Publications, Inc., in 1997, contains the original German text of five stories by Franz Kafka (see Contents and Note for details), reprinted from standard sources, together with English translations of each by Stanley Appelbaum. The translation of "The Judgment" was first published in the 1993 Dover volume *Five Great German Short Stories / Fünf deutsche Meistererzählungen: A Dual-Language Book,* translated and edited by Stanley Appelbaum. The other four translations were first published by Dover in 1996 in *The Metamorphosis and Other Stories,* an all-Kafka volume in the Dover Thrift Editions series. The Note and the detailed Contents in the present volume are reprinted from the 1996 volume.

Library of Congress Cataloging-in-Publication Data

Kafka, Franz, 1883–1924.
    [Short stories. English & German. Selections]
    Best short stories = Die schönsten Erzählungen : a dual-language book / Franz Kafka ; translated by Stanley Appelbaum.
    p. cm.
    Contents: The judgment — The metamorphosis — In the penal colony — A country doctor — A report to an academy.
    ISBN 0-486-29561-3 (pbk.)
    1. Kafka, Franz, 1883–1924—Translations into English   I. Appelbaum, Stanley. II. Title.
PT2621.A26A225   1997
833'.912—dc20   96-35539
                                          CIP

Manufactured in the United States of America
Dover Publications, Inc., 31 East 2nd Street, Mineola, N.Y. 11501

NOTE

By channeling his own most personal inhibitions, anxieties and fantasies into highly imaginative stories and novels that were far ahead of their time, Franz Kafka (1883–1924) became a universal spokesman for perplexed and frightened twentieth-century man. He transcended the status of all the minorities he belonged to: as a resident of Prague, an exploited outpost of the Austro-Hungarian Empire; as a member of the German-speaking community within Bohemian-speaking Prague (an articulate artistic community that also included Rilke, Werfel and Meyrink); as a Jew among the German speakers; and (though far from asocial) as a total individualist among the Jews.

The five stories newly translated here were written during one of Kafka's peak periods; all were published in his lifetime in authoritative versions. (See the table of contents for dates of composition and publication.) Each of these stories is fully representative of various facets of his thought, his chief themes and genres, his constant obsessions.

"The Judgment" was the first of Kafka's stories that completely satisfied his own high demands and convinced him that he ought to go on writing (as a psychologically indispensable spare-time avocation; he held full-time jobs with insurance companies). The inferiority complex that his powerful, coarse-grained father had instilled in sickly Franz since childhood is reflected in the conflict between Georg Bendemann and Bendemann senior in the story. The protagonist's surname is modeled indirectly on Kafka's own, and the name Frieda Brandenfeld is modeled on that of Kafka's own fiancée at the time (none of his engagements ever ended in marriage).

Another son who is "punished" for mysterious reasons is Gregor Samsa (this surname is even closer to the author's) in "The Metamorphosis." Gregor's apartment and living arrangements are very similar to Kafka's own at the time of writing. The careful accumulation of verisimilitudinous everyday details and the circumstantial, "Talmudical" reasoning of the main character—all within a situation that is impossible a priori—are recurring features of Kafka's work, as is the well-balanced coexistence of detached humor and deep-seated horror. Kafka's sympathetic portrayal of the trials of a petty bourgeois worker should not go unnoticed, either.

A third story of punishment is "In the Penal Colony," which may just possibly have the broadest ramifications of all those collected here. Immediately obvious are the vein of raw cruelty and the ultra-black humor, but a social theme is also touched on in the contrast between the governor's palace complex and the wretched conditions outside it; a political theme in the frightening forecast of totalitarian thought patterns and the slow crumbling of the machinery of government; and, almost surely, a religious and eschatological theme in the significance of the mechanized sacrifice and the prophecy that the old governor will return from the dead.

It is impossible to read "A Country Doctor," a breathless, all-in-one-paragraph nightmare vision, without recalling not only Kafka's visits to his own country-doctor uncle, with his onerous, never-ending rounds, but also Kafka's own "fine wound," the tuberculosis that would carry him off in just a few years more.

The very witty "A Report to an Academy" combines at least three of Kafka's favorite themes: animals endowed with human reasoning powers though otherwise bound by their own natural physique and habits ("The Metamorphosis" falls within this category, too); the psychological examination of the state of captivity; and the vaudeville or circus performer as a representative of the exposed and lonely life of the creative artist in society.

These new translations, in idiomatic modern American English, attempt to be more complete and correct than the old British versions, in which outright errors sometimes cloud the meaning to a serious degree, slight omissions occur, idioms are misunderstood, and Kafka's humor is often negated by pallid paraphrases of wording that is very sprightly in the original German.

CONTENTS

BEST SHORT STORIES

DIE SCHÖNSTEN ERZÄHLUNGEN

DAS URTEIL

Es war an einem Sonntagvormittag im schönsten Frühjahr. Georg Bendemann, ein junger Kaufmann, saß in seinem Privatzimmer im ersten Stock eines der niedrigen, leichtgebauten Häuser, die entlang des Flusses in einer langen Reihe, fast nur in der Höhe und Färbung unterschieden, sich hinzogen. Er hatte gerade einen Brief an einen sich im Ausland befindenden Jugendfreund beendet, verschloß ihn in spielerischer Langsamkeit und sah dann, den Ellbogen auf den Schreibtisch gestützt, aus dem Fenster auf den Fluß, die Brücke und die Anhöhen am anderen Ufer mit ihrem schwachen Grün.

Er dachte darüber nach, wie dieser Freund, mit seinem Fortkommen zu Hause unzufrieden, vor Jahren schon nach Rußland sich förmlich geflüchtet hatte. Nun betrieb er ein Geschäft in Petersburg, das anfangs sich sehr gut angelassen hatte, seit langem aber schon zu stocken schien, wie der Freund bei seinen immer seltener werdenden Besuchen klagte. So arbeitete er sich in der Fremde nutzlos ab, der fremdartige Vollbart verdeckte nur schlecht das seit den Kinderjahren wohlbekannte Gesicht, dessen gelbe Hautfarbe auf eine sich entwickelnde Krankheit hinzudeuten schien. Wie er erzählte, hatte er keine rechte Verbindung mit der dortigen Kolonie seiner Landsleute, aber auch fast keinen gesellschaftlichen Verkehr mit einheimischen Familien und richtete sich so für ein endgültiges Junggesellentum ein.

Was sollte man einem solchen Manne schreiben, der sich offenbar verrannt hatte, den man bedauern, dem man aber nicht helfen konnte. Sollte man ihm vielleicht raten, wieder nach Hause zu kommen, seine Existenz hierher zu verlegen, alle die alten freundschaftlichen Beziehungen wieder aufzunehmen—wofür ja kein Hindernis bestand—und im übrigen auf die Hilfe der Freunde zu vertrauen? Das bedeutete aber nichts anderes, als daß man ihm gleichzeitig, je schonender, desto kränkender, sagte, daß seine bisherigen Versuche mißlungen seien, daß er endlich von ihnen ablassen solle, daß er zurückkehren und sich als ein für immer Zurückgekehrter von allen mit großen Augen anstaunen lassen müsse, daß nur seine Freunde etwas verstünden und daß er ein altes Kind sei, das den erfolgreichen, zu Hause gebliebenen Freunden einfach zu folgen habe. Und war es dann noch sicher, daß alle die Plage, die man ihm antun müßte, einen Zweck hätte? Vielleicht gelang es nicht einmal, ihn überhaupt nach Hause zu bringen—er sagte ja selbst,

THE JUDGMENT

It was on a Sunday morning in the loveliest part of the spring. Georg Bendemann, a young merchant, sat in his room on the second floor of one of the low, lightly built houses that extended along the river in a long line, differing, if at all, only in height and coloration. He had just finished a letter to a childhood friend who was living abroad; he sealed the letter with playful slowness and then, leaning his elbow on the desk, looked out the window at the river, the bridge and the pale-green hills on the far bank.

He thought about how this friend, dissatisfied with his advancement at home, had, years ago now, literally fled to Russia. Now this friend was running a business in St. Petersburg that had been very promising at the start, but for a long time now seemed to be at a standstill, as he complained during his increasingly infrequent visits to Georg. And so he was wearing himself out uselessly far from home; his foreign-style beard failed to disguise the face Georg had known so well since they were children, a face whose yellow complexion was apparently the sign of a developing illness. As he told Georg, he had no close relations with the colony of his compatriots in that place, but, in addition, practically no social intercourse with native families, and thus was in a fair way to remain a bachelor always.

What was one to write to a man like that, who had obviously taken a wrong course, whom one could pity but not help? Should one perhaps advise him to come home, resume his life back here, restore all his old friendships (there was no obstacle to this) and, for all the rest, rely on his friends' assistance? But that would mean nothing less than to tell him at the same time—hurting him more, the more one wished to spare his feelings—that his efforts up to now had been unsuccessful, that he should finally abandon them, that he had to return and be gaped at by everyone as a man who had come back as a failure. It would mean telling him that his friends were the only ones with any sense, and that he was just a grown-up child who should merely obey his successful friends that had stayed at home. And was it even certain that all the pain that would have to be inflicted on him would be to any purpose? Maybe they wouldn't even succeed in bringing him home at all—for he himself said

daß er die Verhältnisse in der Heimat nicht mehr verstünde—und so
bliebe er dann trotz allem in seiner Fremde, verbittert durch die
Ratschläge und den Freunden noch ein Stück mehr entfremdet.
Folgte er aber wirklich dem Rat und würde hier—natürlich nicht mit
Absicht, aber durch die Tatsachen—niedergedrückt, fände sich nicht
in seinen Freunden und nicht ohne sie zurecht, litte an Beschämung,
hätte jetzt wirklich keine Heimat und keine Freunde mehr, war es da
nicht viel besser für ihn, er blieb in der Fremde, so wie er war?
Konnte man denn bei solchen Umständen daran denken, daß er es
hier tatsächlich vorwärts bringen würde?

Aus diesen Gründen konnte man ihm, wenn man noch
überhaupt die briefliche Verbindung aufrecht erhalten wollte, keine
eigentlichen Mitteilungen machen, wie man sie ohne Scheu auch
den entferntesten Bekannten machen würde. Der Freund war nun
schon über drei Jahre nicht in der Heimat gewesen und erklärte dies
sehr notdürftig mit der Unsicherheit der politischen Verhältnisse in
Rußland, die demnach also auch die kürzeste Abwesenheit eines
kleinen Geschäftsmannes nicht zuließen, während hunderttausende
Russen ruhig in der Welt herumfuhren. Im Laufe dieser drei Jahre
hatte sich aber gerade für Georg vieles verändert. Von dem Todesfall
von Georgs Mutter, der vor etwa zwei Jahren erfolgt war und seit
welchem Georg mit seinem alten Vater in gemeinsamer Wirtschaft
lebte, hatte der Freund wohl noch erfahren und sein Beileid in
einem Brief mit einer Trockenheit ausgedrückt, die ihren Grund
nur darin haben konnte, daß die Trauer über ein solches Ereignis in
der Fremde ganz unvorstellbar wird. Nun hatte aber Georg seit jener
Zeit, so wie alles andere, auch sein Geschäft mit größerer Entschlossen-
heit angepackt. Vielleicht hatte ihn der Vater bei Lebzeiten der Mutter
dadurch, daß er im Geschäft nur seine Ansicht gelten lassen wollte,
an einer wirklichen eigenen Tätigkeit gehindert, vielleicht war der
Vater seit dem Tode der Mutter, trotzdem er noch immer im Geschäfte
arbeitete, zurückhaltender geworden, vielleicht spielten—was sogar
sehr wahrscheinlich war—glückliche Zufälle eine weit wichtigere Rolle,
jedenfalls aber hatte sich das Geschäft in diesen zwei Jahren ganz
unerwartet entwickelt, das Personal hatte man verdoppeln müssen,
der Umsatz hatte sich verfünffacht, ein weiterer Fortschritt stand
zweifellos bevor.

Der Freund aber hatte keine Ahnung von dieser Veränderung.
Früher, zum letztenmal vielleicht in jenem Beileidsbrief, hatte er
Georg zur Auswanderung nach Rußland überreden wollen und sich

that he no longer understood the conditions back home—and so he would remain abroad in spite of everything, embittered by their suggestions and all the more alienated from his friends. But if he actually followed their advice and were to come to grief here—not intentionally, of course, but through circumstances—if he failed to find a proper footing either with or without his friends, if he suffered humiliation, if he then really had no home or friends left, wasn't it much better for him to remain abroad just as he was? In such circumstances, was it possible to believe that he would actually make a go of it here?

For these reasons, if one was to maintain communication by letter at all, one could not send him any real news, as one would unhesitatingly do even to the most casual acquaintances. Now, it was more than three years since Georg's friend had been home, giving as a quite flimsy excuse for his absence the instability of political conditions in Russia, which according to him did not allow a small businessman to leave his work for even the briefest period—while hundreds of thousands of Russians were calmly traveling all over. In the course of those three years, however, much had changed for Georg in particular. The death of Georg's mother, which had occurred about two years earlier, since which time Georg had been sharing the household with his old father, had, of course, still been communicated to his friend. The friend had expressed his sympathy in a letter so dry that the only possible explanation for it was that mourning over such an event becomes quite unimaginable when one is abroad. But, in addition, since that time Georg had taken charge of the family business with greater decisiveness, as he had done with everything else. Perhaps, while his mother was alive, his father had hindered Georg from taking a really active part in the business by insisting that only *his* views were valid; perhaps, since the death of Georg's mother, his father, while still working in the business, had become more withdrawn; perhaps—and this was extremely probable—lucky accidents played a far more important role. But at any rate, in these two years the business had grown at a quite unexpected rate, they had had to double their personnel, the returns had increased fivefold, and further expansion was undoubtedly due in the future.

But Georg's friend had no idea of this change. Earlier, perhaps most recently in that letter of sympathy, he had tried to persuade Georg to emigrate to Russia and had expa-

über die Aussichten verbreitet, die gerade für Georgs Geschäftszweig in Petersburg bestanden. Die Ziffern waren verschwindend gegenüber dem Umfang, den Georgs Geschäft jetzt angenommen hatte. Georg aber hatte keine Lust gehabt, dem Freund von seinen geschäftlichen Erfolgen zu schreiben, und hätte er es jetzt nachträglich getan, es hätte wirklich einen merkwürdigen Anschein gehabt.

So beschränkte sich Georg darauf, dem Freund immer nur über bedeutungslose Vorfälle zu schreiben, wie sie sich, wenn man an einem ruhigen Sonntag nachdenkt, in der Erinnerung ungeordnet aufhäufen. Er wollte nichts anderes, als die Vorstellung ungestört lassen, die sich der Freund von der Heimatstadt in der langen Zwischenzeit wohl gemacht und mit welcher er sich abgefunden hatte. So geschah es Georg, daß er dem Freund die Verlobung eines gleichgültigen Menschen mit einem ebenso gleichgültigen Mädchen dreimal in ziemlich weit auseinanderliegenden Briefen anzeigte, bis sich dann allerdings der Freund, ganz gegen Georgs Absicht, für diese Merkwürdigkeit zu interessieren begann.

Georg schrieb ihm aber solche Dinge viel lieber, als daß er zugestanden hätte, daß er selbst vor einem Monat mit einem Fräulein Frieda Brandenfeld, einem Mädchen aus wohlhabender Familie, sich verlobt hatte. Oft sprach er mit seiner Braut über diesen Freund und das besondere Korrespondenzverhältnis, in welchem er zu ihm stand. »Da wird er gar nicht zu unserer Hochzeit kommen«, sagte sie, »und ich habe doch das Recht, alle deine Freunde kennen zu lernen.« »Ich will ihn nicht stören«, antwortete Georg, »verstehe mich recht, er würde wahrscheinlich kommen, wenigstens glaube ich es, aber er würde sich gezwungen und geschädigt fühlen, vielleicht mich beneiden und sicher unzufrieden und unfähig, diese Unzufriedenheit jemals zu beseitigen, allein wieder zurückfahren. Allein—weißt du, was das ist?« »Ja, kann er denn von unserer Heirat nicht auch auf andere Weise erfahren?« »Das kann ich allerdings nicht verhindern, aber es ist bei seiner Lebensweise unwahrscheinlich.« »Wenn du solche Freunde hast, Georg, hättest du dich überhaupt nicht verloben sollen.« »Ja, das ist unser beider Schuld; aber ich wollte es auch jetzt nicht anders haben.« Und wenn sie dann, rasch atmend unter seinen Küssen, noch vorbrachte: »Eigentlich kränkt es mich doch«, hielt er es wirklich für unverfänglich, dem Freund alles zu schreiben. »So bin ich und so hat er mich hinzunehmen«, sagte er sich, »Ich kann nicht aus mir einen Menschen herausschneiden, der vielleicht für die Freundschaft mit ihm geeigneter wäre, als ich es bin.«

Und tatsächlich berichtete er seinem Freunde in dem langen Brief, den er an diesem Sonntagvormittag schrieb, die erfolgte Verlobung mit folgenden Worten: »Die beste Neuigkeit habe ich mir

tiated on the prospects in St. Petersburg for Georg's line of business in particular. The figures he quoted were infinitesimal compared with the volume of business Georg was now doing. But Georg had not felt like writing his friend about his business successes, and if he were to have done so belatedly now, it would really have looked odd.

And so Georg confined himself to continually writing his friend about nothing but insignificant events, as they accumulate disorderedly in one's memory when one thinks back on a quiet Sunday. His only wish was to leave undisturbed the mental picture of his hometown that his friend must have created during the long interval, a picture he could live with. And so it happened that three times, in letters written fairly far apart, Georg informed his friend of the engagement of a man of no consequence to an equally inconsequential girl, until his friend, quite contrary to Georg's intentions, really began to be interested in this curious fact.

But Georg far preferred to write him about things like that than to admit that he himself, a month earlier, had become engaged to a Miss Frieda Brandenfeld, a girl from a well-to-do family. He often spoke to his fiancée about that friend and their special relationship as correspondents. "Now, he won't come to our wedding," she said, "and I do have the right to meet all your friends." "I don't want to bother him," Georg replied; "mind you, he probably would come—at least, I think so—but he would feel constrained and injured; perhaps he would envy me, and he would surely go back again alone, discontented and incapable of ever overcoming that discontentment. Alone—do you know what that means?" "Yes, but couldn't he come to hear about our marriage in some other way?" "Naturally I can't prevent that, but, given his mode of life, it's not likely." "If you have friends like that, Georg, you shouldn't have become engaged at all." "Yes, that's the fault of both of us; but even so I wouldn't have wanted it any other way." And when she then, breathing rapidly as he kissed her, still managed to say: "And yet it does really make me sad," he decided it would really do no harm to write his friend about everything. "That's how I am and that's how he's got to accept me," he said to himself; "I can't remake myself into a person who might be more suited to be his friend than I am."

And, in fact, in the long letter he composed on that Sunday morning he informed his friend of the engagement that had taken place, writing as follows: "I have saved the

bis zum Schluß aufgespart. Ich habe mich mit einem Fräulein Frieda Brandenfeld verlobt, einem Mädchen aus einer wohlhabenden Familie, die sich hier erst lange nach Deiner Abreise angesiedelt hat, die Du also kaum kennen dürftest. Es wird sich noch Gelegenheit finden, Dir Näheres über meine Braut mitzuteilen, heute genüge Dir, daß ich recht glücklich bin und daß sich in unserem gegenseitigen Verhältnis nur insofern etwas geändert hat, als Du jetzt in mir statt eines ganz gewöhnlichen Freundes einen glücklichen Freund haben wirst. Außerdem bekommst Du in meiner Braut, die Dich herzlich grüßen läßt, und die Dir nächstens selbst schreiben wird, eine aufrichtige Freundin, was für einen Junggesellen nicht ganz ohne Bedeutung ist. Ich weiß, es hält Dich vielerlei von einem Besuche bei uns zurück, wäre aber nicht gerade meine Hochzeit die richtige Gelegenheit, einmal alle Hindernisse über den Haufen zu werfen? Aber wie dies auch sein mag, handle ohne alle Rücksicht und nur nach Deiner Wohlmeinung.«

Mit diesem Brief in der Hand war Georg lange, das Gesicht dem Fenster zugekehrt, an seinem Schreibtisch gesessen. Einem Bekannten, der ihn im Vorübergehen von der Gasse aus gegrüßt hatte, hatte er kaum mit einem abwesenden Lächeln geantwortet.

Endlich steckte er den Brief in die Tasche und ging aus seinem Zimmer quer durch einen kleinen Gang in das Zimmer seines Vaters, in dem er schon seit Monaten nicht gewesen war. Es bestand auch sonst keine Nötigung dazu, denn er verkehrte mit seinem Vater ständig im Geschäft, das Mittagessen nahmen sie gleichzeitig in einem Speisehaus ein, abends versorgte sich zwar jeder nach Belieben, doch saßen sie dann meistens, wenn nicht Georg, wie es am häufigsten geschah, mit Freunden beisammen war oder jetzt seine Braut besuchte, noch ein Weilchen, jeder mit seiner Zeitung, im gemeinsamen Wohnzimmer.

Georg staunte darüber, wie dunkel das Zimmer des Vaters selbst an diesem sonnigen Vormittag war. Einen solchen Schatten warf also die hohe Mauer, die sich jenseits des schmalen Hofes erhob. Der Vater saß beim Fenster in einer Ecke, die mit verschiedenen Andenken an die selige Mutter ausgeschmückt war, und las die Zeitung, die er seitlich vor die Augen hielt, wodurch er irgendeine Augenschwäche auszugleichen suchte. Auf dem Tisch standen die Reste des Frühstücks, von dem nicht viel verzehrt zu sein schien.

»Ah Georg!« sagte der Vater und ging ihm gleich entgegen. Sein schwerer Schlafrock öffnete sich im Gehen, die Enden umflatterten ihn—»mein Vater ist noch immer ein Riese«, sagte sich Georg.

»Hier ist es ja unerträglich dunkel«, sagte er dann.

»Ja, dunkel ist es schon«, antwortete der Vater.

best news for the end. I have become engaged to a Miss Frieda Brandenfeld, a girl from a well-to-do family that did not move here until long after your departure, and whom you thus can hardly be expected to know. There will be further opportunities to tell you details about my fiancée; let it suffice for today that I am very happy and that the only change in the relationship between you and me is that, in place of a very ordinary friend, you will now have in me a happy friend. In addition, in my fiancée, who sends warmest regards and who will soon write to you herself, you are acquiring a sincere female friend, which is not totally insignificant for a bachelor. I know that all sorts of things prevent you from visiting us, but wouldn't my wedding, of all things, be the right occasion for you to cast all obstacles to the winds? However that may be, though, don't make any special allowances but act only as you see fit."

With this letter in his hand Georg had sat at his desk for a long time, his face turned toward the window. When an acquaintance had greeted him from the street passing by, he had barely responded with an absent smile.

Finally he put the letter in his pocket and stepped from his room across a small corridor into his father's room, which he had not been in for months. Nor was there any particular need for him to go there, because he saw his father constantly in their office and they took their lunch in a restaurant at the same hour; in the evening, to be sure, each of them saw to his own needs as he wished, but then usually (unless Georg, as happened most often, was together with friends or, as things were now, visited his fiancée) each would sit with his newspaper for another little while in the living room that they shared.

Georg was surprised at how dark his father's room was even on this sunny morning. So the high wall that rose beyond the narrow yard cast such a great shadow! His father was sitting by the window in a corner that was decorated with various mementos of his late mother, and was reading the newspaper, which he held off to one side in front of his face, attempting to correct some eye condition. On the table were the leftovers of his breakfast, not much of which seemed to have been eaten.

"Ah, Georg!" said his father and walked right over to him. His heavy bathrobe opened as he walked, the tails flapping around him—"My father is *still* a giant," Georg said to himself.

"But it's unbearably dark here," he said then.

"Yes, it is dark, isn't it?" his father answered.

»Das Fenster hast du auch geschlossen?«

»Ich habe es lieber so.«

»Es ist ja ganz warm draußen«, sagte Georg, wie im Nachhang zu dem Früheren, und setzte sich.

Der Vater räumte das Frühstücksgeschirr ab und stellte es auf einen Kasten.

»Ich wollte dir eigentlich nur sagen«, fuhr Georg fort, der den Bewegungen des alten Mannes ganz verloren folgte, »daß ich nun doch nach Petersburg meine Verlobung angezeigt habe.« Er zog den Brief ein wenig aus der Tasche und ließ ihn wieder zurückfallen.

»Wieso nach Petersburg?« fragte der Vater.

»Meinem Freunde doch«, sagte Georg und suchte des Vaters Augen.—»Im Geschäft ist er doch ganz anders«, dachte er, »wie er hier breit sitzt und die Arme über der Brust kreuzt.«

»Ja. Deinem Freunde«, sagte der Vater mit Betonung.

»Du weißt doch, Vater, daß ich ihm meine Verlobung zuerst verschweigen wollte. Aus Rücksichtnahme, aus keinem anderen Grunde sonst. Du weißt selbst, er ist ein schwieriger Mensch. Ich sagte mir, von anderer Seite kann er von meiner Verlobung wohl erfahren, wenn das auch bei seiner einsamen Lebensweise kaum wahrscheinlich ist—das kann ich nicht hindern—, aber von mir selbst soll er es nun einmal nicht erfahren.«

»Und jetzt hast du es dir wieder anders überlegt?« fragte der Vater, legte die große Zeitung auf den Fensterbord und auf die Zeitung die Brille, die er mit der Hand bedeckte.

»Ja, jetzt habe ich es mir wieder überlegt. Wenn er mein guter Freund ist, sagte ich mir, dann ist meine glückliche Verlobung auch für ihn ein Glück. Und deshalb habe ich nicht mehr gezögert, es ihm anzuzeigen. Ehe ich jedoch den Brief einwarf, wollte ich es dir sagen.«

»Georg«, sagte der Vater und zog den zahnlosen Mund in die Breite, »hör' einmal! Du bist wegen dieser Sache zu mir gekommen, um dich mit mir zu beraten. Das ehrt dich ohne Zweifel. Aber es ist nichts, es ist ärger als nichts, wenn du mir jetzt nicht die volle Wahrheit sagst. Ich will nicht Dinge aufrühren, die nicht hierher gehören. Seit dem Tode unserer teuren Mutter sind gewisse unschöne Dinge vorgegangen. Vielleicht kommt auch für sie die Zeit und vielleicht kommt sie früher, als wir denken. Im Geschäft entgeht mir manches, es wird mir vielleicht nicht verborgen—ich will jetzt gar nicht die

"You shut the window, too?"

"I like it better this way."

"But it's quite warm outside," said Georg, as an addition to his earlier remark, and sat down.

His father cleared away the breakfast dishes and put them on a chest.

"All that I really wanted to tell you," continued Georg, who was following the old man's movements in great perplexity, "is that, after all, I have written to St. Petersburg announcing my engagement." He drew the letter a little way out of his pocket and let it slide back.

"What do you mean, to St. Petersburg?" asked his father.

"To my friend, of course," said Georg and tried to meet his father's eyes.—"At work he's quite different," he thought; "the way he sits here, filling out the chair, with his arms folded over his chest!"

"Yes. To your friend," said his father with a special emphasis.

"You know, of course, Father, that at first I wanted to keep my engagement a secret from him. Out of consideration for his feelings, for no other reason. You know yourself, he's a difficult man. I said to myself that he could find out about my engagement in some other way, even though, given his lonely way of life, that's hardly likely—I couldn't prevent that—but that he definitely wasn't going to find out about it from me."

"And now you've changed your mind?" asked his father, laid his voluminous paper down on the windowsill and put his glasses, which he covered with his hand, on top of the paper.

"Yes, now I have changed my mind. If he is a good friend of mine, I said to myself, then my happy engagement is a bit of happiness for him too. And therefore I no longer hesitated to tell him about it. But before I mailed the letter I wanted to tell you."

"Georg," said his father and drew the corners of his toothless mouth out wide, "listen! You came to me with this matter to consult with me. That doubtless does you honor. But it is meaningless, it is worse than meaningless, if you don't tell me the whole truth now. I don't wish to stir up matters that don't pertain to this. Since the death of your dear mother, certain unpleasant things have occurred. Perhaps the time is coming for them, too, and perhaps it is coming sooner than we think. At work a lot escapes me; perhaps it isn't intentionally hidden from me—for the mo-

Annahme machen, daß es mir verborgen wird—, ich bin nicht mehr kräftig genug, mein Gedächtnis läßt nach, ich habe nicht mehr den Blick für alle die vielen Sachen. Das ist erstens der Ablauf der Natur, und zweitens hat mich der Tod unseres Mütterchens viel mehr niedergeschlagen als dich.—Aber weil wir gerade bei dieser Sache halten, bei diesem Brief, so bitte ich dich, Georg, täusche mich nicht. Es ist eine Kleinigkeit, es ist nicht des Atems wert, also täusche mich nicht. Hast du wirklich diesen Freund in Petersburg?«

Georg stand verlegen auf. »Lassen wir meine Freunde sein. Tausend Freunde ersetzen mir nicht meinen Vater. Weißt du, was ich glaube? Du schonst dich nicht genug. Aber das Alter verlangt seine Rechte. Du bist mir im Geschäft unentbehrlich, das weißt du ja sehr genau, aber wenn das Geschäft deine Gesundheit bedrohen sollte, sperre ich es noch morgen für immer. Das geht nicht. Wir müssen da eine andere Lebensweise für dich einführen. Aber von Grund aus. Du sitzt hier im Dunkel und im Wohnzimmer hättest du schönes Licht. Du nippst vom Frühstück, statt dich ordentlich zu stärken. Du sitzt bei geschlossenem Fenster und die Luft würde dir so gut tun. Nein, mein Vater! Ich werde den Arzt holen und seinen Vorschriften werden wir folgen. Die Zimmer werden wir wechseln, du wirst ins Vorderzimmer ziehen, ich hierher. Es wird keine Veränderung für dich sein, alles wird mit übertragen werden. Aber das alles hat Zeit, jetzt lege dich noch ein wenig ins Bett, du brauchst unbedingt Ruhe. Komm, ich werde dir beim Ausziehn helfen, du wirst sehn, ich kann es. Oder willst du gleich ins Vorderzimmer gehn, dann legst du dich vorläufig in mein Bett. Das wäre übrigens sehr vernünftig.«

Georg stand knapp neben seinem Vater, der den Kopf mit dem struppigen weißen Haar auf die Brust hatte sinken lassen.

»Georg«, sagte der Vater leise, ohne Bewegung.

Georg kniete sofort neben dem Vater nieder, er sah die Pupillen in dem müden Gesicht des Vaters übergroß in den Winkeln der Augen auf sich gerichtet.

»Du hast keinen Freund in Petersburg. Du bist immer ein Spaßmacher gewesen und hast dich auch mir gegenüber nicht zurückgehalten. Wie solltest du denn gerade dort einen Freund haben! Das kann ich gar nicht glauben.«

»Denk doch noch einmal nach, Vater«, sagte Georg, hob den Vater vom Sessel und zog ihm, wie er nun doch recht schwach dastand, den Schlafrock aus, »jetzt wird es bald drei Jahre her sein, da war ja mein Freund bei uns zu Besuch. Ich erinnere mich noch, daß du ihn nicht besonders gern hattest. Wenigstens zweimal habe ich ihn vor

ment I shall definitely assume that it is not hidden from
me—I am no longer strong enough, my memory is going, I
can no longer keep up with all the particulars. For one thing,
that is perfectly natural for my age, and, for another, your
mother's death took a much greater toll of me than of you.—
But since we are discussing this matter, this letter, I implore
you, Georg, don't deceive me. It's a trifle, it's not worth
mentioning, so don't deceive me. Do you really have this
friend in St. Petersburg?"

Georg stood up in embarrassment. "Let's forget about
my friends. A thousand friends are no substitute for my father. Do you know what I think? You don't take good enough
care of yourself. But old age demands its due. I can't do
without you in the business, you know that very well, but if
the business were to threaten your health, I would shut it
down forever tomorrow. This is no good. We must institute
a new way of life for you. And thoroughly. You sit here in the
dark while you would have fine light in the living room. You
nibble at your breakfast instead of nourishing yourself prop-
erly. You sit by a closed window while the air would do you
so much good. No, Father! I am going to get the doctor and
we'll follow his advice. We'll exchange rooms; you'll move
into the front room, I'll move in here. It won't mean any
change for you, all your possessions will be brought in with
you. But there's time for all that; for the moment do lie
down in bed for a while, you definitely need rest. Come, I'll
help you undress; you'll see, I can. Or if you want to go to
the front room at once, then you can lie down on my bed
for the time being. In fact, that would be very sensible."

Georg was standing close by his father, who had let his
head, with its disheveled white hair, drop onto his breast.

"Georg," said his father quietly, without moving.

Georg immediately knelt down beside his father; in his
father's weary face he saw that the unnaturally large pupils
in the corners of the eyes were directed at himself.

"You have no friend in St. Petersburg. You've always
been a practical joker and you haven't spared even me. How
could you have a friend there, of all places! I can't believe
that at all."

"Just try to remember, Father," said Georg, lifting his
father from the armchair and drawing off his bathrobe as
the old man now stood there in great debility; "it's now
almost three years ago that my friend was here on a visit. I
still recall that you didn't particularly like him. At least twice

dir verleugnet, trotzdem er gerade bei mir im Zimmer saß. Ich konnte ja deine Abneigung gegen ihn ganz gut verstehn, mein Freund hat seine Eigentümlichkeiten. Aber dann hast du dich doch auch wieder ganz gut mit ihm unterhalten. Ich war damals noch so stolz darauf, daß du ihm zuhörtest, nicktest und fragtest. Wenn du nachdenkst, mußt du dich erinnern. Er erzählte damals unglaubliche Geschichten von der russischen Revolution. Wie er z. B. auf einer Geschäftsreise in Kiew bei einem Tumult einen Geistlichen auf einem Balkon gesehen hatte, der sich ein breites Blutkreuz in die flache Hand schnitt, diese Hand erhob und die Menge anrief. Du hast ja selbst diese Geschichte hie und da wiedererzählt.«

Währenddessen war es Georg gelungen, den Vater wieder niederzusetzen und ihm die Trikothose, die er über den Leinenunterhosen trug, sowie die Socken vorsichtig auszuziehn. Beim Anblick der nicht besonders reinen Wäsche machte er sich Vorwürfe, den Vater vernachlässigt zu haben. Es wäre sicherlich auch seine Pflicht gewesen, über den Wäschewechsel seines Vaters zu wachen. Er hatte mit seiner Braut darüber, wie sie die Zukunft des Vaters einrichten wollten, noch nicht ausdrücklich gesprochen, denn sie hatten stillschweigend vorausgesetzt, daß der Vater allein in der alten Wohnung bleiben würde. Doch jetzt entschloß er sich kurz mit aller Bestimmtheit, den Vater in seinen künftigen Haushalt mitzunehmen. Es schien ja fast, wenn man genauer zusah, daß die Pflege, die dort dem Vater bereitet werden sollte, zu spät kommen könnte.

Auf seinen Armen trug er den Vater ins Bett. Ein schreckliches Gefühl hatte er, als er während der paar Schritte zum Bett hin merkte, daß an seiner Brust der Vater mit seiner Uhrkette spiele. Er konnte ihn nicht gleich ins Bett legen, so fest hielt er sich an dieser Uhrkette.

Kaum war er aber im Bett, schien alles gut. Er deckte sich selbst zu und zog dann die Bettdecke noch besonders weit über die Schulter. Er sah nicht unfreundlich zu Georg hinauf.

»Nicht wahr, du erinnerst dich schon an ihn?« fragte Georg und nickte ihm aufmunternd zu.

»Bin ich jetzt gut zugedeckt?« fragte der Vater, als könne er nicht nachschauen, ob die Füße genug bedeckt seien.

»Es gefällt dir also schon im Bett«, sagte Georg und legte das Deckzeug besser um ihn.

»Bin ich gut zugedeckt?« fragte der Vater noch einmal und schien auf die Antwort besonders aufzupassen.

»Sei nur ruhig, du bist gut zugedeckt.«

I told you that he wasn't here, although he was sitting in my room at the moment. Of course, I could understand your dislike of him very well: my friend does have his peculiarities. But then after all you got along very well with him again. I was still so proud at the time that you listened to him, nodded and asked him questions. If you think about it, you must remember. At the time he told us unbelievable stories about the Russian revolution. For example, how, on a business trip to Kiev, during a riot he had seen a priest on a balcony cutting a wide bloody cross into the palm of his hand, raising that hand and addressing the crowd. You yourself repeated that story from time to time."

Meanwhile Georg had succeeded in sitting his father down again and carefully pulling off the long knitted drawers he wore over his linen underpants, as well as his socks. At sight of the not especially clean underwear, he reproached himself for having neglected his father. It surely would also have been his duty to watch over his father's changes of underwear. He had not yet spoken expressly with his fiancée about how they wished to arrange his father's future, for they had tacitly presupposed that his father would remain alone in the old house. But now he quickly decided, with full determination, to take his father along into his future household. Indeed, it almost seemed, upon examining the situation more closely, that the care that would be given his father there might come too late.

He carried his father to bed in his arms. He had a frightening feeling when he noticed, during the few paces over to the bed, that his father was playing with the watch chain on his chest. He couldn't put him right into bed because he was holding onto that watch chain so tightly.

But scarcely was he in bed when all seemed well. He covered himself and then pulled the blanket extremely far up over his shoulders. He looked up at Georg in a not unfriendly way.

"Then, you remember him now?" asked Georg and nodded to him encouragingly.

"Am I completely covered up now?" asked his father, as if he couldn't see whether his feet were sufficiently covered.

"So you're already pleased to be in bed," said Georg and tucked him in more thoroughly.

"Am I completely covered up?" asked his father again, and seemed to wait for the answer with particular attention.

"Relax, you're all covered up."

»Nein!« rief der Vater, daß die Antwort an die Frage stieß, warf die Decke zurück mit einer Kraft, daß sie einen Augenblick im Fluge sich ganz entfaltete, und stand aufrecht im Bett. Nur eine Hand hielt er leicht an den Plafond. »Du wolltest mich zudecken, das weiß ich, mein Früchtchen, aber zugedeckt bin ich noch nicht. Und ist es auch die letzte Kraft, genug für dich, zuviel für dich. Wohl kenne ich deinen Freund. Er wäre ein Sohn nach meinem Herzen. Darum hast du ihn auch betrogen die ganzen Jahre lang. Warum sonst? Glaubst du, ich habe nicht um ihn geweint? Darum doch sperrst du dich in dein Bureau, niemand soll stören, der Chef ist beschäftigt—nur damit du deine falschen Briefchen nach Rußland schreiben kannst. Aber den Vater muß glücklicherweise niemand lehren, den Sohn zu durchschauen. Wie du jetzt geglaubt hast, du hättest ihn untergekriegt, so untergekriegt, daß du dich mit deinem Hintern auf ihn setzen kannst und er rührt sich nicht, da hat sich mein Herr Sohn zum Heiraten entschlossen!«

Georg sah zum Schreckbild seines Vaters auf. Der Petersburger Freund, den der Vater plötzlich so gut kannte, ergriff ihn, wie noch nie. Verloren im weiten Rußland sah er ihn. An der Türe des leeren, ausgeraubten Geschäftes sah er ihn. Zwischen den Trümmern der Regale, den zerfetzten Waren, den fallenden Gasarmen stand er gerade noch. Warum hatte er so weit wegfahren müssen!

»Aber schau mich an!« rief der Vater, und Georg lief, fast zerstreut, zum Bett, um alles zu fassen, stockte aber in der Mitte des Weges.

»Weil sie die Röcke gehoben hat«, fing der Vater zu flöten an, »weil sie die Röcke so gehoben hat, die widerliche Gans«, und er hob, um das darzustellen, sein Hemd so hoch, daß man auf seinem Oberschenkel die Narbe aus seinen Kriegsjahren sah, »weil sie die Röcke so und so und so gehoben hat, hast du dich an sie herangemacht, und damit du an ihr ohne Störung dich befriedigen kannst, hast du unserer Mutter Andenken geschändet, den Freund verraten und deinen Vater ins Bett gesteckt, damit er sich nicht rühren kann. Aber kann er sich rühren oder nicht?«

Und er stand vollkommen frei und warf die Beine. Er strahlte vor Einsicht.

Georg stand in einem Winkel, möglichst weit vom Vater. Vor einer langen Weile hatte er sich fest entschlossen, alles vollkommen genau zu beobachten, damit er nicht irgendwie auf Umwegen, von hinten her, von oben herab überrascht werden könne. Jetzt erinnerte er sich wieder an den längst vergessenen Entschluß und vergaß ihn, wie man einen kurzen Faden durch ein Nadelöhr zieht.

"No!" shouted his father, running his reply into his preceding remark, then threw the blanket back with such force that it completely unfolded for a moment as it flew through the air, and stood upright on the bed. He merely touched the ceiling lightly with one hand. "You wanted to cover me up, I know, offspring of mine, but I'm not covered up yet. And even if I am doing this with my last strength, it is enough for you—too much for you. Of course I know your friend. He would have been a son after my own heart. And that's why you have cheated him all these years. Why else? Do you think I haven't wept over him? Isn't that why you lock yourself into your office, so no one will disturb you—'the boss is busy'— just so you can write your treacherous little letters to Russia. But fortunately no one needs to teach a father how to see through his son. Now that you believed you had got the better of him, got the better of him to such an extent that you can seat yourself on him with your backside and he won't move, this fine son of mine has decided to get married!"

Georg looked up at the frightening image his father presented. His St. Petersburg friend, whom his father suddenly knew so well, stirred his emotions as never before. He saw him lost in far-off Russia. He saw him at the door of his empty, plundered establishment. He was still standing amid the ruins of the shelves, the mangled merchandise, the falling gas brackets. Why did he have to travel so far away!

"But look at me!" shouted his father, and Georg ran almost absentmindedly toward the bed, in order to grasp everything, but came to a sudden halt midway.

"Because she lifted her skirts," his father began to pipe, "because she lifted her skirts that way, the disgusting ninny," and, in order to depict this, he lifted his nightshirt so high that the scar from his war years could be seen on his upper thigh; "because she lifted her skirts so and so and so, you went for her, and in order to satisfy yourself with her without being disturbed, you profaned your mother's memory, betrayed your friend and stuck your father in bed so he couldn't move. But can he move or can't he?"

And he stood completely unsupported and flung out his legs. He was radiant with insight.

Georg stood in a corner, as far from his father as possible. A long time ago he had firmly decided to observe everything with complete thoroughness, so that he might not be somehow taken by surprise in a roundabout way, from behind, from above. Now he once more remembered that long-forgotten decision and forgot it, as one draws a short thread through the eye of a needle.

»Aber der Freund ist nun doch nicht verraten!« rief der Vater, und sein hin- und herbewegter Zeigefinger bekräftigte es. »Ich war sein Vertreter hier am Ort.«

»Komödiant!« konnte sich Georg zu rufen nicht enthalten, erkannte sofort den Schaden und biß, nur zu spät,—die Augen erstarrt—in seine Zunge, daß er vor Schmerz einknickte.

»Ja, freilich habe ich Komödie gespielt! Komödie! Gutes Wort! Welcher andere Trost blieb dem alten verwitweten Vater? Sag'—und für den Augenblick der Antwort sei du noch mein lebender Sohn—, was blieb mir übrig, in meinem Hinterzimmer, verfolgt vom ungetreuen Personal, alt bis in die Knochen? Und mein Sohn ging im Jubel durch die Welt, schloß Geschäfte ab, die ich vorbereitet hatte, überpurzelte sich vor Vergnügen und ging vor seinem Vater mit dem verschlossenen Gesicht eines Ehrenmannes davon! Glaubst du, ich hätte dich nicht geliebt, ich, von dem du ausgingst?«

»Jetzt wird er sich vorbeugen«, dachte Georg, »wenn er fiele und zerschmetterte!« Dieses Wort durchzischte seinen Kopf.

Der Vater beugte sich vor, fiel aber nicht. Da Georg sich nicht näherte, wie er erwartet hatte, erhob er sich wieder.

»Bleib', wo du bist, ich brauche dich nicht! Du denkst, du hast noch die Kraft, hierher zu kommen und hältst dich bloß zurück, weil du so willst. Daß du dich nicht irrst! Ich bin noch immer der viel Stärkere. Allein hätte ich vielleicht zurückweichen müssen, aber so hat mir die Mutter ihre Kraft abgegeben, mit deinem Freund habe ich mich herrlich verbunden, deine Kundschaft habe ich hier in der Tasche!«

»Sogar im Hemd hat er Taschen!« sagte sich Georg und glaubte, er könne ihn mit dieser Bemerkung in der ganzen Welt unmöglich machen. Nur einen Augenblick dachte er das, denn immerfort vergaß er alles.

»Häng' dich nur in deine Braut ein und komm' mir entgegen! Ich fege sie dir von der Seite weg, du weißt nicht wie!«

Georg machte Grimassen, als glaube er das nicht. Der Vater nickte bloß, die Wahrheit dessen, was er sagte, beteuernd, in Georgs Ecke hin.

»Wie hast du mich doch heute unterhalten, als du kamst und fragtest, ob du deinem Freund von der Verlobung schreiben sollst. Er weiß doch alles, dummer Junge, er weiß doch alles! Ich schrieb ihm doch, weil du vergessen hast, mir das Schreibzeug wegzunehmen.

"But my friend is *not* betrayed!" shouted his father, and his index finger, moving to and fro, confirmed this. "I was his local representative here."

"Play actor!" Georg could not help calling out, immediately recognized the harm he had done himself, and, with staring eyes—but too late—bit his tongue so hard that he doubled up with pain.

"Yes, of course I was playing a part! Play actor! What a good expression! What other comfort remained for an old, bereaved father? Tell me—and, for the moment that it takes you to reply, be my living son yet—what else could I do, in my back room, persecuted by my faithless staff, old to my very bones? And my son went everywhere exultantly, closed business deals that I had set up, turned somersaults from joy, and moved about in front of his father with the poker face of a man of honor! Do you think I wouldn't have loved you, I who gave you your being?"

"Now he'll lean forward," thought Georg; "if he would only fall and smash himself!" This sentence hissed through his mind.

His father leaned forward, but did not fall. Since Georg did not come closer, as he had expected, he straightened up again.

"Stay where you are, I don't need you! You think you still have the strength to come over here, and are merely hanging back because you want to. Don't make a mistake! I am still by far the stronger. On my own I might have had to retreat, but your mother passed her strength along to me, I made a wonderful alliance with your friend, I have your clientele here in my pocket!"

"He even has pockets in his nightshirt!" Georg said to himself, and thought that he could obliterate him with that remark. He thought so only for a moment, because he kept forgetting everything.

"Just lock arms with your fiancée and come over to me. I'll sweep her away from your side before you know it!"

Georg made grimaces as if he didn't believe that. His father merely nodded toward Georg's corner, in asseveration of the truth of what he said.

"How you did amuse me today when you came and asked whether you should write your friend about your engagement. He knows everything, foolish boy, he knows everything! I wrote to him because you forgot to take away my writing supplies.

Darum kommt er schon seit Jahren nicht, er weiß ja alles hundertmal besser als du selbst, deine Briefe zerknüllt er ungelesen in der linken Hand, während er in der Rechten meine Briefe zum Lesen sich vorhält!«

Seinen Arm schwang er vor Begeisterung über dem Kopf. »Er weiß alles tausendmal besser!« rief er.

»Zehntausendmal!« sagte Georg, um den Vater zu verlachen, aber noch in seinem Munde bekam das Wort einen toternsten Klang.

»Seit Jahren passe ich schon auf, daß du mit dieser Frage kämest! Glaubst du, mich kümmert etwas anderes? Glaubst du, ich lese Zeitungen? Da!« und er warf Georg ein Zeitungsblatt, das irgendwie mit ins Bett getragen worden war, zu. Eine alte Zeitung, mit einem Georg schon ganz unbekannten Namen.

»Wie lange hast du gezögert, ehe du reif geworden bist! Die Mutter mußte sterben, sie konnte den Freudentag nicht erleben, der Freund geht zugrunde in seinem Rußland, schon vor drei Jahren war er gelb zum Wegwerfen, und ich, du siehst ja, wie es mit mir steht. Dafür hast du doch Augen!«

»Du hast mir also aufgelauert!« rief Georg.

Mitleidig sagte der Vater nebenbei: »Das wolltest du wahrscheinlich früher sagen. Jetzt paßt es ja gar nicht mehr.«

Und lauter: »Jetzt weißt du also, was es noch außer dir gab, bisher wußtest du nur von dir! Ein unschuldiges Kind warst du ja eigentlich, aber noch eigentlicher warst du ein teuflischer Mensch!—Und darum wisse: Ich verurteile dich jetzt zum Tode des Ertrinkens!«

Georg fühlte sich aus dem Zimmer gejagt, den Schlag, mit dem der Vater hinter ihm aufs Bett stürzte, trug er noch in den Ohren davon. Auf der Treppe, über deren Stufen er wie über eine schiefe Fläche eilte, überrumpelte er seine Bedienerin, die im Begriffe war heraufzugehen, um die Wohnung nach der Nacht aufzuräumen. »Jesus!« rief sie und verdeckte mit der Schürze das Gesicht, aber er war schon davon. Aus dem Tor sprang er, über die Fahrbahn zum Wasser trieb es ihn. Schon hielt er das Geländer fest, wie ein Hungriger die Nahrung. Er schwang sich über, als der ausgezeichnete Turner, der er in seinen Jugendjahren zum Stolz seiner Eltern gewesen war. Noch hielt er sich mit schwächer werdenden Händen fest, erspähte zwischen den Geländerstangen einen Autoomnibus, der mit Leichtigkeit seinen Fall übertönen würde, rief leise: »Liebe Eltern, ich habe euch doch immer geliebt«, und ließ sich hinfallen.

That's why he hasn't come for years now, he knows everything a hundred times better than you do; he crumples up your letters in his left hand without reading them, while he holds my letters in front of him in his right hand to read them!"

In his enthusiasm he swung his arm above his head. "He knows everything a thousand times better!" he shouted.

"Ten thousand times!" said Georg, meaning to mock his father, but while still on his lips the words took on a deadly serious tone.

"For years I've been watching and waiting for you to come along with that question! Do you think I care about anything else? Do you think I read newspapers? There!" and he threw over to Georg a sheet of the newspaper that had somehow been carried into the bed along with him. An old paper, with a name now completely unknown to Georg.

"How long you hesitated before your time was ripe! Mother had to die, she couldn't live until the happy day; your friend is going to ruin in his Russia, even three years ago his face was yellow enough to throw away; and I— well, you see how things stand with me. That you have eyes for!"

"So you were lying in wait for me!" shouted Georg.

In a sympathetic tone his father said parenthetically: "You probably wanted to say that before. Now it's no longer fitting."

And in a louder voice: "So now you know what existed outside yourself; up to now you knew only about yourself! You were truly an innocent child, but even more truly you were a fiendish person!—And therefore know this: I now condemn you to death by drowning!"

Georg felt himself driven from the room; the crash with which his father collapsed onto the bed behind him was still in his ears as he went. On the staircase, as he dashed down the steps as if down an inclined plane, he knocked over his maid, who was about to go upstairs to tidy up the house after the night. "Jesus!" she cried and covered her face with her apron, but he was already gone. He leapt past the gate and across the roadway, impelled to reach the water. Now he clutched the railing as a hungry man clutches food. He vaulted over like the accomplished gymnast he had been in his youth, to his parents' pride. He was still holding tight with hands that were growing weaker; between the bars of the railing he caught sight of a bus that would easily smother the noise of his fall; he called softly: "Dear parents, I *did* always love you," and let himself fall.

In diesem Augenblick ging über die Brücke ein geradezu unendlicher Verkehr.

At that moment a simply endless stream of traffic was passing over the bridge.

DIE VERWANDLUNG

I

Als Gregor Samsa eines Morgens aus unruhigen Träumen erwachte, fand er sich in seinem Bett zu einem ungeheueren Ungeziefer verwandelt. Er lag auf seinem panzerartig harten Rücken und sah, wenn er den Kopf ein wenig hob, seinen gewölbten, braunen, von bogenförmigen Versteifungen geteilten Bauch, auf dessen Höhe sich die Bettdecke, zum gänzlichen Niedergleiten bereit, kaum noch erhalten konnte. Seine vielen, im Vergleich zu seinem sonstigen Umfang kläglich dünnen Beine flimmerten ihm hilflos vor den Augen.

›Was ist mit mir geschehen?‹ dachte er. Es war kein Traum. Sein Zimmer, ein richtiges, nur etwas zu kleines Menschenzimmer, lag ruhig zwischen den vier wohlbekannten Wänden. Über dem Tisch, auf dem eine auseinandergepackte Musterkollektion von Tuchwaren ausgebreitet war—Samsa war Reisender—, hing das Bild, das er vor kurzem aus einer illustrierten Zeitschrift ausgeschnitten und in einem hübschen, vergoldeten Rahmen untergebracht hatte. Es stellte eine Dame dar, die, mit einem Pelzhut und einer Pelzboa versehen, aufrecht dasaß und einen schweren Pelzmuff, in dem ihr ganzer Unterarm verschwunden war, dem Beschauer entgegenhob.

Gregors Blick richtete sich dann zum Fenster, und das trübe Wetter—man hörte Regentropfen auf das Fensterblech aufschlagen— machte ihn ganz melancholisch. ›Wie wäre es, wenn ich noch ein wenig weiterschliefe und alle Narrheiten vergäße‹, dachte er, aber das war gänzlich undurchführbar, denn er war gewöhnt, auf der rechten Seite zu schlafen, konnte sich aber in seinem gegenwärtigen Zustand nicht in diese Lage bringen. Mit welcher Kraft er sich auch auf die rechte Seite warf, immer wieder schaukelte er in die Rückenlage zurück. Er versuchte es wohl hundertmal, schloß die Augen, um die zappelnden Beine nicht sehen zu müssen, und ließ erst ab, als er in der Seite einen noch nie gefühlten, leichten, dumpfen Schmerz zu fühlen begann.

›Ach Gott‹, dachte er, ›was für einen anstrengenden Beruf habe ich gewählt! Tagaus, tagein auf der Reise. Die geschäftlichen Aufregungen sind viel größer als im eigentlichen Geschäft zu Hause, und außerdem ist mir noch diese Plage des Reisens auferlegt, die Sorgen um die Zuganschlüsse, das unregelmäßige, schlechte Essen, ein immer wechselnder, nie andauernder, nie herzlich werdender

THE METAMORPHOSIS

I

When Gregor Samsa awoke from troubled dreams one morning, he found that he had been transformed in his bed into an enormous bug. He lay on his back, which was hard as armor, and, when he lifted his head a little, he saw his belly—rounded, brown, partitioned by archlike ridges—on top of which the blanket, ready to slip off altogether, was just barely perched. His numerous legs, pitifully thin in comparison to the rest of his girth, flickered helplessly before his eyes.

"What's happened to me?" he thought. It was no dream. His room, a real room meant for human habitation, though a little too small, lay peacefully within its four familiar walls. Above the table, on which an unpacked sampling of fabric swatches was strewn—Samsa was a traveling salesman—hung the picture that he had recently cut out of an illustrated magazine and had placed in a pretty gilt frame. It depicted a lady who, decked out in a fur hat and fur boa, sat upright, raising toward the viewer a heavy fur muff in which her whole forearm was encased.

Gregor's gaze then turned toward the window, and the dismal weather—you could hear raindrops beating against the window gutter—made him quite melancholy. "What if I went back to sleep for another while and forgot all this foolishness?" he thought; but that was totally out of the question, because he was used to sleeping on his right side, and in his present state he couldn't get into that position. No matter how energetically he threw himself onto his right side, each time he rocked back into the supine position. He must have tried a hundred times, closing his eyes to avoid seeing his squirming legs, not stopping until he began to feel a slight, dull pain in his side that he had never felt before.

"My God," he thought, "what a strenuous profession I've chosen! Traveling day in and day out. The turmoil of business is much greater than in the home office, and on top of that I'm subjected to this torment of traveling, to the worries about train connections, the bad meals at irregular hours, an intercourse with people that constantly changes,

menschlicher Verkehr. Der Teufel soll das alles holen!‹ Er fühlte ein leichtes Jucken oben auf dem Bauch; schob sich auf dem Rücken langsam näher zum Bettpfosten, um den Kopf besser heben zu können; fand die juckende Stelle, die mit lauter kleinen weißen Pünktchen besetzt war, die er nicht zu beurteilen verstand; und wollte mit einem Bein die Stelle betasten, zog es aber gleich zurück, denn bei der Berührung umwehten ihn Kälteschauer.

Er glitt wieder in seine frühere Lage zurück. ›Dies frühzeitige Aufstehen‹, dachte er, ›macht einen ganz blödsinnig. Der Mensch muß seinen Schlaf haben. Andere Reisende leben wie Haremsfrauen. Wenn ich zum Beispiel im Laufe des Vormittags ins Gasthaus zurückgehe, um die erlangten Aufträge zu überschreiben, sitzen diese Herren erst beim Frühstück. Das sollte ich bei meinem Chef versuchen; ich würde auf der Stelle hinausfliegen. Wer weiß übrigens, ob das nicht sehr gut für mich wäre. Wenn ich mich nicht wegen meiner Eltern zurückhielte, ich hätte längst gekündigt, ich wäre vor den Chef hingetreten und hätte ihm meine Meinung von Grund des Herzens aus gesagt. Vom Pult hätte er fallen müssen! Es ist auch eine sonderbare Art, sich auf das Pult zu setzen und von der Höhe herab mit dem Angestellten zu reden, der überdies wegen der Schwerhörigkeit des Chefs ganz nahe herantreten muß. Nun, die Hoffnung ist noch nicht gänzlich aufgegeben; habe ich einmal das Geld beisammen, um die Schuld der Eltern an ihn abzuzahlen—es dürfte noch fünf bis sechs Jahre dauern—, mache ich die Sache unbedingt. Dann wird der große Schnitt gemacht. Vorläufig allerdings muß ich aufstehen, denn mein Zug fährt um fünf.‹

Und er sah zur Weckuhr hinüber, die auf dem Kasten tickte. ›Himmlischer Vater!‹ dachte er. Es war halb sieben Uhr, und die Zeiger gingen ruhig vorwärts, es war sogar halb vorüber, es näherte sich schon drei Viertel. Sollte der Wecker nicht geläutet haben? Man sah vom Bett aus, daß er auf vier Uhr richtig eingestellt war; gewiß hatte er auch geläutet. Ja, aber war es möglich, dieses möbelerschütternde Läuten ruhig zu verschlafen? Nun, ruhig hatte er ja nicht geschlafen, aber wahrscheinlich desto fester. Was aber sollte er jetzt tun? Der nächste Zug ging um sieben Uhr; um den einzuholen, hätte er sich unsinnig beeilen müssen, und die Kollektion war noch nicht eingepackt, und er selbst fühlte sich durchaus nicht besonders frisch und beweglich. Und selbst wenn er den Zug einholte, ein Donnerwetter des Chefs war nicht zu vermeiden, denn der Geschäftsdiener hatte beim Fünfuhrzug gewartet und die Meldung von seiner Versäumnis längst erstattet. Er war eine Kreatur des Chefs, ohne Rückgrat und Verstand. Wie nun, wenn er sich krank meldete? Das

never lasts, never becomes cordial. The devil take it all!" He felt a slight itch up on his belly; slowly shoved himself on his back closer to the bedpost, so he could lift his head better; found the itchy place, which was all covered with little white spots that he was unable to diagnose; and wanted to feel the area with one leg, but drew it back immediately, because when he touched it he was invaded by chills.

He slid back into his former position. "Getting up early like this," he thought, "makes you totally idiotic. People must have their sleep. Other traveling salesmen live like harem women. For instance, when during the course of the morning I go back to the hotel to copy out the orders I've received, those fine gentlemen are just having their breakfast. I should try that with my boss; I'd be fired on the spot. Anyway, who knows whether that wouldn't be a good thing for me after all. If I didn't hold myself back because of my parents, I would have quit long ago; I would have walked right up to the boss and let my heart out to him. He would surely have fallen off his desk! That's a peculiar habit of his, too, sitting on his desk and talking down to his employees from up above; and, besides, they have to step way up close because the boss is so hard of hearing. Now, I haven't given up all hope yet; once I have the money together to pay off my parents' debt to him—that should still take five or six years—I'll definitely go through with it. Then I'll make the big break. At the moment, of course, I've got to get up, because my train leaves at five."

And he glanced over toward his alarm clock, which was ticking on the wardrobe. "Father in Heaven!" he thought. It was half past six, and the hands were moving ahead peacefully; in fact, it was later than half past, it was almost a quarter to seven. Could the alarm have failed to ring? From the bed he could see that it was correctly set for four; surely, it had also rung. Yes, but was it possible to sleep peacefully through that furniture-shaking ring? Well, he hadn't slept peacefully, but probably all the more soundly for that. Yet, what should he do now? The next train left at seven; to catch it he would have had to make a mad dash, his sample case wasn't packed yet, and he himself definitely didn't feel particularly fresh and lively. And even if he caught the train, he couldn't escape a bawling out from his boss, because the office messenger had waited at the five-o'clock train and had long since made a report about his negligence. He was a creature of the boss's, spineless and stupid. Now, what if he

wäre aber äußerst peinlich und verdächtig, denn Gregor war während seines fünfjährigen Dienstes noch nicht einmal krank gewesen. Gewiß würde der Chef mit dem Krankenkassenarzt kommen, würde den Eltern wegen des faulen Sohnes Vorwürfe machen und alle Einwände durch den Hinweis auf den Krankenkassenarzt abschneiden, für den es ja überhaupt nur ganz gesunde, aber arbeitsscheue Menschen gibt. Und hätte er übrigens in diesem Falle so ganz unrecht? Gregor fühlte sich tatsächlich, abgesehen von einer nach dem langen Schlaf wirklich überflüssigen Schläfrigkeit, ganz wohl und hatte sogar einen besonders kräftigen Hunger.

Als er dies alles in größter Eile überlegte, ohne sich entschließen zu können, das Bett zu verlassen—gerade schlug der Wecker drei Viertel sieben—, klopfte es vorsichtig an die Tür am Kopfende seines Bettes.»Gregor«, rief es—es war die Mutter—,»es ist drei Viertel sieben. Wolltest du nicht wegfahren?« Die sanfte Stimme! Gregor erschrak, als er seine antwortende Stimme hörte, die wohl unverkennbar seine frühere war, in die sich aber, wie von unten her, ein nicht zu unterdrückendes, schmerzliches Piepsen mischte, das die Worte förmlich nur im ersten Augenblick in ihrer Deutlichkeit beließ, um sie im Nachlang derart zu zerstören, daß man nicht wußte, ob man recht gehört hatte. Gregor hatte ausführlich antworten und alles erklären wollen, beschränkte sich aber bei diesen Umständen darauf, zu sagen:»Ja, ja, danke Mutter, ich stehe schon auf.« Infolge der Holztür war die Veränderung in Gregors Stimme draußen wohl nicht zu merken, denn die Mutter beruhigte sich mit dieser Erklärung und schlürfte davon. Aber durch das kleine Gespräch waren die anderen Familienmitglieder darauf aufmerksam geworden, daß Gregor wider Erwarten noch zu Hause war, und schon klopfte an der einen Seitentür der Vater, schwach, aber mit der Faust.»Gregor, Gregor«, rief er,»was ist denn?« Und nach einer kleinen Weile mahnte er nochmals mit tieferer Stimme:»Gregor! Gregor!« An der anderen Seitentür aber klagte leise die Schwester:»Gregor? Ist dir nicht wohl? Brauchst du etwas?« Nach beiden Seiten hin antwortete Gregor:»Bin schon fertig«, bemühte sich, durch die sorgfältigste Aussprache und durch Einschaltung von langen Pausen zwischen den einzelnen Worten seiner Stimme alles Auffallende zu nehmen. Der Vater kehrte auch zu seinem Frühstück zurück, die Schwester aber flüsterte:»Gregor, mach auf, ich beschwöre dich.« Gregor aber dachte gar nicht daran aufzumachen, sondern lobte die vom Reisen her übernommene Vorsicht, auch zu Hause alle Türen während der Nacht zu versperren.

Zunächst wollte er ruhig und ungestört aufstehen, sich anziehen und vor allem frühstücken, und dann erst das Weitere überlegen,

reported in sick? But that would be extremely distressing and suspicious, because during his five years' employment Gregor had not been ill even once. The boss would surely arrive with the health-insurance doctor, would complain to his parents about their lazy son and would cut short all objections by referring them to the health-insurance doctor, in whose eyes the only people that exist at all are perfectly healthy specimens who are work-shy. And besides, would he be so wrong in this case? Actually, aside from a truly excessive drowsiness after all that sleep, Gregor felt quite well and in fact was particularly hungry.

While he was considering all this in the greatest haste, still unable to decide whether to get out of bed—the clock was just striking six forty-five—there was a cautious knock on the door at the head of his bed. "Gregor," a voice called—it was his mother—"it's six forty-five. Didn't you intend to make a trip?" That gentle voice! Gregor was frightened when he heard his own answering voice, which, to be sure, was unmistakably his accustomed one, but in which there now appeared, as if rising from below, an irrepressible, painful peeping sound, so that his words retained their clarity only at the very outset but became distorted as they faded away, so that you couldn't tell if you had heard them correctly. Gregor had meant to give a detailed answer and explain everything, but under the circumstances he merely said: "Yes, yes; thanks, Mother; I'm getting up now." Because the door was made of wood, the alteration in Gregor's voice was probably not noticeable, since his mother was pacified by that explanation and shuffled away. But as a result of that brief conversation the other members of the family had become aware that, contrary to expectation, Gregor was still at home; and his father was soon knocking at one of the side doors, softly, but with his fist. "Gregor, Gregor," he called, "what's going on?" And before very long he admonished him again, in a deeper voice: "Gregor! Gregor!" But at the other side door his sister was quietly lamenting: "Gregor? Aren't you well? Do you need anything?" Gregor answered in both directions: "Be right there!" He made an effort, by enunciating most carefully and by inserting long pauses between the individual words, to free his voice of anything out of the ordinary. His father then returned to his breakfast, but his sister whispered: "Gregor, open up, I beg you." But Gregor had not the slightest intention of opening the door; in fact, he was now glad he had formed the cautious habit, an offshoot of his business trips, of locking all his doors at night even at home.

First he wanted to get up in peace and unmolested, get dressed and, especially, have breakfast, and only afterwards

denn, das merkte er wohl, im Bett würde er mit dem Nachdenken zu keinem vernünftigen Ende kommen. Er erinnerte sich, schon öfters im Bett irgendeinen vielleicht durch ungeschicktes Liegen erzeugten, leichten Schmerz empfunden zu haben, der sich dann beim Aufstehen als reine Einbildung herausstellte, und er war gespannt, wie sich seine heutigen Vorstellungen allmählich auflösen würden. Daß die Veränderung der Stimme nichts anderes war als der Vorbote einer tüchtigen Verkühlung, einer Berufskrankheit der Reisenden, daran zweifelte er nicht im geringsten.

Die Decke abzuwerfen war ganz einfach; er brauchte sich nur ein wenig aufzublasen und sie fiel von selbst. Aber weiterhin wurde es schwierig, besonders weil er so ungemein breit war. Er hätte Arme und Hände gebraucht, um sich aufzurichten; statt dessen aber hatte er nur die vielen Beinchen, die ununterbrochen in der verschiedensten Bewegung waren und die er überdies nicht beherrschen konnte. Wollte er eines einmal einknicken, so war es das erste, daß er sich streckte; und gelang es ihm endlich, mit diesem Bein das auszuführen, was er wollte, so arbeiteten inzwischen alle anderen, wie freigelassen, in höchster, schmerzlicher Aufregung. »Nur sich nicht im Bett unnütz aufhalten«, sagte sich Gregor.

Zuerst wollte er mit dem unteren Teil seines Körpers aus dem Bett hinauskommen, aber dieser untere Teil, den er übrigens noch nicht gesehen hatte und von dem er sich auch keine rechte Vorstellung machen konnte, erwies sich als zu schwer beweglich; es ging so langsam; und als er schließlich, fast wild geworden, mit gesammelter Kraft, ohne Rücksicht sich vorwärtsstieß, hatte er die Richtung falsch gewählt, schlug an den unteren Bettpfosten heftig an, und der brennende Schmerz, den er empfand, belehrte ihn, daß gerade der untere Teil seines Körpers augenblicklich vielleicht der empfindlichste war.

Er versuchte es daher, zuerst den Oberkörper aus dem Bett zu bekommen, und drehte vorsichtig den Kopf dem Bettrand zu. Dies gelang auch leicht, und trotz ihrer Breite und Schwere folgte schließlich die Körpermasse langsam der Wendung des Kopfes. Aber als er den Kopf endlich außerhalb des Bettes in der freien Luft hielt, bekam er Angst, weiter auf diese Weise vorzurücken, denn wenn er sich schließlich so fallen ließ, mußte geradezu ein Wunder geschehen, wenn der Kopf nicht verletzt werden sollte. Und die Besinnung durfte er gerade jetzt um keinen Preis verlieren; lieber wollte er im Bett bleiben.

Aber als er wieder nach gleicher Mühe aufseufzend so dalag wie früher, und wieder seine Beinchen womöglich noch ärger gegeneinander kämpfen sah und keine Möglichkeit fand, in diese Willkür

give the matter further thought, because, as he now realized, in bed he would never arrive at any sensible conclusion to his musings. He recalled that, often in the past, while in bed, he had felt some slight pain or other, perhaps caused by lying in an awkward position, and that, when he got out of bed, the pain had proved to be purely imaginary; and he was eager to find out how his impressions of that morning would gradually be dispelled. That the alteration in his voice was nothing more than the harbinger of a nasty cold, a professional hazard of traveling salesmen, he had not the slightest doubt.

To throw off the blanket was quite easy; all he needed to do was puff himself up a little and it fell down by itself. But after that things became difficult, especially since he was so unusually wide. He would normally have used his arms and hands to hoist himself up; but instead of them he now had only the numerous little legs, which were uninterruptedly moving in the most confused way and which, in addition, he couldn't control. Whenever he intended to bend one of them, at first he extended it; and when he finally succeeded in executing his wishes with that particular leg, all of the others meanwhile would thrash about as if they were completely independent, in an extreme, painful agitation. "But I can't stay in bed doing nothing," Gregor said to himself.

First he wanted to leave the bed with the lower part of his body, but this lower part, which, by the way, he hadn't seen yet and of which he couldn't form any clear idea, either, proved to be too difficult to move around; the procedure was so slow; and when finally, having grown almost wild, he gathered all his strength and pushed forward heedlessly, he went in the wrong direction and collided violently with the lower bedpost. The burning pain that he felt taught him that it was precisely the lower part of his body that was perhaps the most sensitive at the moment.

Therefore, he tried to get the upper part of his body out of bed first, and carefully turned his head toward the edge of the bed. He managed to do this easily and, despite its width and weight, finally the bulk of his body slowly followed in the direction his head had turned. But when at last he had moved his head into the open space outside the bed, he became afraid of continuing to edge forward in this manner, because if he finally let himself fall like that, it would take a real miracle to keep his head from being injured. And now of all times he must take every precaution not to lose consciousness; rather than that, he would stay in bed.

But when once again, heaving a sigh after similar efforts, he lay there just as before, and once again saw his little legs battling one another even more pitifully, if that were possible—

Ruhe und Ordnung zu bringen, sagte er sich wieder, daß er unmöglich im Bett bleiben könne und daß es das Vernünftigste sei, alles zu opfern, wenn auch nur die kleinste Hoffnung bestünde, sich dadurch vom Bett zu befreien. Gleichzeitig aber vergaß er nicht, sich zwischendurch daran zu erinnern, daß viel besser als verzweifelte Entschlüsse ruhige und ruhigste Überlegung sei. In solchen Augenblicken richtete er die Augen möglichst scharf auf das Fenster, aber leider war aus dem Anblick des Morgennebels, der sogar die andere Seite der engen Straße verhüllte, wenig Zuversicht und Munterkeit zu holen. ›Schon sieben Uhr‹, sagte er sich beim neuerlichen Schlagen des Weckers, ›schon sieben Uhr und noch immer ein solcher Nebel.‹ Und ein Weilchen lang lag er ruhig mit schwachem Atem, als erwarte er vielleicht von der völligen Stille die Wiederkehr der wirklichen und selbstverständlichen Verhältnisse.

Dann aber sagte er sich: ›Ehe es ein Viertel acht schlägt, muß ich unbedingt das Bett vollständig verlassen haben. Im übrigen wird auch bis dahin jemand aus dem Geschäft kommen, um nach mir zu fragen, denn das Geschäft wird vor sieben Uhr geöffnet.‹ Und er machte sich nun daran, den Körper in seiner ganzen Länge vollständig gleichmäßig aus dem Bett hinauszuschaukeln. Wenn er sich auf diese Weise aus dem Bett fallen ließ, blieb der Kopf, den er beim Fall scharf heben wollte, voraussichtlich unverletzt. Der Rücken schien hart zu sein; dem würde wohl bei dem Fall auf den Teppich nichts geschehen. Das größte Bedenken machte ihm die Rücksicht auf den lauten Krach, den es geben müßte und der wahrscheinlich hinter allen Türen wenn nicht Schrecken, so doch Besorgnisse erregen würde. Das mußte aber gewagt werden.

Als Gregor schon zur Hälfte aus dem Bette ragte—die neue Methode war mehr ein Spiel als eine Anstrengung, er brauchte immer nur ruckweise zu schaukeln—, fiel ihm ein, wie einfach alles wäre, wenn man ihm zu Hilfe käme. Zwei starke Leute—er dachte an seinen Vater und das Dienstmädchen—hätten vollständig genügt; sie hätten ihre Arme nur unter seinen gewölbten Rücken schieben, ihn so aus dem Bett schälen, sich mit der Last niederbeugen und dann bloß vorsichtig dulden müssen, daß er den Überschwung auf dem Fußboden vollzog, wo dann die Beinchen hoffentlich einen Sinn bekommen würden. Nun, ganz abgesehen davon, daß die Türen versperrt waren, hätte er wirklich um Hilfe rufen sollen? Trotz aller Not konnte er bei diesem Gedanken ein Lächeln nicht unterdrücken.

Schon war er so weit, daß er bei stärkerem Schaukeln kaum das Gleichgewicht noch erhielt, und sehr bald mußte er sich nun endgültig entscheiden, denn es war in fünf Minuten ein Viertel acht,—

when he could find no possibility of bringing calm and order
into that arbitrary turmoil—he told himself again that he
couldn't possibly stay in bed, and that the most sensible thing
was to make every sacrifice if there existed even the smallest
hope of thereby freeing himself from bed. But at the same
time he didn't forget to remind himself occasionally that the
calmest possible reflection is far preferable to desperate decisions. At such moments he would direct his eyes as fixedly as
possible toward the window, but unfortunately there was not
much confidence or cheer to be derived from the sight of the
morning fog, which even shrouded the other side of the narrow
street. "Seven o'clock already," he said to himself as the clock
struck again, "seven o'clock already and still such a fog." And
for a little while he lay there calmly, breathing very gently, as
if perhaps expecting the total silence to restore him to his
real, understandable condition.

But then he said to himself: "Before it strikes seven fifteen,
I just have to be all the way out of bed. Besides, by that time
someone from the firm will come to ask about me, because
the office opens before seven o'clock." And now he prepared
to rock his entire body out of bed at its full length in a uniform movement. If he let himself fall out of bed in this manner, he expected that his head, which he intended to lift up
high during the fall, would receive no injury. His back seemed
to be hard; when falling onto the carpet, surely nothing would
happen to it. His greatest fear was the thought of the loud
crash which must certainly result, and which would probably
cause, if not a scare, then at least concern on the other side
of all the doors. But that risk had to be taken.

When Gregor was already projecting halfway out of bed—
this new method was more of a game than a hard task, all
he needed to do was keep on rocking back and forth in
short spurts—it occurred to him how simple everything would
be if someone came to help him. Two strong people—he
thought of his father and the maid—would have completely
sufficed; they would only have had to shove their arms under his rounded back, extract him from bed that way like a
nut from its shell, stoop down under his bulk and then merely
wait cautiously until he had swung himself entirely over on
the floor, where hopefully his little legs would find their use.
Now, completely apart from the fact that the doors were
locked, should he really have called for help? Despite all his
tribulations, he was unable to suppress a smile at that thought.

He had now proceeded so far that, when rocking more
vigorously, he could barely still maintain his equilibrium,
and would very soon have to reach a definitive decision,
because in five minutes it would be seven fifteen—when there

als es an der Wohnungstür läutete. ›Das ist jemand aus dem Geschäft‹, sagte er sich und erstarrte fast, während seine Beinchen nur desto eiliger tanzten. Einen Augenblick blieb alles still. ›Sie öffnen nicht‹, sagte sich Gregor, befangen in irgendeiner unsinnigen Hoffnung. Aber dann ging natürlich wie immer das Dienstmädchen festen Schrittes zur Tür und öffnete. Gregor brauchte nur das erste Grußwort des Besuchers zu hören und wußte schon, wer es war—der Prokurist selbst. Warum war nur Gregor dazu verurteilt, bei einer Firma zu dienen, wo man bei der kleinsten Versäumnis gleich den größten Verdacht faßte? Waren denn alle Angestellten samt und sonders Lumpen, gab es denn unter ihnen keinen treuen, ergebenen Menschen, der, wenn er auch nur ein paar Morgenstunden für das Geschäft nicht ausgenützt hatte, vor Gewissensbissen närrisch wurde und geradezu nicht imstande war, das Bett zu verlassen? Genügte es wirklich nicht, einen Lehrjungen nachfragen zu lassen—wenn überhaupt diese Fragerei nötig war—, mußte da der Prokurist selbst kommen, und mußte dadurch der ganzen unschuldigen Familie gezeigt werden, daß die Untersuchung dieser verdächtigen Angelegenheit nur dem Verstand des Prokuristen anvertraut werden konnte? Und mehr infolge der Erregung, in welche Gregor durch diese Überlegungen versetzt wurde, als infolge eines richtigen Entschlusses, schwang er sich mit aller Macht aus dem Bett. Es gab einen lauten Schlag, aber ein eigentlicher Krach war es nicht. Ein wenig wurde der Fall durch den Teppich abgeschwächt, auch war der Rücken elastischer, als Gregor gedacht hatte, daher kam der nicht gar so auffallende dumpfe Klang. Nur den Kopf hatte er nicht vorsichtig genug gehalten und ihn angeschlagen; er drehte ihn und rieb ihn an dem Teppich vor Ärger und Schmerz.

»Da drin ist etwas gefallen«, sagte der Prokurist im Nebenzimmer links. Gregor suchte sich vorzustellen, ob nicht auch einmal dem Prokuristen etwas Ähnliches passieren könnte, wie heute ihm; die Möglichkeit dessen mußte man doch eigentlich zugeben. Aber wie zur rohen Antwort auf diese Frage machte jetzt der Prokurist im Nebenzimmer ein paar bestimmte Schritte und ließ seine Lackstiefel knarren. Aus dem Nebenzimmer rechts flüsterte die Schwester, um Gregor zu verständigen: »Gregor, der Prokurist ist da.« »Ich weiß«, sagte Gregor vor sich hin; aber so laut, daß es die Schwester hätte hören können, wagte er die Stimme nicht zu erheben.

»Gregor«, sagte nun der Vater aus dem Nebenzimmer links, »der Herr Prokurist ist gekommen und erkundigt sich, warum du nicht mit dem Frühzug weggefahren bist. Wir wissen nicht, was wir ihm sagen sollen. Übrigens will er auch mit dir persönlich sprechen.

was a ring at the apartment door. "That's somebody from the firm," he said to himself and nearly became rigid, while his little legs danced all the more quickly. For a moment everything remained quiet. "They aren't opening," Gregor said to himself, enmeshed in some unreasoning hope. But then, naturally, just as always, the maid went to the door with a firm tread and opened it. Gregor needed only to hear the visitor's first words of greeting and he already knew who it was—the chief clerk himself. Why was only Gregor condemned to work for a firm where people immediately conceived the greatest suspicions at the smallest sign of negligence? Were all employees simply scoundrels, was there among them not one loyal, devoted person who, even though he had merely failed to utilize a couple of morning hours on behalf of the firm, had become crazed by pangs of conscience, to the point of being incapable of getting out of bed? Wouldn't it really have been enough to send an apprentice to ask—if all this questioning was necessary at all—did the chief clerk himself have to come, thereby indicating to the entire innocent family that the investigation into this suspicious incident could only be entrusted to the intelligence of the chief clerk? And, more as a result of the irritation that these reflections caused Gregor, than as a result of a proper decision, he swung himself out of bed with all his might. There was a loud thump, but it wasn't a real crash. The fall was deadened somewhat by the carpet, and in addition Gregor's back was more resilient than he had thought, so that the muffled sound wasn't so noticeable. But he hadn't held his head carefully enough and he had bumped it; he turned it and rubbed it against the carpet in vexation and pain.

"Something fell in there," said the chief clerk in the room on the left side. Gregor tried to imagine whether the chief clerk might not some day have an experience similar to his of today: the possibility really had to be conceded. But, as if in brutal response to this question, the chief clerk now took a few determined steps in the adjoining room, which made his patent-leather boots squeak. From the room on the right side Gregor's sister whispered, to inform him: "Gregor, the chief clerk is here." "I know," said Gregor to himself, but he didn't dare to raise his voice so loud that his sister could hear him.

"Gregor," his father now said from the room on the left side, "the chief clerk has come and is inquiring why you didn't leave by the early train. We don't know what to tell him. Besides, he wants to talk with you personally. So please

Also bitte mach die Tür auf. Er wird die Unordnung im Zimmer zu entschuldigen schon die Güte haben.« »Guten Morgen, Herr Samsa«, rief der Prokurist freundlich dazwischen. »Ihm ist nicht wohl«, sagte die Mutter zum Prokuristen, während der Vater noch an der Tür redete, »ihm ist nicht wohl, glauben Sie mir, Herr Prokurist. Wie würde denn Gregor sonst einen Zug versäumen! Der Junge hat ja nichts im Kopf als das Geschäft. Ich ärgere mich schon fast, daß er abends niemals ausgeht; jetzt war er doch acht Tage in der Stadt, aber jeden Abend war er zu Hause. Da sitzt er bei uns am Tisch und liest still die Zeitung oder studiert Fahrpläne. Es ist schon eine Zerstreuung für ihn, wenn er sich mit Laubsägearbeiten beschäftigt. Da hat er zum Beispiel im Laufe von zwei, drei Abenden einen kleinen Rahmen geschnitzt; Sie werden staunen, wie hübsch er ist; er hängt drin im Zimmer; Sie werden ihn gleich sehen, bis Gregor aufmacht. Ich bin übrigens glücklich, daß Sie da sind, Herr Prokurist; wir allein hätten Gregor nicht dazu gebracht, die Tür zu öffnen; er ist so hartnäckig; und bestimmt ist ihm nicht wohl, trotzdem er es am Morgen geleugnet hat.« »Ich komme gleich«, sagte Gregor langsam und bedächtig und rührte sich nicht, um kein Wort der Gespräche zu verlieren. »Anders, gnädige Frau, kann ich es mir auch nicht erklären«, sagte der Prokurist, »hoffentlich ist es nichts Ernstes. Wenn ich auch andererseits sagen muß, daß wir Geschäftsleute—wie man will, leider oder glücklicherweise—ein leichtes Unwohlsein sehr oft aus geschäftlichen Rücksichten einfach überwinden müssen.« »Also kann der Herr Prokurist schon zu dir hinein?« fragte der ungeduldige Vater und klopfte wiederum an die Tür. »Nein«, sagte Gregor. Im Nebenzimmer links trat eine peinliche Stille ein, im Nebenzimmer rechts begann die Schwester zu schluchzen.

Warum ging denn die Schwester nicht zu den anderen? Sie war wohl erst jetzt aus dem Bett aufgestanden und hatte noch gar nicht angefangen sich anzuziehen. Und warum weinte sie denn? Weil er nicht aufstand und den Prokuristen nicht hereinließ, weil er in Gefahr war, den Posten zu verlieren, und weil dann der Chef die Eltern mit den alten Forderungen wieder verfolgen würde? Das waren doch vorläufig wohl unnötige Sorgen. Noch war Gregor hier und dachte nicht im geringsten daran, seine Familie zu verlassen. Augenblicklich lag er wohl da auf dem Teppich, und niemand, der seinen Zustand gekannt hätte, hätte im Ernst von ihm verlangt, daß er den Prokuristen hereinlasse. Aber wegen dieser kleinen Unhöflichkeit, für die sich ja später leicht eine passende Ausrede finden würde, konnte Gregor doch nicht gut sofort weggeschickt werden. Und Gregor schien es, daß es viel vernünftiger wäre, ihn jetzt in Ruhe zu

open the door. He will surely be kind enough to forgive the disorder in your room." "Good morning, Mr. Samsa," the chief clerk meanwhile called, in a friendly tone. "He isn't well," Gregor's mother said to the chief clerk while his father was still talking at the door, "he isn't well, believe me, sir. How otherwise would Gregor miss a train! The boy has no head for anything but the business. I'm almost upset, as it is, that he never goes out at night; he's been in town for eight days this time, but has stayed at home every night. He sits with us at the table and reads the paper quietly or studies timetables. It's already a distraction for him when he busies himself with fretsaw work. So, for example, during two or three evenings he carved a small frame; you'll be amazed how pretty it is; it's hanging in his room; you'll see it right away when Gregor opens up. Besides, I'm glad you're here, sir; on our own we couldn't have persuaded Gregor to open the door; he's so obstinate; and I'm sure he's not feeling well, even though he denied it earlier this morning." "I'll be right there," said Gregor slowly and deliberately, but not making a move, so as to lose not a word of the conversation. "I, too, my dear lady, can think of no other explanation," said the chief clerk; "I hope it's nothing serious. Although I am also bound to state that we business people—unfortunately or fortunately, according to how you look at it—very often simply have to overcome a slight indisposition out of regard for the business." "Well, can the gentleman go in to see you now?" asked the impatient father, and knocked on the door again. "No," said Gregor. In the room on the left side a painful silence ensued, in the room on the right side the sister began to sob.

Why didn't the sister go and join the others? She had probably just gotten out of bed and hadn't even begun dressing. And why was she crying? Because he didn't get up and let the chief clerk in? Because he was in danger of losing his job, and because then his boss would once more dun their parents for his old claims? For the time being those were needless worries, after all. Gregor was still here and hadn't the slightest thought of abandoning his family. At the moment he was lying there on the carpet, and no one acquainted with his current state could seriously have asked him to let in the chief clerk. But, after all, Gregor couldn't really be discharged at once on account of this slight discourtesy, for which a suitable excuse would easily be found later on. And it seemed to Gregor that it would be much more sensible to

lassen, statt ihn mit Weinen und Zureden zu stören. Aber es war eben die Ungewißheit, welche die anderen bedrängte und ihr Benehmen entschuldigte.

»Herr Samsa«, rief nun der Prokurist mit erhobener Stimme, »was ist denn los? Sie verbarrikadieren sich da in Ihrem Zimmer, antworten bloß mit Ja und Nein, machen Ihren Eltern schwere, unnötige Sorgen und versäumen—dies nur nebenbei erwähnt—Ihre geschäftlichen Pflichten in einer eigentlich unerhörten Weise. Ich spreche hier im Namen Ihrer Eltern und Ihres Chefs und bitte Sie ganz ernsthaft um eine augenblickliche, deutliche Erklärung. Ich staune, ich staune. Ich glaubte Sie als einen ruhigen, vernünftigen Menschen zu kennen, und nun scheinen Sie plötzlich anfangen zu wollen, mit sonderbaren Launen zu paradieren. Der Chef deutete mir zwar heute früh eine mögliche Erklärung für Ihre Versäumnis an—sie betraf das Ihnen seit kurzem anvertraute Inkasso—, aber ich legte wahrhaftig fast mein Ehrenwort dafür ein, daß diese Erklärung nicht zutreffen könne. Nun aber sehe ich hier Ihren unbegreiflichen Starrsinn und verliere ganz und gar jede Lust, mich auch nur im geringsten für Sie einzusetzen. Und Ihre Stellung ist durchaus nicht die festeste. Ich hatte ursprünglich die Absicht, Ihnen das alles unter vier Augen zu sagen, aber da Sie mich hier nutzlos meine Zeit versäumen lassen, weiß ich nicht, warum es nicht auch Ihre Herren Eltern erfahren sollen. Ihre Leistungen in der letzten Zeit waren also sehr unbefriedigend; es ist zwar nicht die Jahreszeit, um besondere Geschäfte zu machen, das erkennen wir an; aber eine Jahreszeit, um keine Geschäfte zu machen, gibt es überhaupt nicht, Herr Samsa, darf es nicht geben.« »Aber Herr Prokurist«, rief Gregor außer sich und vergaß in der Aufregung alles andere, »ich mache ja sofort, augenblicklich auf. Ein leichtes Unwohlsein, ein Schwindelanfall, haben mich verhindert aufzustehen. Ich liege noch jetzt im Bett. Jetzt bin ich aber schon wieder ganz frisch. Eben steige ich aus dem Bett. Nur einen kleinen Augenblick Geduld! Es geht noch nicht so gut, wie ich dachte. Es ist mir aber schon wohl. Wie das nur einen Menschen so überfallen kann! Noch gestern abend war mir ganz gut, meine Eltern wissen es ja, oder besser, schon gestern abend hatte ich eine kleine Vorahnung. Man hätte es mir ansehen müssen. Warum habe ich es nur im Geschäft nicht gemeldet! Aber man denkt eben immer, daß man die Krankheit ohne Zuhausebleiben überstehen wird. Herr Prokurist! Schonen Sie meine Eltern! Für alle die Vorwürfe, die Sie mir jetzt machen, ist ja kein Grund; man hat mir ja davon auch kein Wort gesagt. Sie haben vielleicht die letzten Aufträge, die ich geschickt habe, nicht gelesen.

leave him in peace for now instead of disturbing him with tears and exhortations. But it was precisely all the uncertainty that was oppressing the others and that excused their behavior.

"Mr. Samsa," the chief clerk now called in a louder voice, "what's going on? You're barricading yourself in your room, giving just 'yes' and 'no' answers, causing your parents big, needless worries and—to mention this just incidentally—neglecting your business duties in a truly unheard-of fashion. I am speaking here in the name of your parents and of your employer, and I am asking you quite seriously for an immediate, lucid explanation. I'm amazed, I'm amazed. I thought I knew you for a calm, sensible person, and now suddenly you apparently want to begin making an exhibition of peculiar caprices. To be sure, early this morning our employer, when speaking to me, hinted at a possible explanation for your negligence—it concerned the cash receipts that were recently entrusted to you—but, honestly, I all but gave him my word of honor that that explanation couldn't be the true one. Now, however, I see your incomprehensible stubbornness here and I am losing all willingness to say a good word for you in the slightest way. Nor is your position by any means the most solid. I originally had the intention of telling you all this between ourselves, but since you are making me waste my time here pointlessly, I don't know why your parents shouldn't hear it, too. Well, then, your performance recently has been most unsatisfactory; true, this isn't the season for doing especially good business, we acknowledge that; but a season for doing no business at all just doesn't exist, Mr. Samsa, it can't be allowed to exist." "But, sir," Gregor called out in distraction, forgetting everything else in his excitement, "I'm going to open the door immediately, this minute. A slight indisposition, a dizzy spell, have prevented me from getting up. I'm still lying in bed. But now I feel quite lively again. I am just now climbing out of bed. Be patient for just another moment! I'm not quite as well yet as I thought. But I now feel all right. The things that can affect a person! Just last evening I felt perfectly fine, my parents know that; or it might be better to say that even last evening I had a little advance indication. People should have noticed it from the way I looked. Why didn't I report it at the office?! But you always think that you'll be able to fight off an illness without having to stay home. Sir! Spare my parents! There is no basis for all the complaints you're now making against me; and no one has said a word to me about them. Perhaps you haven't read the last orders I sent in.

Übrigens, noch mit dem Achtuhrzug fahre ich auf die Reise, die paar Stunden Ruhe haben mich gekräftigt. Halten Sie sich nur nicht auf, Herr Prokurist; ich bin gleich selbst im Geschäft, und haben Sie die Güte, das zu sagen und mich dem Herrn Chef zu empfehlen!«

Und während Gregor dies alles hastig ausstieß und kaum wußte, was er sprach, hatte er sich leicht, wohl infolge der im Bett bereits erlangten Übung, dem Kasten genähert und versuchte nun, an ihm sich aufzurichten. Er wollte tatsächlich die Tür aufmachen, tatsächlich sich sehen lassen und mit dem Prokuristen sprechen; er war begierig zu erfahren, was die anderen, die jetzt so nach ihm verlangten, bei seinem Anblick sagen würden. Würden sie erschrecken, dann hatte Gregor keine Verantwortung mehr und konnte ruhig sein. Würden sie aber alles ruhig hinnehmen, dann hatte auch er keinen Grund sich aufzuregen, und konnte, wenn er sich beeilte, um acht Uhr tatsächlich auf dem Bahnhof sein. Zuerst glitt er nun einige Male von dem glatten Kasten ab, aber endlich gab er sich einen letzten Schwung und stand aufrecht da; auf die Schmerzen im Unterleib achete er gar nicht mehr, so sehr sie auch brannten. Nun ließ er sich gegen die Rückenlehne eines nahen Stuhles fallen, an deren Rändern er sich mit seinen Beinchen festhielt. Damit hatte er aber auch die Herrschaft über sich erlangt und verstummte, denn nun konnte er den Prokuristen anhören.

»Haben Sie auch nur ein Wort verstanden?« fragte der Prokurist die Eltern, »er macht sich doch wohl nicht einen Narren aus uns?« »Um Gottes willen«, rief die Mutter schon unter Weinen, »er ist vielleicht schwerkrank, und wir quälen ihn. Grete! Grete!« schrie sie dann. »Mutter?« rief die Schwester von der anderen Seite. Sie verständigten sich durch Gregors Zimmer. »Du mußt augenblicklich zum Arzt. Gregor ist krank. Rasch um den Arzt. Hast du Gregor jetzt reden hören?« »Das war eine Tierstimme«, sagte der Prokurist, auffallend leise gegenüber dem Schreien der Mutter. »Anna! Anna!« rief der Vater durch das Vorzimmer in die Küche und klatschte in die Hände, »sofort einen Schlosser holen!« Und schon liefen die zwei Mädchen mit rauschenden Röcken durch das Vorzimmer—wie hatte sich die Schwester denn so schnell angezogen?—und rissen die Wohnungstüre auf. Man hörte gar nicht die Türe zuschlagen; sie hatten sie wohl offen gelassen, wie es in Wohnungen zu sein pflegt, in denen ein großes Unglück geschehen ist.

Gregor war aber viel ruhiger geworden. Man verstand zwar also seine Worte nicht mehr, trotzdem sie ihm genug klar, klarer als früher, vorgekommen waren, vielleicht infolge der Gewöhnung des Ohres. Aber immerhin glaubte man nun schon daran, daß es mit ihm nicht

Besides, I'll still make the trip on the eight-o'clock train, the couple of hours of rest have strengthened me. Don't waste your time here, sir; I'll be at the office myself in no time, and please be good enough to tell them that and give my best wishes to our employer!"

And while Gregor was pouring all of this out hastily, scarcely knowing what he was saying, he had approached the wardrobe without difficulty, probably because of the practice he had already had in bed, and was now trying to draw himself up against it. He wanted actually to open the door, actually to show himself and speak with the chief clerk; he was eager to learn what the others, who were now so desirous of his presence, would say when they saw him. If they got frightened, then Gregor would have no further responsibility and could be calm. But if they accepted everything calmly, then he, too, would have no cause to be upset, and, if he hurried, he could really be at the station at eight o'clock. At first, now, he slid back down the smooth wardrobe several times, but finally, giving himself one last thrust, he stood there upright; he paid no more attention to the pains in his abdomen, severe as they were. Now he let himself fall against the backrest of a nearby chair and held tight to its edges with his little legs. By doing so, moreover, he had also gained control over himself and he fell silent, because now he could listen to the chief clerk.

"Did you understand even a single word?" the chief clerk was asking his parents; "he isn't trying to make a fool of us, is he?" "God forbid," called his mother, who was weeping by this time, "he may be seriously ill, and we're torturing him. Grete! Grete!" she then shouted. "Mother?" called his sister from the other side. They were communicating across Gregor's room. "You must go to the doctor's at once. Gregor is sick. Fetch the doctor fast. Did you hear Gregor speaking just now?" "That was an animal's voice," said the chief clerk, noticeably quietly in contrast to the mother's shouting. "Anna! Anna!" called the father through the hallway into the kitchen, clapping his hands, "get a locksmith right away!" And already the two girls were running down the hallway with rustling skirts—how had his sister gotten dressed so quickly?— and tore open the apartment door. There was no sound of the door closing; they had most likely left it open, as is the case in apartments where a great misfortune has occurred.

But Gregor had become much calmer. To be sure, he now realized that his speech was no longer intelligible, even though it had seemed clear enough to him, clearer than before, perhaps because his ears were getting used to it. But anyway they were now believing that there was something

ganz in Ordnung war, und war bereit, ihm zu helfen. Die Zuversicht und Sicherheit, mit welchen die ersten Anordnungen getroffen worden waren, taten ihm wohl. Er fühlte sich wieder einbezogen in den menschlichen Kreis und erhoffte von beiden, vom Arzt und vom Schlosser, ohne sie eigentlich genau zu scheiden, großartige und überraschende Leistungen. Um für die sich nähernden entscheidenden Besprechungen eine möglichst klare Stimme zu bekommen, hustete er ein wenig ab, allerdings bemüht, dies ganz gedämpft zu tun, da möglicherweise auch schon dieses Geräusch anders als menschlicher Husten klang, was er selbst zu entscheiden sich nicht mehr getraute. Im Nebenzimmer war es inzwischen ganz still geworden. Vielleicht saßen die Eltern mit dem Prokuristen beim Tisch und tuschelten, vielleicht lehnten alle an der Türe und horchten.

Gregor schob sich langsam mit dem Sessel zur Tür hin, ließ ihn dort los, warf sich gegen die Tür, hielt sich an ihr aufrecht—die Ballen seiner Beinchen hatten ein wenig Klebstoff—und ruhte sich dort einen Augenblick lang von der Anstrengung aus. Dann aber machte er sich daran, mit dem Mund den Schlüssel im Schloß umzudrehen. Es schien leider, daß er keine eigentlichen Zähne hatte,—womit sollte er gleich den Schlüssel fassen?—aber dafür waren die Kiefer freilich sehr stark; mit ihrer Hilfe brachte er auch wirklich den Schlüssel in Bewegung und achtete nicht darauf, daß er sich zweifellos irgendeinen Schaden zufügte, denn eine braune Flüssigkeit kam ihm aus dem Mund, floß über den Schlüssel und tropfte auf den Boden. »Hören Sie nur«, sagte der Prokurist im Nebenzimmer, »er dreht den Schlüssel um.« Das war für Gregor eine große Aufmunterung; aber alle hätten ihm zurufen sollen, auch der Vater und die Mutter: ›Frisch, Gregor‹, hätten sie rufen sollen, ›immer nur heran, fest an das Schloß heran!‹ Und in der Vorstellung, daß alle seine Bemühungen mit Spannung verfolgten, verbiß er sich mit allem, was er an Kraft aufbringen konnte, besinnungslos in den Schlüssel. Je nach dem Fortschreiten der Drehung des Schlüssels umtanzte er das Schloß; hielt sich jetzt nur noch mit dem Munde aufrecht, und je nach Bedarf hing er sich an den Schlüssel oder drückte ihn dann wieder nieder mit der ganzen Last seines Körpers. Der hellere Klang des endlich zurückschnappenden Schlosses erweckte Gregor förmlich. Aufatmend sagte er sich: ›Ich habe also den Schlosser nicht gebraucht‹, und legte den Kopf auf die Klinke, um die Türe gänzlich zu öffnen.

Da er die Türe auf diese Weise öffnen mußte, war sie eigentlich schon recht weit geöffnet, und er selbst noch nicht zu sehen. Er

wrong with him and they were ready to help him. The confidence and security with which the first measures had been
taken, comforted him. He felt that he was once more drawn
into the circle of humanity and hoped for magnificent and
surprising achievements on the part of both, the doctor and
the locksmith, without really differentiating much between
them. In order to restore his voice to its maximum clarity for
the imminent decisive discussions, he cleared it a little by
coughing, but took care to do this in very muffled tones,
since possibly even that noise might sound different from
human coughing, and he no longer trusted himself to make
the distinction. Meanwhile it had become completely quiet
in the adjoining room. Perhaps his parents were sitting at
the table with the chief clerk and whispering quietly, perhaps they were all leaning against the door and listening.

Gregor shoved himself slowly to the door, using the chair;
once there, he let it go and threw himself against the door,
holding himself upright against it—the balls of his little feet
contained some sticky substance—and rested there from his
exertions for the space of a minute. But then he prepared
to turn the key in the lock with his mouth. Unfortunately it
seemed that he had no real teeth—what was he to grasp the
key with?—but, instead, his jaws were actually pretty strong;
with their help he did really get the key to move, paying no
heed to the fact that he doubtless was doing himself some
injury, because a brown fluid issued from his mouth, ran
down over the key and dripped onto the floor. "Listen there,"
said the chief clerk in the adjoining room, "he's turning the
key." That was a great encouragement for Gregor; but all of
them should have called out to him, even his father and
mother; "Go to it, Gregor!" they should have called, "keep
at it, work on that lock!" And, imagining that they were all
following his efforts in suspense, he bit recklessly into the
key with all the strength he could muster. He danced around
the lock, now here, now there, following the progress of the
key as it turned; now he was keeping himself upright solely
with his mouth, and, as the need arose, he either hung from
the key or pushed it down again with the full weight of his
body. The sharper sound of the lock, as it finally snapped
back, woke Gregor up completely. With a sigh of relief he
said to himself: "So then, I didn't need the locksmith," and
he placed his head on the handle, in order to open the door
all the way.

Since he had to open the door in this manner, he was
still out of sight after it was already fairly wide open. First he

mußte sich erst langsam um den einen Türflügel herumdrehen, und zwar sehr vorsichtig, wenn er nicht gerade vor dem Eintritt ins Zimmer plump auf den Rücken fallen wollte. Er war noch mit jener schwierigen Bewegung beschäftigt und hatte nicht Zeit, auf anderes zu achten, da hörte er schon den Prokuristen ein lautes »Oh!« ausstoßen—es klang, wie wenn der Wind saust—und nun sah er ihn auch, wie er, der der Nächste an der Türe war, die Hand gegen den offenen Mund drückte und langsam zurückwich, als vertreibe ihn eine unsichtbare, gleichmäßig fortwirkende Kraft. Die Mutter—sie stand hier trotz der Anwesenheit des Prokuristen mit von der Nacht her noch aufgelösten, hoch sich sträubenden Haaren—sah zuerst mit gefalteten Händen den Vater an, ging dann zwei Schritte zu Gregor hin und fiel inmitten ihrer rings um sie herum sich ausbreitenden Röcke nieder, das Gesicht ganz unauffindbar zu ihrer Brust gesenkt. Der Vater ballte mit feindseligem Ausdruck die Faust, als wolle er Gregor in sein Zimmer zurückstoßen, sah sich dann unsicher im Wohnzimmer um, beschattete dann mit den Händen die Augen und weinte, daß sich seine mächtige Brust schüttelte.

Gregor trat nun gar nicht in das Zimmer, sondern lehnte sich von innen an den festgeriegelten Türflügel, so daß sein Leib nur zur Hälfte und darüber der seitlich geneigte Kopf zu sehen war, mit dem er zu den anderen hinüberlugte. Es war inzwischen viel heller geworden; klar stand auf der anderen Straßenseite ein Ausschnitt des gegenüberliegenden, endlosen, grauschwarzen Hauses—es war ein Krankenhaus—mit seinen hart die Front durchbrechenden regelmäßigen Fenstern; der Regen fiel noch nieder, aber nur mit großen, einzeln sichtbaren und förmlich auch einzelnweise auf die Erde hinuntergeworfenen Tropfen. Das Frühstücksgeschirr stand in überreicher Zahl auf dem Tisch, denn für den Vater war das Frühstück die wichtigste Mahlzeit des Tages, die er bei der Lektüre verschiedener Zeitungen stundenlang hinzog. Gerade an der gegenüberliegenden Wand hing eine Photographie Gregors aus seiner Militärzeit, die ihn als Leutnant darstellte, wie er, die Hand am Degen, sorglos lächelnd, Respekt für seine Haltung und Uniform verlangte. Die Tür zum Vorzimmer war geöffnet, und man sah, da auch die Wohnungstür offen war, auf den Vorplatz der Wohnung hinaus und auf den Beginn der abwärts führenden Treppe.

»Nun«, sagte Gregor und war sich dessen wohl bewußt, daß er der einzige war, der die Ruhe bewahrt hatte, »ich werde mich gleich anziehen, die Kollektion zusammenpacken und wegfahren. Wollt ihr, wollt ihr mich wegfahren lassen? Nun, Herr Prokurist, Sie sehen, ich bin nicht starrköpfig und ich arbeite gern; das Reisen ist beschwerlich,

had to turn his body slowly around one leaf of the double door, and very carefully at that, if he didn't want to fall squarely on his back right before entering the room. He was still occupied by that difficult maneuver and had no time to pay attention to anything else, when he heard the chief clerk utter a loud "Oh!"—it sounded like the wind howling—and now he saw him as well. He had been the closest to the door; now, pressing his hand against his open mouth, he stepped slowly backward as if driven away by some invisible force operating with uniform pressure. Gregor's mother—despite the presence of the chief clerk, she stood there with her hair still undone from the previous night and piled in a high, ruffled mass—first looked at his father with folded hands, then took two steps toward Gregor and collapsed in the midst of her petticoats, which billowed out all around her, her face completely lost to view and sunk on her chest. His father clenched his fist with a hostile expression, as if intending to push Gregor back into his room; then he looked around the parlor in uncertainty, shaded his eyes with his hands and wept so hard that it shook his powerful chest.

Gregor now refrained from entering the room; he stayed inside, leaning on the leaf of the door that was firmly latched, so that all that could be seen was half of his body and, above it, his head tilted to the side, with which he peered toward the others. Meanwhile it had become much brighter outside; clearly visible on the other side of the street was a section of the building situated opposite from them, endless, gray-black—it was a hospital—with its regularly placed windows harshly piercing its facade; the rain was still falling, but only in large drops that were individually visible and were literally flung down upon the ground one by one. An excessive number of breakfast dishes and utensils stood on the table, because for Gregor's father breakfast was the most important meal of the day and he would stretch it out for hours while reading a number of newspapers. On the wall precisely opposite hung a photograph of Gregor that dated from his military service, showing him as a lieutenant, hand on sword, with a carefree smile, demanding respect for his bearing and his uniform. The door to the hallway was open and, since the apartment door was open, too, there was a clear view all the way out onto the landing and the beginning of the downward staircase.

"Now," said Gregor, who was perfectly conscious of being the only one who had remained calm, "I'll get dressed right away, pack the sample case and catch the train. Is it all right, is it all right with you if I make the trip? Now, sir, you see that I'm not stubborn and I am glad to do my job;

aber ich könnte ohne das Reisen nicht leben. Wohin gehen Sie denn, Herr Prokurist? Ins Geschäft? Ja? Werden Sie alles wahrheitsgetreu berichten? Man kann im Augenblick unfähig sein zu arbeiten, aber dann ist gerade der richtige Zeitpunkt, sich an die früheren Leistungen zu erinnern und zu bedenken, daß man später, nach Beseitigung des Hindernisses, gewiß desto fleißiger und gesammelter arbeiten wird. Ich bin ja dem Herrn Chef so sehr verpflichtet, das wissen Sie doch recht gut. Andererseits habe ich die Sorge um meine Eltern und die Schwester. Ich bin in der Klemme, ich werde mich aber auch wieder herausarbeiten. Machen Sie es mir aber nicht schwieriger, als es schon ist. Halten Sie im Geschäft meine Partei! Man liebt den Reisenden nicht, ich weiß. Man denkt, er verdient ein Heidengeld und führt dabei ein schönes Leben. Man hat eben keine besondere Veranlassung, dieses Vorurteil besser zu durchdenken. Sie aber, Herr Prokurist, Sie haben einen besseren Überblick über die Verhältnisse als das sonstige Personal, ja sogar, ganz im Vertrauen gesagt, einen besseren Überblick als der Herr Chef selbst, der in seiner Eigenschaft als Unternehmer sich in seinem Urteil leicht zuungunsten eines Angestellten beirren läßt. Sie wissen auch sehr wohl, daß der Reisende, der fast das ganze Jahr außerhalb des Geschäftes ist, so leicht ein Opfer von Klatschereien, Zufälligkeiten und grundlosen Beschwerden werden kann, gegen die sich zu wehren ihm ganz unmöglich ist, da er von ihnen meistens gar nichts erfährt und nur dann, wenn er erschöpft eine Reise beendet hat, zu Hause die schlimmen, auf ihre Ursachen hin nicht mehr zu durchschauenden Folgen am eigenen Leibe zu spüren bekommt. Herr Prokurist, gehen Sie nicht weg, ohne mir ein Wort gesagt zu haben, das mir zeigt, daß Sie mir wenigstens zu einem kleinen Teil recht geben!«

Aber der Prokurist hatte sich schon bei den ersten Worten Gregors abgewendet, und nur über die zuckende Schulter hinweg sah er mit aufgeworfenen Lippen nach Gregor zurück. Und während Gregors Rede stand er keinen Augenblick still, sondern verzog sich, ohne Gregor aus den Augen zu lassen, gegen die Tür, aber ganz allmählich, als bestehe ein geheimes Verbot, das Zimmer zu verlassen. Schon war er im Vorzimmer, und nach der plötzlichen Bewegung, mit der er zum letztenmal den Fuß aus dem Wohnzimmer zog, hätte man glauben können, er habe sich soeben die Sohle verbrannt. Im Vorzimmer aber streckte er die rechte Hand weit von sich zur Treppe hin, als warte dort auf ihn eine geradezu überirdische Erlösung.

Gregor sah ein, daß er den Prokuristen in dieser Stimmung auf keinen Fall weggehen lassen dürfe, wenn dadurch seine Stellung im

traveling is a nuisance, but without the traveling I couldn't live. Where are you off to, sir? To the office? Yes? Will you make an honest report of everything? There's a moment now and then when a man is incapable of working, but that's precisely the right moment to recall his past performance and to consider that, later on, when the obstacle is cleared away, he will surely work all the more diligently and with greater concentration. I am so deeply obligated to our employer, you know that very well. Besides, I have my parents and sister to worry about. I'm in a jam, but I'll work my way out of it. But don't make it harder for me than it already is. Speak up for me in the firm! A traveling salesman isn't well liked, I know. People think he makes a fortune and lives in clover. They have no particular reason to reflect on it and get over that prejudice. But you, sir, you have a better overview of the true state of affairs than the rest of the staff; in fact, speaking in all confidence, a better overview than our employer himself, who, in his role as entrepreneur, can easily be led to misjudge one of his employees. You are also well aware that a traveling salesman, who is away from the home office almost all year long, can thus easily fall victim to gossip, contingencies and groundless complaints that he's completely unable to defend himself against because he generally hears nothing about them; or else he finds out only when he has just come back from a trip, all worn out, and gets to feel the bad results at home, personally, when it's too late even to fathom the reasons for them. Sir, don't go away without saying a word to me that shows me that you agree with me even a little bit!"

But at Gregor's first words the chief clerk had already turned away, and only looked back at Gregor over his jerking shoulder, his lips pouting. And during Gregor's speech he didn't stand still for a minute, but, never losing sight of Gregor, retreated toward the door, very gradually, as if under a secret prohibition against leaving the room. By now he was in the hallway, and, from the abrupt movement with which he finally withdrew his foot from the parlor, anyone might think he had just burnt the sole of it. But in the hallway he stretched out his right hand as far as it could go in the direction of the stairway, as if a truly superterrestrial deliverance were awaiting him there.

Gregor realized that it simply wouldn't do to let the chief clerk depart in that frame of mind, or else his position

Geschäft nicht aufs äußerste gefährdet werden sollte. Die Eltern verstanden das alles nicht so gut; sie hatten sich in den langen Jahren die Überzeugung gebildet, daß Gregor in diesem Geschäft für sein Leben versorgt war, und hatten außerdem jetzt mit den augenblicklichen Sorgen so viel zu tun, daß ihnen jede Voraussicht abhanden gekommen war. Aber Gregor hatte diese Voraussicht. Der Prokurist mußte gehalten, beruhigt, überzeugt und schließlich gewonnen werden; die Zukunft Gregors und seiner Familie hing doch davon ab! Wäre doch die Schwester hier gewesen! Sie war klug; sie hatte schon geweint, als Gregor noch ruhig auf dem Rücken lag. Und gewiß hätte der Prokurist, dieser Damenfreund, sich von ihr lenken lassen; sie hätte die Wohnungstür zugemacht und ihm im Vorzimmer den Schrecken ausgeredet. Aber die Schwester war eben nicht da, Gregor selbst mußte handeln. Und ohne daran zu denken, daß er seine gegenwärtigen Fähigkeiten, sich zu bewegen, noch gar nicht kannte, ohne auch daran zu denken, daß seine Rede möglicherja wahrscheinlicherweise wieder nicht verstanden worden war, verließ er den Türflügel; schob sich durch die Öffnung; wollte zum Prokuristen hingehen, der sich schon am Geländer des Vorplatzes lächerlicherweise mit beiden Händen festhielt; fiel aber sofort, nach einem Halt suchend, mit einem kleinen Schrei auf seine vielen Beinchen nieder. Kaum war das geschehen, fühlte er zum erstenmal an diesem Morgen ein körperliches Wohlbehagen; die Beinchen hatten festen Boden unter sich; sie gehorchten vollkommen, wie er zu seiner Freude merkte; strebten sogar danach, ihn fortzutragen, wohin er wollte; und schon glaubte er, die endgültige Besserung alles Leidens stehe unmittelbar bevor. Aber im gleichen Augenblick, als er da schaukelnd vor verhaltener Bewegung, gar nicht weit von seiner Mutter entfernt, ihr gerade gegenüber auf dem Boden lag, sprang diese, die doch so ganz in sich versunken schien, mit einem Male in die Höhe, die Arme weit ausgestreckt, die Finger gespreizt, rief: »Hilfe, um Gottes willen, Hilfe!«, hielt den Kopf geneigt, als wolle sie Gregor besser sehen, lief aber, im Widerspruch dazu, sinnlos zurück; hatte vergessen, daß hinter ihr der gedeckte Tisch stand; setzte sich, als sie bei ihm angekommen war, wie in Zerstreutheit, eilig auf ihn; und schien gar nicht zu merken, daß neben ihr aus der umgeworfenen großen Kanne der Kaffee in vollem Strome auf den Teppich sich ergoß.

»Mutter, Mutter«, sagte Gregor leise und sah zu ihr hinauf. Der Prokurist war ihm für einen Augenblick ganz aus dem Sinn gekommen; dagegen konnte er sich nicht versagen, im Anblick des fließenden Kaffees mehrmals mit den Kiefern ins Leere zu schnappen.

in the firm would be seriously endangered. His parents didn't understand things like that so well: in all those long years they had gained the conviction that Gregor was set up for life in this firm, and, besides, they were now so preoccupied by the troubles of the moment that they had lost track of all foresight. But Gregor possessed that foresight. The chief clerk must be retained, pacified, persuaded and finally won over; after all, the future of Gregor and his family depended on it! If only his sister were here! She was clever; she had already started to cry while Gregor was still lying calmly on his back. And surely the chief clerk, who was an admirer of women, would have let her manage him; she would have closed the parlor door and talked him out of his fears in the hallway. But his sister *wasn't* there, Gregor had to act on his own behalf. And without stopping to think that he was still completely unfamiliar with his own present powers of locomotion, without stopping to think that once again his oration had possibly—in fact, probably—not been understood, he let go of the leaf of the door; shoved himself through the opening; tried to reach the chief clerk, who was already clutching the railing on the landing with both hands in a ridiculous manner; but immediately, while seeking a support, fell down onto his numerous legs with a brief cry. Scarcely had that occurred when, for the first time that morning, he felt a sense of bodily comfort; his little legs had solid ground below them; they obeyed perfectly, as he noticed to his joy; in fact, they were eager to carry him wherever he wanted to go; and he now believed that a definitive cure for all his sorrow was immediately due. But at that very instant, rocking back and forth as he contained his forward propulsion for a moment, he had come very close to his mother, directly opposite her on the floor. Suddenly she leaped up into the air, even though she had seemed so totally lost to the world; she stretched out her arms wide, spread her fingers and shouted: "Help, for the love of God, help!" She kept her head lowered as if she wanted to get a better look at Gregor, but in contradiction to that, she ran backwards recklessly. Forgetting that the laid table was behind her, when she reached it she hastily sat down on it as if absentminded, and seemed not to notice that alongside her the coffee was pouring onto the carpet in a thick stream out of the big overturned pot.

"Mother, Mother," Gregor said softly, looking up at her. For a moment he had completely forgotten about the chief clerk; on the other hand, seeing the flowing coffee, he couldn't resist snapping at the air with his jaws a few times.

Darüber schrie die Mutter neuerdings auf, flüchtete vom Tisch und fiel dem ihr entgegeneilenden Vater in die Arme. Aber Gregor hatte jetzt keine Zeit für seine Eltern; der Prokurist war schon auf der Treppe; das Kinn auf dem Geländer, sah er noch zum letzten Male zurück. Gregor nahm einen Anlauf, um ihn möglichst sicher einzuholen; der Prokurist mußte etwas ahnen, denn er machte einen Sprung über mehrere Stufen und verschwand; »Hu!« aber schrie er noch, es klang durchs ganze Treppenhaus. Leider schien nun auch diese Flucht des Prokuristen den Vater, der bisher verhältnismäßig gefaßt gewesen war, völlig zu verwirren, denn statt selbst dem Prokuristen nachzulaufen oder wenigstens Gregor in der Verfolgung nicht zu hindern, packte er mit der Rechten den Stock des Prokuristen, den dieser mit Hut und Überzieher auf einem Sessel zurückgelassen hatte, holte mit der Linken eine große Zeitung vom Tisch und machte sich unter Füßestampfen daran, Gregor durch Schwenken des Stockes und der Zeitung in sein Zimmer zurückzutreiben. Kein Bitten Gregors half, kein Bitten wurde auch verstanden, er mochte den Kopf noch so demütig drehen, der Vater stampfte nur stärker mit den Füßen. Drüben hatte die Mutter trotz des kühlen Wetters ein Fenster aufgerissen, und hinausgelehnt drückte sie ihr Gesicht weit außerhalb des Fensters in ihre Hände. Zwischen Gasse und Treppenhaus entstand eine starke Zugluft, die Fenstervorhänge flogen auf, die Zeitungen auf dem Tische rauschten, einzelne Blätter wehten über den Boden hin. Unerbittlich drängte der Vater und stieß Zischlaute aus, wie ein Wilder. Nun hatte aber Gregor noch gar keine Übung im Rückwärtsgehen, es ging wirklich sehr langsam. Wenn sich Gregor nur hätte umdrehen dürfen, er wäre gleich in seinem Zimmer gewesen, aber er fürchtete sich, den Vater durch die zeitraubende Umdrehung ungeduldig zu machen, und jeden Augenblick drohte ihm doch von dem Stock in des Vaters Hand der tödliche Schlag auf den Rücken oder auf den Kopf. Endlich aber blieb Gregor doch nichts anderes übrig, denn er merkte mit Entsetzen, daß er im Rückwärtsgehen nicht einmal die Richtung einzuhalten verstand; und so begann er, unter unaufhörlichen ängstlichen Seitenblicken nach dem Vater, sich nach Möglichkeit rasch, in Wirklichkeit aber doch nur sehr langsam umzudrehen. Vielleicht merkte der Vater seinen guten Willen, denn er störte ihn hierbei nicht, sondern dirigierte sogar hie und da die Drehbewegung von der Ferne mit der Spitze seines Stockes. Wenn nur nicht dieses unerträgliche Zischen des Vaters gewesen wäre! Gregor verlor darüber ganz den Kopf. Er war schon fast ganz umgedreht, als er sich, immer auf dieses Zischen horchend, sogar irrte und sich wieder ein Stück

This made his mother scream again, dash away from the table and fall into the arms of his father, who hastened to receive her. But now Gregor had no time for his parents; the chief clerk was already on the staircase; his chin on the railing, he was still looking back for a last time. Gregor spurted forward, to be as sure as possible of catching up with him; the chief clerk must have had some foreboding, because he made a jump down several steps and disappeared; but he was still shouting "Aaaah!"—the sound filled the whole stairwell. Unfortunately this flight of the chief clerk now also seemed to confuse Gregor's father, who up to that point had been relatively composed: instead of running after the chief clerk himself or at least not obstructing Gregor in *his* pursuit, with his right hand he seized the chief clerk's walking stick, which the latter had left behind on a chair along with his hat and overcoat; with his left hand he gathered up a big newspaper from the table and, stamping his feet, began to drive Gregor back into his room by brandishing the walking stick and the paper. No plea of Gregor's helped; in fact, no plea was understood; no matter how humbly he turned his head, his father only stamped his feet harder. On the other side of the room his mother had torn open a window despite the cool weather, and, leaning out, was pressing her face into her hands far beyond the window frame. Between the street and the stairwell a strong draught was created, the window curtains flew up, the newspapers on the table rustled and a few sheets blew across the floor. Implacably the father urged him back, uttering hisses like a savage. Gregor, however, had no practice in walking backwards, and, to tell the truth, it was very slow going for him. If Gregor had only been able to turn around, he would have been back in his room right away, but he was afraid of making his father impatient by such a time-consuming turn, and at every moment he was threatened by a fatal blow on the back or head from the stick in his father's hand. But finally Gregor had no other choice, because he observed with horror that, when walking backwards, he wasn't even able to keep in one direction; and so, with uninterrupted, anguished sidewise glances at his father, he began to turn around as quickly as he could, but nevertheless very slowly. Perhaps his father noticed his good will, because he didn't disturb him in this procedure but from time to time even conducted the rotary movement from a distance with the tip of his stick. If only his father had stopped that unbearable hissing! It made Gregor lose his head altogether. He was almost completely turned around when, constantly on the alert for that hissing,

zurückdrehte. Als er aber endlich glücklich mit dem Kopf vor der Türöffnung war, zeigte es sich, daß sein Körper zu breit war, um ohne weiteres durchzukommen. Dem Vater fiel es natürlich in seiner gegenwärtigen Verfassung auch nicht entfernt ein, etwa den anderen Türflügel zu öffnen, um für Gregor einen genügenden Durchgang zu schaffen. Seine fixe Idee war bloß, daß Gregor so rasch als möglich in sein Zimmer müsse. Niemals hätte er auch die umständlichen Vorbereitungen gestattet, die Gregor brauchte, um sich aufzurichten und vielleicht auf diese Weise durch die Tür zu kommen. Vielmehr trieb er, als gäbe es kein Hindernis, Gregor jetzt unter besonderem Lärm vorwärts; es klang schon hinter Gregor gar nicht mehr wie die Stimme bloß eines einzigen Vaters; nun gab es wirklich keinen Spaß mehr, und Gregor drängte sich—geschehe was wolle—in die Tür. Die eine Seite seines Körpers hob sich, er lag schief in der Türöffnung, seine eine Flanke war ganz wundgerieben, an der weißen Tür blieben häßliche Flecken, bald steckte er fest und hätte sich allein nicht mehr rühren können, die Beinchen auf der einen Seite hingen zitternd oben in der Luft, die auf der anderen waren schmerzhaft zu Boden gedrückt—da gab ihm der Vater von hinten einen jetzt wahrhaftig erlösenden starken Stoß, und er flog, heftig blutend, weit in sein Zimmer hinein. Die Tür wurde noch mit dem Stock zugeschlagen, dann war es endlich still.

II

Erst in der Abenddämmerung erwachte Gregor aus seinem schweren ohnmachtsähnlichen Schlaf. Er wäre gewiß nicht viel später auch ohne Störung erwacht, denn er fühlte sich genügend ausgeruht und ausgeschlafen, doch schien es ihm, als hätte ihn ein flüchtiger Schritt und ein vorsichtiges Schließen der zum Vorzimmer führenden Tür geweckt. Der Schein der elektrischen Straßenlampen lag bleich hier und da auf der Zimmerdecke und auf den höheren Teilen der Möbel, aber unten bei Gregor war es finster. Langsam schob er sich, noch ungeschickt mit seinen Fühlern tastend, die er erst jetzt schätzen lernte, zur Türe hin, um nachzusehen, was dort geschehen war. Seine linke Seite schien eine einzige lange, unangenehm spannende Narbe, und er mußte auf seinen zwei Beinreihen regelrecht hinken. Ein Beinchen war übrigens im Laufe der vormittägigen Vorfälle schwer verletzt worden—es war fast ein Wunder, daß nur eines verletzt worden war—und schleppte leblos nach.

he made a mistake and turned himself back again a little. But when at last he had happily brought his head around to the opening in the doorway, it turned out that his body was too wide to get through without further difficulty. Naturally, in his present mood it didn't even remotely occur to his father to open the other leaf of the door in order to create an adequate passageway for Gregor. His idée fixe was merely that Gregor was to get into his room as quickly as possible. Nor would he ever have allowed the circumstantial preparations that were necessary for Gregor to hoist himself upright and perhaps get through the door in that way. Instead, as if there were no obstacle, he was now driving Gregor forward and making a lot of noise about it; what Gregor now heard behind him was no longer anything like the voice of merely one father; it was really no longer a joking matter, and Gregor squeezed into the doorway, no matter what the consequences. One side of his body lifted itself up; he was lying obliquely in the opening; one of his sides was completely abraded; ugly stains were left on the white door; now he was stuck tight and wouldn't have been able to stir from the spot; on one side his little legs were hanging up in the air and trembling, those on the other side were painfully crushed on the ground—then his father gave him a strong push from behind that was a truly liberating one, and, bleeding profusely, he sailed far into his room. Next, the door was slammed shut with the stick, then all was finally quiet.

II

It was only at twilight that Gregor awoke from his deep, swoonlike sleep. He would surely have awakened not much later even if there had been no disturbance, because he felt sufficiently rested and refreshed by sleep, but it seemed to him as if he had been aroused by a hasty footfall and a cautious locking of the door that led to the hallway. The light of the electric street lamps lay pallidly here and there on the ceiling and on the upper parts of the furniture, but down where Gregor was, it was dark. Slowly, still feeling his way clumsily with his antennae, which he was just now beginning to appreciate, he heaved himself over to the door to see what had happened there. His left side seemed to be one long scar, with an unpleasant tightness to it, and he actually had to limp on his two rows of legs. In addition, one leg had been severely damaged during the morning's events— it was almost a miracle that only one had been damaged— and now dragged after him lifelessly.

Erst bei der Tür merkte er, was ihn dorthin eigentlich gelockt hatte; es war der Geruch von etwas Eßbarem gewesen. Denn dort stand ein Napf mit süßer Milch gefüllt, in der kleine Schnitten von Weißbrot schwammen. Fast hätte er vor Freude gelacht, denn er hatte noch größeren Hunger als am Morgen, und gleich tauchte er seinen Kopf fast bis über die Augen in die Milch hinein. Aber bald zog er ihn enttäuscht wieder zurück; nicht nur, daß ihm das Essen wegen seiner heiklen linken Seite Schwierigkeiten machte—und er konnte nur essen, wenn der ganze Körper schnaufend mitarbeitete—, so schmeckte ihm überdies die Milch, die sonst sein Lieblingsgetränk war, und die ihm gewiß die Schwester deshalb hereingestellt hatte, gar nicht, ja er wandte sich fast mit Widerwillen von dem Napf ab und kroch in die Zimmermitte zurück.

Im Wohnzimmer war, wie Gregor durch die Türspalte sah, das Gas angezündet, aber während sonst zu dieser Tageszeit der Vater seine nachmittags erscheinende Zeitung der Mutter und manchmal auch der Schwester mit erhobener Stimme vorzulesen pflegte, hörte man jetzt keinen Laut. Nun, vielleicht war dieses Vorlesen, von dem ihm die Schwester immer erzählte und schrieb, in der letzten Zeit überhaupt aus der Übung gekommen. Aber auch ringsherum war es so still, trotzdem doch gewiß die Wohnung nicht leer war. ›Was für ein stilles Leben die Familie doch führte‹, sagte sich Gregor und fühlte, während er starr vor sich ins Dunkle sah, einen großen Stolz darüber, daß er seinen Eltern und seiner Schwester ein solches Leben in einer so schönen Wohnung hatte verschaffen können. Wie aber, wenn jetzt alle Ruhe, aller Wohlstand, alle Zufriedenheit ein Ende mit Schrecken nehmen sollten? Um sich nicht in solche Gedanken zu verlieren, setzte sich Gregor lieber in Bewegung und kroch im Zimmer auf und ab.

Einmal während des langen Abends wurde die eine Seitentür und einmal die andere bis zu einer kleinen Spalte geöffnet und rasch wieder geschlossen; jemand hatte wohl das Bedürfnis hereinzukommen, aber auch wieder zu viele Bedenken. Gregor machte nun unmittelbar bei der Wohnzimmertür halt, entschlossen, den zögernden Besucher doch irgendwie hereinzubringen oder doch wenigstens zu erfahren, wer es sei; aber nun wurde die Tür nicht mehr geöffnet und Gregor wartete vergebens. Früh, als die Türen versperrt waren, hatten alle zu ihm hereinkommen wollen, jetzt, da er die eine Tür geöffnet hatte und die anderen offenbar während des Tages geöffnet worden waren, kam keiner mehr, und die Schlüssel steckten nun auch von außen.

Spät erst in der Nacht wurde das Licht im Wohnzimmer ausgelöscht, und nun war leicht festzustellen, daß die Eltern und die

It was only when he had reached the door that he noticed what had really lured him there; it was the aroma of something edible. For a basin stood there, filled with milk in which little slices of white bread were floating. He could almost have laughed for joy, because he was even hungrier than in the morning, and immediately he plunged his head into the milk almost over his eyes. But soon he pulled it out again in disappointment; it was not only that eating caused him difficulties because of his tender left side—and he could eat only when his whole body participated, puffing away—on top of that, he didn't at all like the milk, which was formerly his favorite beverage and which therefore had surely been placed there by his sister for that very reason; in fact, he turned away from the basin almost with repugnance and crept back to the center of the room.

In the parlor, as Gregor saw through the crack in the door, the gas was lit, but, whereas usually at that time of day his father was accustomed to read his afternoon paper to his mother, and sometimes his sister, in a loud voice, now there was not a sound to be heard. Maybe that practice of reading aloud, which his sister always told and wrote him about, had fallen out of use recently. But it was so quiet all around, too, even though the apartment was surely not empty. "What a quiet life the family leads," Gregor said to himself, and while he stared ahead into the darkness, he felt very proud of himself for having been able to provide his parents and sister with a life like that, in such a beautiful apartment. But what if now all the peace, all the prosperity, all the contentment were to come to a fearful end? In order not to give way to such thoughts, Gregor preferred to start moving, and he crawled back and forth in the room.

Once during the long evening one of the side doors, and once the other one, was opened a tiny crack and swiftly shut again; someone had probably needed to come in but was too disinclined to do so. Now Gregor came to a halt directly in front of the parlor door, determined to bring in the hesitant visitor in some way or another, or else at least find out who it was; but the door wasn't opened again and Gregor waited in vain. That morning, when the doors were locked, they had all wanted to come into his room; now, after he had himself opened one door and the others had obviously been opened during the day, no one came any longer, and, in addition, the keys were now on the outside.

It wasn't until late at night that the light in the parlor was turned off, and now it was easy to ascertain that his

Schwester so lange wachgeblieben waren, denn wie man genau hören konnte, entfernten sich jetzt alle drei auf den Fußspitzen. Nun kam gewiß bis zum Morgen niemand mehr zu Gregor herein; er hatte also eine lange Zeit, um ungestört zu überlegen, wie er sein Leben jetzt neu ordnen sollte. Aber das hohe freie Zimmer, in dem er gezwungen war, flach auf dem Boden zu liegen, ängstigte ihn, ohne daß er die Ursache herausfinden konnte, denn es war ja sein seit fünf Jahren von ihm bewohntes Zimmer—und mit einer halb unbewußten Wendung und nicht ohne eine leichte Scham eilte er unter das Kanapee, wo er sich, trotzdem sein Rücken ein wenig gedrückt wurde und trotzdem er den Kopf nicht mehr erheben konnte, gleich sehr behaglich fühlte und nur bedauerte, daß sein Körper zu breit war, um vollständig unter dem Kanapee untergebracht zu werden.

Dort blieb er die ganze Nacht, die er zum Teil im Halbschlaf, aus dem ihn der Hunger immer wieder aufschreckte, verbrachte, zum Teil aber in Sorgen und undeutlichen Hoffnungen, die aber alle zu dem Schlusse führten, daß er sich vorläufig ruhig verhalten und durch Geduld und größte Rücksichtnahme der Familie die Unannehmlichkeiten erträglich machen müsse, die er ihr in seinem gegenwärtigen Zustand nun einmal zu verursachen gezwungen war.

Schon am frühen Morgen, es war fast noch Nacht, hatte Gregor Gelegenheit, die Kraft seiner eben gefaßten Entschlüsse zu prüfen, denn vom Vorzimmer her öffnete die Schwester, fast völlig angezogen, die Tür und sah mit Spannung herein. Sie fand ihn nicht gleich, aber als sie ihn unter dem Kanapee bemerkte—Gott, er mußte doch irgendwo sein, er hatte doch nicht wegfliegen können—, erschrak sie so sehr, daß sie, ohne sich beherrschen zu können, die Tür von außen wieder zuschlug. Aber als bereue sie ihr Benehmen, öffnete sie die Tür sofort wieder und trat, als sei sie bei einem Schwerkranken oder gar bei einem Fremden, auf den Fußspitzen herein. Gregor hatte den Kopf bis knapp zum Rande des Kanapees vorgeschoben und beobachtete sie. Ob sie wohl bemerken würde, daß er die Milch stehengelassen hatte, und zwar keineswegs aus Mangel an Hunger, und ob sie eine andere Speise hereinbringen würde, die ihm besser entsprach? Täte sie es nicht von selbst, er wollte lieber verhungern, als sie darauf aufmerksam machen, trotzdem es ihn eigentlich ungeheuer drängte, unterm Kanapee vorzuschießen, sich der Schwester zu Füßen zu werfen und sie um irgend etwas Gutes zum Essen zu bitten. Aber die Schwester bemerkte sofort mit Verwunderung den noch vollen Napf, aus dem nur ein wenig Milch ringsherum verschüttet war, sie hob ihn gleich auf, zwar nicht mit

parents and sister had been up all that time, because, as could clearly be heard, all three now stole away on tiptoe. Surely no one would come into Gregor's room any more before morning, and so he had plenty of time in which to think without disturbance about how he should now reorganize his life. But the high, open room, in which he was compelled to lie flat on the floor, filled him with anguish, although he couldn't discover the reason for it, because, after all, it was the room he had occupied for five years— and, making a semiconscious turn, not without a slight feeling of shame, he dashed under the couch, where, even though his back was a little squeezed and he could no longer lift his head, he immediately felt quite comfortable, only regretting that his body was too wide to fit under the couch completely.

There he remained the whole night, which he spent partly in a half-slumber, from which he was startled awake time and again by hunger and partly in worries and ill-defined hopes, all of which led to the conclusion that for the time being he had to stay calm and, by exercising patience and being as considerate as possible to his family, make bearable the unpleasantness that he was absolutely compelled to cause them in his present condition.

By the early morning, when the night had barely passed, Gregor had the opportunity to test the strength of his newly made resolutions, because his sister, almost fully dressed, opened the door from the hallway side and looked in uneasily. She didn't catch sight of him at once, but when she noticed him under the couch—God, he had to be somewhere, he couldn't have flown away—she received such a fright that, unable to control herself, she slammed the door again from outside. But, as if regretting her behavior, she immediately opened the door again and walked in on tiptoe as if she were visiting a seriously ill person or even a stranger. Gregor had moved his head out almost to the edge of the couch, and was observing her. Would she notice that he had left the milk standing, and by no means because he wasn't hungry, and would she bring some other food that suited him better? If she didn't do so of her own accord, he would rather starve to death than call it to her attention, even though in reality he had a tremendous urge to shoot out from under the couch, throw himself at his sister's feet and ask her for something good to eat. But his sister immediately noticed with surprise that the basin was still full, and that only a little milk had been spilled out of it all around; she

den bloßen Händen, sondern mit einem Fetzen, und trug ihn hinaus. Gregor war äußerst neugierig, was sie zum Ersatze bringen würde, und er machte sich die verschiedensten Gedanken darüber. Niemals aber hätte er erraten können, was die Schwester in ihrer Güte wirklich tat. Sie brachte ihm, um seinen Geschmack zu prüfen, eine ganze Auswahl, alles auf einer alten Zeitung ausgebreitet. Da war altes halbverfaultes Gemüse; Knochen vom Nachtmahl her, die von festgewordener weißer Soße umgeben waren; ein paar Rosinen und Mandeln; ein Käse, den Gregor vor zwei Tagen für ungenießbar erklärt hatte; ein trockenes Brot, ein mit Butter beschmiertes Brot und ein mit Butter beschmiertes und gesalzenes Brot. Außerdem stellte sie zu dem allen noch den wahrscheinlich ein für allemal für Gregor bestimmten Napf, in den sie Wasser gegossen hatte. Und aus Zartgefühl, da sie wußte, daß Gregor vor ihr nicht essen würde, entfernte sie sich eiligst und drehte sogar den Schlüssel um, damit nur Gregor merken könne, daß er es sich so behaglich machen dürfe, wie er wolle. Gregors Beinchen schwirrten, als es jetzt zum Essen ging. Seine Wunden mußten übrigens auch schon vollständig geheilt sein, er fühlte keine Behinderung mehr, er staunte darüber und dachte daran, wie er vor mehr als einem Monat sich mit dem Messer ganz wenig in den Finger geschnitten, und wie ihm diese Wunde noch vorgestern genug weh getan hatte. ›Sollte ich jetzt weniger Feingefühl haben?‹ dachte er und saugte schon gierig an dem Käse, zu dem es ihn vor allen anderen Speisen sofort und nachdrücklich gezogen hatte. Rasch hintereinander und mit vor Befriedigung tränenden Augen verzehrte er den Käse, das Gemüse und die Soße; die frischen Speisen dagegen schmeckten ihm nicht, er konnte nicht einmal ihren Geruch vertragen und schleppte sogar die Sachen, die er essen wollte, ein Stückchen weiter weg. Er war schon längst mit allem fertig und lag nur noch faul auf der gleichen Stelle, als die Schwester zum Zeichen, daß er sich zurückziehen solle, langsam den Schlüssel umdrehte. Das schreckte ihn sofort auf, trotzdem er schon fast schlummerte, und er eilte wieder unter das Kanapee. Aber es kostete ihn große Selbstüberwindung, auch nur die kurze Zeit, während welcher die Schwester im Zimmer war, unter dem Kanapee zu bleiben, denn von dem reichlichen Essen hatte sich sein Leib ein wenig gerundet und er konnte dort in der Enge kaum atmen. Unter kleinen Erstickungsanfällen sah er mit etwas hervorgequollenen Augen zu, wie die nichtsahnende Schwester mit einem Besen nicht nur die Überbleibsel zusammenkehrte, sondern selbst die von Gregor gar nicht berührten Speisen, als seien also auch diese nicht mehr zu gebrauchen, und wie sie alles hastig in einen

picked it up at once, not with her bare hands, of course, but with a rag, and carried it out. Gregor was extremely curious to see what she would bring to replace it, and the most varied things came to mind. But he could never have guessed what his sister in her kindness actually did. In order to test his likings, she brought him a big selection, all spread out on an old newspaper. There were old, half-rotten vegetables; bones from their supper, coated with a white gravy that had solidified; a few raisins and almonds; a cheese that two days earlier Gregor would have considered inedible; a dry slice of bread, a slice of bread and butter, and a slice of salted bread and butter. In addition she set down the basin that had probably been designated permanently for Gregor; she had now poured water into it. And from a feeling of delicacy, since she knew Gregor wouldn't eat in her presence, she withdrew hastily and even turned the key in the lock so that Gregor would see he could make himself as comfortable as he wished. Gregor's little legs whirred as he now moved toward the food. Moreover, his wounds must have completely healed by this time; he felt no more hindrance. He was amazed at that, remembering how, more than a month earlier, he had cut his finger slightly with a knife and how that cut had still hurt him considerably even the day before yesterday. "Am I less sensitive now?" he thought, and was already greedily sucking on the cheese, which had attracted him immediately and imperatively more than any of the other foods. Quickly, one after the other, tears of contentment coming to his eyes, he devoured the cheese, the vegetables and the gravy; on the other hand, he didn't like the fresh food, he couldn't even endure its smell, and he went so far as to drag away to a little distance the things he wanted to eat. He was long finished with everything and was just lying lazily on the same spot when, as a sign that he should withdraw, his sister slowly turned the key. That startled him at once, even though he was almost drowsing by that time, and he hastened back under the couch. But it took enormous self-control to stay under the couch for even the brief time his sister was in the room, because the hearty meal had swelled his body to some extent, and he could hardly breathe in that cramped space. In between brief bouts of asphyxia, with slightly protruding eyes he watched his unsuspecting sister sweep together with a broom not only the leftovers of what he had eaten, but even the foods Gregor hadn't touched at all, as if those too were no longer usable; and he saw how

Kübel schüttete, den sie mit einem Holzdeckel schloß, worauf sie alles hinaustrug. Kaum hatte sie sich umgedreht, zog sich schon Gregor unter dem Kanapee hervor und streckte und blähte sich.

Auf diese Weise bekam nun Gregor täglich sein Essen, einmal am Morgen, wenn die Eltern und das Dienstmädchen noch schliefen, das zweitemal nach dem allgemeinen Mittagessen, denn dann schliefen die Eltern gleichfalls noch ein Weilchen, und das Dienstmädchen wurde von der Schwester mit irgendeiner Besorgung weggeschickt. Gewiß wollten auch sie nicht, daß Gregor verhungere, aber vielleicht hätten sie es nicht ertragen können, von seinem Essen mehr als durch Hörensagen zu erfahren, vielleicht wollte die Schwester ihnen auch eine möglicherweise nur kleine Trauer ersparen, denn tatsächlich litten sie ja gerade genug.

Mit welchen Ausreden man an jenem ersten Vormittag den Arzt und den Schlosser wieder aus der Wohnung geschafft hatte, konnte Gregor gar nicht erfahren, denn da er nicht verstanden wurde, dachte niemand daran, auch die Schwester nicht, daß er die anderen verstehen könne, und so mußte er sich, wenn die Schwester in seinem Zimmer war, damit begnügen, nur hier und da ihre Seufzer und Anrufe der Heiligen zu hören. Erst später, als sie sich ein wenig an alles gewöhnt hatte—von vollständiger Gewöhnung konnte natürlich niemals die Rede sein—, erhaschte Gregor manchmal eine Bemerkung, die freundlich gemeint war oder so gedeutet werden konnte. »Heute hat es ihm aber geschmeckt«, sagte sie, wenn Gregor unter dem Essen tüchtig aufgeräumt hatte, während sie im gegenteiligen Fall, der sich allmählich immer häufiger wiederholte, fast traurig zu sagen pflegte: »Nun ist wieder alles stehen geblieben.«

Während aber Gregor unmittelbar keine Neuigkeit erfahren konnte, erhorchte er manches aus den Nebenzimmern, und wo er nur einmal Stimmen hörte, lief er gleich zu der betreffenden Tür und drückte sich mit ganzem Leib an sie. Besonders in der ersten Zeit gab es kein Gespräch, das nicht irgendwie, wenn auch nur im geheimen, von ihm handelte. Zwei Tage lang waren bei allen Mahlzeiten Beratungen darüber zu hören, wie man sich jetzt verhalten solle; aber auch zwischen den Mahlzeiten sprach man über das gleiche Thema, denn immer waren zumindest zwei Familienmitglieder zu Hause, da wohl niemand allein zu Hause bleiben wollte und man die Wohnung doch auf keinen Fall gänzlich verlassen konnte. Auch hatte das Dienstmädchen gleich am ersten Tag—es war nicht ganz klar, was und wieviel sie von dem Vorgefallenen wußte—kniefällig die Mutter gebeten, sie sofort zu entlassen, und als sie sich eine Viertelstunde danach verabschiedete, dankte sie für die Entlassung unter

she hastily dropped everything into a bucket, which she closed with a wooden cover, and then carried everything out. She had scarcely turned around when Gregor moved out from under the couch, stretched and let himself expand.

In this manner Gregor received his food every day, once in the morning, while his parents and the maid were still asleep, and the second time after everyone's midday meal, because then his parents took a short nap and the maid was sent away by his sister on some errand. Surely *they* didn't want Gregor to starve, either, but perhaps they couldn't have endured the experience of his eating habits except through hearsay; perhaps his sister also wanted to spare them one more sorrow, though possibly only a small one, because they were really suffering enough as it was.

Gregor couldn't find out what excuses had been used on that first morning to get the doctor and the locksmith out of the apartment again, because the others, even his sister, not understanding him, had no idea that *he* could understand *them;* and so, when his sister was in his room, he had to content himself with hearing her occasional sighs and invocations of the saints. Only later, when they had gotten used to it all to some degree—naturally, their ever getting used to it altogether was out of the question—Gregor sometimes seized on a remark that was meant to be friendly or could be so interpreted. "He really liked it today," she said when Gregor had stowed away his food heartily, whereas, when the opposite was the case, which gradually occurred more and more frequently, she used to say almost sadly: "This time he didn't touch anything again."

But even though Gregor couldn't learn any news directly, he overheard many things from the adjoining rooms, and whenever the sound of voices reached him, he would immediately run to the appropriate door and press his whole body against it. Especially in the early days there was no conversation that didn't deal with him in some way, if only in secret. At every mealtime for two days he could hear discussions about how they should now behave; but between meals, as well, they spoke on the same subject, because there were at least two family members at home at any given time, since no one apparently wanted to stay home alone and yet the apartment could in no case be deserted altogether. Besides, on the very first day the servant—it was not quite clear what or how much she knew of the incident—had asked Gregor's mother on her knees to discharge her at once, and when she said good-bye fifteen minutes later, she thanked

Tränen, wie für die größte Wohltat, die man ihr erwiesen hatte, und gab, ohne daß man es von ihr verlangte, einen fürchterlichen Schwur ab, niemandem auch nur das Geringste zu verraten.

Nun mußte die Schwester im Verein mit der Mutter auch kochen; allerdings machte das nicht viel Mühe, denn man aß fast nichts. Immer wieder hörte Gregor, wie der eine den anderen vergebens zum Essen aufforderte und keine andere Antwort bekam, als:»Danke, ich habe genug« oder etwas Ähnliches. Getrunken wurde vielleicht auch nichts. Öfters fragte die Schwester den Vater, ob er Bier haben wolle, und herzlich erbot sie sich, es selbst zu holen, und als der Vater schwieg, sagte sie, um ihm jedes Bedenken zu nehmen, sie könne auch die Hausmeisterin darum schicken, aber dann sagte der Vater schließlich ein großes »Nein«, und es wurde nicht mehr davon gesprochen.

Schon im Laufe des ersten Tages legte der Vater die ganzen Vermögensverhältnisse und Aussichten sowohl der Mutter, als auch der Schwester dar. Hie und da stand er vom Tische auf und holte aus seiner kleinen Wertheimkassa, die er aus dem vor fünf Jahren erfolgten Zusammenbruch seines Geschäftes gerettet hatte, irgendeinen Beleg oder irgendein Vormerkbuch. Man hörte, wie er das komplizierte Schloß aufsperrte und nach Entnahme des Gesuchten wieder verschloß. Diese Erklärungen des Vaters waren zum Teil das erste Erfreuliche, was Gregor seit seiner Gefangenschaft zu hören bekam. Er war der Meinung gewesen, daß dem Vater von jenem Geschäft her nicht das Geringste übriggeblieben war, zumindest hatte ihm der Vater nichts Gegenteiliges gesagt, und Gregor allerdings hatte ihn auch nicht darum gefragt. Gregors Sorge war damals nur gewesen, alles daranzusetzen, um die Familie das geschäftliche Unglück, das alle in eine vollständige Hoffnungslosigkeit gebracht hatte, möglichst rasch vergessen zu lassen. Und so hatte er damals mit ganz besonderem Feuer zu arbeiten angefangen und war fast über Nacht aus einem kleinen Kommis ein Reisender geworden, der natürlich ganz andere Möglichkeiten des Geldverdienens hatte, und dessen Arbeitserfolge sich sofort in Form der Provision zu Bargeld verwandelten, das der erstaunten und beglückten Familie zu Hause auf den Tisch gelegt werden konnte. Es waren schöne Zeiten gewesen, und niemals nachher hatten sie sich, wenigstens in diesem Glanze, wiederholt, trotzdem Gregor später so viel Geld verdiente, daß er den Aufwand der ganzen Familie zu tragen imstande war und auch trug. Man hatte sich eben daran gewöhnt, so wohl die Familie als auch Gregor, man nahm das Geld dankbar an, er lieferte es gern ab, aber eine besondere Wärme wollte sich nicht mehr ergeben. Nur die Schwester war Gregor doch noch nahe geblieben, und es war sein

them tearfully for letting her go, as if that were the greatest benefit they could confer upon her, and, without being asked to do so, swore a fearsome oath that she would never reveal the slightest thing to anyone.

Now Gregor's sister had to join their mother in doing the cooking; of course that didn't entail much effort because they ate practically nothing. Time and again Gregor heard them fruitlessly urge one another to eat, receiving no other answer than "Thanks, I've had enough" or the like. Maybe they didn't drink anything, either. Often his sister asked their father whether he wanted any beer, and offered lovingly to fetch it herself; then, as the father remained silent, she said, to overcome any reservations he might have, that she could also send the janitor's wife for it, but finally the father would utter a decided "No" and the matter was discussed no further.

Even in the course of the first day the father already laid their entire financial situation and prospects before both the mother and the sister. From time to time he got up from the table and took some document or some memorandum book out of his small Wertheim* safe, which he had held onto even after the collapse of his business five years earlier. He could be heard opening the complicated lock and closing it again after removing what he had been looking for. In part, these declarations by his father were the first heartening things Gregor had heard since his captivity. He had believed that his father had nothing at all left from that business—at least, his father had never told him anything to the contrary—and naturally Gregor hadn't asked him about it. Gregor's concern at the time had been to do everything in his power to make his family forget as quickly as possible the commercial disaster that had reduced them all to complete hopelessness. And so, at that time he had begun to work with extreme enthusiasm and almost overnight had changed from a junior clerk into a traveling salesman; as such, he naturally had many more possibilities of earning money, and his successful efforts were immediately transformed into cash in the form of commissions, cash that could be plunked down on the table at home before the eyes of his amazed and delighted family. Those had been good times and had never been repeated later, at least not so gloriously, even though Gregor subsequently earned so much money that he was enabled to shoulder the expenses of the entire family, and did so. They had grown used to it, the family as well as Gregor; they accepted the money gratefully, he handed it over gladly, but no particularly warm feelings were generated any longer. Only his sister had still remained close to Gregor all the same, and it was his secret plan—because,

*[An Austrian brand of safe widely used by businessmen at the time. —TRANSLATOR.]

geheimer Plan, sie, die zum Unterschied von Gregor Musik sehr liebte und rührend Violine zu spielen verstand, nächstes Jahr, ohne Rücksicht auf die großen Kosten, die das verursachen mußte, und die man schon auf andere Weise hereinbringen würde, auf das Konservatorium zu schicken. Öfters während der kurzen Aufenthalte Gregors in der Stadt wurde in den Gesprächen mit der Schwester das Konservatorium erwähnt, aber immer nur als schöner Traum, an dessen Verwirklichung nicht zu denken war, und die Eltern hörten nicht einmal diese unschuldigen Erwähnungen gern; aber Gregor dachte sehr bestimmt daran und beabsichtigte, es am Weihnachtsabend feierlich zu erklären.

Solche in seinem gegenwärtigen Zustand ganz nutzlose Gedanken gingen ihm durch den Kopf, während er dort aufrecht an der Türe klebte und horchte. Manchmal konnte er vor allgemeiner Müdigkeit gar nicht mehr zuhören und ließ den Kopf nachlässig gegen die Tür schlagen, hielt ihn aber sofort wieder fest, denn selbst das kleine Geräusch, das er damit verursacht hatte, war nebenan gehört worden und hatte alle verstummen lassen. »Was er nur wieder treibt«, sagte der Vater nach einer Weile, offenbar zur Türe hingewendet, und dann erst wurde das unterbrochene Gespräch allmählich wieder aufgenommen.

Gregor erfuhr nun zur Genüge—denn der Vater pflegte sich in seinen Erklärungen öfters zu wiederholen, teils, weil er selbst sich mit diesen Dingen schon lange nicht beschäftigt hatte, teils auch, weil die Mutter nicht alles gleich beim erstenmal verstand—, daß trotz allen Unglücks ein allerdings ganz kleines Vermögen aus der alten Zeit noch vorhanden war, das die nicht angerührten Zinsen in der Zwischenzeit ein wenig hatten anwachsen lassen. Außerdem aber war das Geld, das Gregor allmonatlich nach Hause gebracht hatte— er selbst hatte nur ein paar Gulden für sich behalten—, nicht vollständig aufgebraucht worden und hatte sich zu einem kleinen Kapital angesammelt. Gregor, hinter seiner Türe, nickte eifrig, erfreut über diese unerwartete Vorsicht und Sparsamkeit. Eigentlich hätte er ja mit diesen überschüssigen Geldern die Schuld des Vaters gegenüber dem Chef weiter abgetragen haben können, und jener Tag, an dem er diesen Posten hätte loswerden können, wäre weit näher gewesen, aber jetzt war es zweifellos besser so, wie es der Vater eingerichtet hatte.

Nun genügte dieses Geld aber ganz und gar nicht, um die Familie etwa von den Zinsen leben zu lassen; es genügte vielleicht, um die Familie ein, höchstens zwei Jahre zu erhalten, mehr war es nicht. Es war also bloß eine Summe, die man eigentlich nicht angreifen durfte,

unlike Gregor, she dearly loved music and could play the violin soulfully—to send her to the conservatory the following year, regardless of the great expenses which that had to entail, and which would have to be made up for in some other way. Often during Gregor's brief sojourns in the city the conservatory was referred to in his conversations with his sister, but always merely as a lovely dream, which couldn't possibly come true, and their parents disliked hearing even those innocent references; but Gregor was planning it most resolutely and intended to make a formal announcement on Christmas Eve.

Thoughts like those, completely pointless in his present state, occupied his mind while he stood upright there, pasting his legs to the door and listening. Sometimes, out of total weariness, he could no longer listen and let his head knock carelessly against the door, but immediately held it firm again, because even the slight noise he had caused by doing so had been heard in the next room and had made everyone fall silent. "How he keeps carrying on!" his father would say after a pause, obviously looking toward the door, and only then was the interrupted conversation gradually resumed.

Because his father used to repeat himself frequently in his explanations—partly because he hadn't concerned himself with these things for some time, partly also because the mother didn't understand it all the first time—Gregor had full opportunity to ascertain that, despite all their misfortune, a sum of money, of course very small, was still left over from the old days and had grown somewhat in the interim, since the interest had never been touched. And, besides that, the money Gregor had brought home every month—he had kept only a few *gulden* for himself—had not been completely used up and amounted to a small capital. Gregor, behind his door, nodded vigorously, delighted by this unexpected foresight and thrift. To tell the truth, with that surplus money he could have further reduced his father's debt to his boss and the day when he could get rid of that job would have been much closer, but now it was without a doubt better the way his father had arranged it.

Now, this money was by no means sufficient for the family even to think of living off the interest; it might suffice to maintain the family for one or, at the most, two years, no more than that. It was thus merely a sum that should really

und die für den Notfall zurückgelegt werden mußte; das Geld zum Leben aber mußte man verdienen. Nun war aber der Vater ein zwar gesunder, aber alter Mann, der schon fünf Jahre nichts gearbeitet hatte und sich jedenfalls nicht viel zutrauen durfte; er hatte in diesen fünf Jahren, welche die ersten Ferien seines mühevollen und doch erfolglosen Lebens waren, viel Fett angesetzt und war dadurch recht schwerfällig geworden. Und die alte Mutter sollte nun vielleicht Geld verdienen, die an Asthma litt, der eine Wanderung durch die Wohnung schon Anstrengung verursachte, und die jeden zweiten Tag in Atembeschwerden auf dem Sofa beim offenen Fenster verbrachte? Und die Schwester sollte Geld verdienen, die noch ein Kind war mit ihren siebzehn Jahren, und der ihre bisherige Lebensweise so sehr zu gönnen war, die daraus bestanden hatte, sich nett zu kleiden, lange zu schlafen, in der Wirtschaft mitzuhelfen, an ein paar bescheidenen Vergnügungen sich zu beteiligen und vor allem Violine zu spielen? Wenn die Rede auf diese Notwendigkeit des Geldverdienens kam, ließ zuerst immer Gregor die Türe los und warf sich auf das neben der Tür befindliche kühle Ledersofa, denn ihm war ganz heiß vor Beschämung und Trauer.

Oft lag er dort die ganzen langen Nächte über, schlief keinen Augenblick und scharrte nur stundenlang auf dem Leder. Oder er scheute nicht die Mühe, einen Sessel zum Fenster zu schieben, dann die Fensterbrüstung hinaufzukriechen und, in den Sessel gestemmt, sich ans Fenster zu lehnen, offenbar nur in irgendeiner Erinnerung an das Befreiende, das früher für ihn darin gelegen war, aus dem Fenster zu schauen. Denn tatsächlich sah er von Tag zu Tag die auch nur ein wenig entfernten Dinge immer undeutlicher; das gegenüberliegende Krankenhaus, dessen nur allzu häufigen Anblick er früher verflucht hatte, bekam er überhaupt nicht mehr zu Gesicht, und wenn er nicht genau gewußt hätte, daß er in der stillen, aber völlig städtischen Charlottenstraße wohnte, hätte er glauben können, von seinem Fenster aus in eine Einöde zu schauen, in welcher der graue Himmel und die graue Erde ununterscheidbar sich vereinigten. Nur zweimal hatte die aufmerksame Schwester sehen müssen, daß der Sessel beim Fenster stand, als sie schon jedesmal, nachdem sie das Zimmer aufgeräumt hatte, den Sessel wieder genau zum Fenster hinschob, ja sogar von nun ab den inneren Fensterflügel offen ließ.

Hätte Gregor nur mit der Schwester sprechen und ihr für alles danken können, was sie für ihn machen mußte, er hätte ihre Dienste leichter ertragen; so aber litt er darunter. Die Schwester suchte freilich die Peinlichkeit des Ganzen möglichst zu verwischen, und je längere Zeit verging, desto besser gelang es ihr natürlich auch, aber auch

not be drawn upon, but only kept in reserve for an emergency; money to live on had to be earned. Now, the father was a healthy man, to be sure, but old; he hadn't done any work for five years and in any case couldn't be expected to overexert himself; in those five years, which represented his first free time in a laborious though unsuccessful life, he had put on a lot of fat and had thus become pretty slow-moving. And was Gregor's old mother perhaps supposed to earn money now, a victim of asthma, for whom an excursion across the apartment was already cause for strain, and who spent every other day on the sofa by the open window gasping for breath? And was his sister supposed to earn money, at seventeen still a child whom one could hardly begrudge the way she had always lived up to now: dressing nicely, sleeping late, helping out in the house, enjoying a few modest amusements and, most of all, playing the violin? Whenever the conversation led to this necessity of earning money, Gregor would always first let go of the door and then throw himself onto the cool leather sofa located next to the door, because he was hot all over with shame and sorrow.

Often he would lie there all through the long nights, not sleeping for a minute but only scratching on the leather for hours on end. At other times he didn't spare the exertion of shoving a chair over to the window; he would then crawl up the ledge and, supporting himself against the chair, lean against the window, obviously only through some sort of recollection of the liberating feeling he always used to experience when looking out the window. Because, in reality, with each passing day his view of things at only a slight distance was becoming increasingly blurry; the hospital opposite, the all-too-frequent sight of which he used to curse, he now could no longer see at all, and if he hadn't been perfectly well aware that he lived on the tranquil but thoroughly urban Charlottenstrasse, he might have thought that what he saw from his window was a featureless solitude, in which the gray sky and the gray earth blended inseparably. His attentive sister had only needed to notice twice that the chair was standing by the window, and now, each time she had finished cleaning up the room, she shoved the chair right back to the window, and from that time on even left the inner casement open.

If Gregor had only been able to speak with his sister and thank her for all she had to do for him, he would have endured her services more easily; but, as it was, they made him suffer. Of course, his sister tried to soften the painfulness of the situation as much as possible, and as more and more time went by, she was naturally more successful at it,

Gregor durchschaute mit der Zeit alles viel genauer. Schon ihr Eintritt war für ihn schrecklich. Kaum war sie eingetreten, lief sie, ohne sich Zeit zu nehmen, die Türe zu schließen, so sehr sie sonst darauf achtete, jedem den Anblick von Gregors Zimmer zu ersparen, geradewegs zum Fenster und riß es, als ersticke sie fast, mit hastigen Händen auf, blieb auch, selbst wenn es noch so kalt war, ein Weilchen beim Fenster und atmete tief. Mit diesem Laufen und Lärmen erschreckte sie Gregor täglich zweimal; die ganze Zeit über zitterte er unter dem Kanapee und wußte doch sehr gut, daß sie ihn gewiß gerne damit verschont hätte, wenn es ihr nur möglich gewesen wäre, sich in einem Zimmer, in dem sich Gregor befand, bei geschlossenem Fenster aufzuhalten.

Einmal, es war wohl schon ein Monat seit Gregors Verwandlung vergangen, und es war doch schon für die Schwester kein besonderer Grund mehr, über Gregors Aussehen in Erstaunen zu geraten, kam sie ein wenig früher als sonst und traf Gregor noch an, wie er, unbeweglich und so recht zum Erschrecken aufgestellt, aus dem Fenster schaute. Es wäre für Gregor nicht unerwartet gewesen, wenn sie nicht eingetreten wäre, da er sie durch seine Stellung verhinderte, sofort das Fenster zu öffnen, aber sie trat nicht nur nicht ein, sie fuhr sogar zurück und schloß die Tür; ein Fremder hätte geradezu denken können, Gregor habe ihr aufgelauert und habe sie beißen wollen. Gregor versteckte sich natürlich sofort unter dem Kanapee, aber er mußte bis zum Mittag warten, ehe die Schwester wiederkam, und sie schien viel unruhiger als sonst. Er erkannte daraus, daß ihr sein Anblick noch immer unerträglich war und ihr auch weiterhin unerträglich bleiben müsse, und daß sie sich wohl sehr überwinden mußte, vor dem Anblick auch nur der kleinen Partie seines Körpers nicht davonzulaufen, mit der er unter dem Kanapee hervorragte. Um ihr auch diesen Anblick zu ersparen, trug er eines Tages auf seinem Rücken—er brauchte zu dieser Arbeit vier Stunden—das Leintuch auf das Kanapee und ordnete es in einer solchen Weise an, daß er nun gänzlich verdeckt war, und daß die Schwester, selbst wenn sie sich bückte, ihn nicht sehen konnte. Wäre dieses Leintuch ihrer Meinung nach nicht nötig gewesen, dann hätte sie es ja entfernen können, denn daß es nicht zum Vergnügen Gregors gehören konnte, sich so ganz und gar abzusperren, war doch klar genug, aber sie ließ das Leintuch, so wie es war, und Gregor glaubte sogar einen dankbaren Blick erhascht zu haben, als er einmal mit dem Kopf vorsichtig das Leintuch ein wenig lüftete, um nachzusehen, wie die Schwester die neue Einrichtung aufnahm.

In den ersten vierzehn Tagen konnten es die Eltern nicht über sich bringen, zu ihm hereinzukommen, und er hörte oft, wie sie die

but with time Gregor, too, made a much keener analysis of everything. Her very entrance was terrible for him. The moment she walked in, without taking the time to close the door, even though she was otherwise most careful to spare everyone the sight of Gregor's room, she ran straight to the window and tore it open hastily, as if she were almost suffocating, and then remained a while at the window breathing deeply, no matter how cold it was. She frightened Gregor twice a day with that running and noise; during the whole time, he trembled under the couch, even though he knew perfectly well that she would surely have spared him that gladly if she had been at all capable of staying in a room containing Gregor with the window closed.

Once—probably a month had already elapsed since Gregor's transformation, and his sister should no longer have had any particular reason to be surprised at Gregor's appearance—she came a little earlier than usual and encountered Gregor while he was still looking out the window, motionless and posed there like some hideous scarecrow. It wouldn't have surprised Gregor if she hadn't stepped in, since by his location he was preventing her from opening the window at once; but not only did she not step in, she even jumped back and closed the door; a stranger might even have thought that Gregor had been lying in wait for her, intending to bite her. Naturally, Gregor immediately hid under the couch, but he had to wait until noon before his sister returned, and she seemed much more restless than usual. From this he realized that the sight of him was still unbearable for her and would surely remain unbearable for her in the future, and that she probably had to exercise terrific self-control not to run away at the sight of even the small portion of his body that protruded below the couch. To spare her even that sight, one day—he needed four hours for this task—he carried the bedsheet on his back over to the couch and draped it in such a way that he was now completely covered and his sister couldn't see him even when she bent down. If that sheet, in her opinion, hadn't been necessary, she could have removed it, because it was clear enough that it was no pleasure for Gregor to close himself off so completely; but she left the sheet where it was, and Gregor believed he caught a grateful look when he once cautiously raised the sheet a little with his head to see how his sister reacted to the new arrangement.

In the first two weeks his parents couldn't muster the courage to come into his room, and he often heard them

jetzige Arbeit der Schwester völlig anerkannten, während sie sich
bisher häufig über die Schwester geärgert hatten, weil sie ihnen als
ein etwas nutzloses Mädchen erschienen war. Nun aber warteten oft
beide, der Vater und die Mutter, vor Gregors Zimmer, während die
Schwester dort aufräumte, und kaum war sie herausgekommen, mußte
sie ganz genau erzählen, wie es in dem Zimmer aussah, was Gregor
gegessen hatte, wie er sich diesmal benommen hatte, und ob vielleicht
eine kleine Besserung zu bemerken war. Die Mutter übrigens wollte
verhältnismäßig bald Gregor besuchen, aber der Vater und die
Schwester hielten sie zuerst mit Vernunftgründen zurück, denen
Gregor sehr aufmerksam zuhörte, und die er vollständig billigte. Später
aber mußte man sie mit Gewalt zurückhalten, und wenn sie dann rief:
»Laßt mich doch zu Gregor, er ist ja mein unglücklicher Sohn! Begreift
ihr es denn nicht, daß ich zu ihm muß?«, dann dachte Gregor, daß es
vielleicht doch gut wäre, wenn die Mutter hereinkäme, nicht jeden
Tag natürlich, aber vielleicht einmal in der Woche; sie verstand doch
alles viel besser als die Schwester, die trotz all ihrem Mute doch nur
ein Kind war und im letzten Grunde vielleicht nur aus kindlichem
Leichtsinn eine so schwere Aufgabe übernommen hatte.

Der Wunsch Gregors, die Mutter zu sehen, ging bald in Erfüllung.
Während des Tages wollte Gregor schon aus Rücksicht auf seine
Eltern sich nicht beim Fenster zeigen, kriechen konnte er aber auf
den paar Quadratmetern des Fußbodens auch nicht viel, das ruhige
Liegen ertrug er schon während der Nacht schwer, das Essen machte
ihm bald nicht mehr das geringste Vergnügen, und so nahm er zur
Zerstreuung die Gewohnheit an, kreuz und quer über Wände und
Plafond zu kriechen. Besonders oben auf der Decke hing er gern; es
war ganz anders, als das Liegen auf dem Fußboden; man atmete
freier; ein leichtes Schwingen ging durch den Körper; und in der
fast glücklichen Zerstreutheit, in der sich Gregor dort oben befand,
konnte es geschehen, daß er zu seiner eigenen Überraschung sich
losließ und auf den Boden klatschte. Aber nun hatte er natürlich
seinen Körper ganz anders in der Gewalt als früher und beschädigte
sich selbst bei einem so großen Falle nicht. Die Schwester nun
bemerkte sofort die neue Unterhaltung, die Gregor für sich gefunden
hatte—er hinterließ ja auch beim Kriechen hie und da Spuren seines
Klebstoffes—, und da setzte sie es sich in den Kopf, Gregor das
Kriechen in größtem Ausmaße zu ermöglichen und die Möbel, die
es verhinderten, also vor allem den Kasten und den Schreibtisch,
wegzuschaffen. Nun war sie aber nicht imstande, dies allein zu tun;
den Vater wagte sie nicht um Hilfe zu bitten; das Dienstmädchen
hätte ihr ganz gewiß nicht geholfen, denn dieses etwa sechzehnjährige

expressing complete satisfaction with the work his sister was now doing, whereas up to that time they had frequently been vexed with his sister because she had seemed a rather good-for-nothing girl to them. But often now, both of them, the father and the mother, waited in front of Gregor's room while his sister was cleaning up in there, and the moment she came out she had to report in detail on how the room looked, what Gregor had eaten, how he had behaved this time, and whether a slight improvement could perhaps be noticed. As it was, the mother wanted to visit Gregor relatively early on, but at first the father and the sister held her back with sensible reasons, which Gregor listened to most attentively, and which he fully concurred with. Later, however, she had to be restrained forcefully, and when she then called: "Let me in to Gregor; after all, he's my poor son! Don't you understand I must go to him?," Gregor thought it might be a good thing after all if his mother came in, not every day of course, but perhaps once a week; after all, she understood everything much better than his sister, who, despite all her spunk, was still only a child and, in the final analysis, had perhaps undertaken such a difficult task only out of childish thoughtlessness.

Gregor's wish to see his mother was soon fulfilled. During the day Gregor didn't want to show himself at the window, if only out of consideration for his parents, but he also couldn't crawl very much on the few square yards of the floor; even at night he found it difficult to lie still. Soon he no longer derived the slightest pleasure from eating, either, and so for amusement he acquired the habit of crawling in all directions across the walls and ceiling. He especially enjoyed hanging up on the ceiling; it was quite different from lying on the floor; one could breathe more easily; a mild vibration passed through his body; and in the almost happy forgetfulness that Gregor experienced up there it sometimes happened that to his own surprise he let go and crashed onto the floor. But now he naturally had much greater control over his body than before and even such a great fall did him no harm. Now, his sister immediately noticed this new diversion that Gregor had discovered for himself—even when crawling he left behind traces of his sticky substance here and there—and then she got the notion of enabling Gregor to crawl around as freely as possible, by removing the furniture that prevented this, especially the wardrobe and the desk. But she was unable to do this on her own; she didn't dare ask her father to help; the servant surely wouldn't have helped her, because even though this girl of about sixteen

Mädchen harrte zwar tapfer seit Entlassung der früheren Köchin
aus, hatte aber um die Vergünstigung gebeten, die Küche unauf-
hörlich versperrt halten zu dürfen und nur auf besonderen Anruf
öffnen zu müssen; so blieb der Schwester also nichts übrig, als einmal
in Abwesenheit des Vaters die Mutter zu holen. Mit Ausrufen erregter
Freude kam die Mutter auch heran, verstummte aber an der Tür vor
Gregors Zimmer. Zuerst sah natürlich die Schwester nach, ob alles
im Zimmer in Ordnung war; dann erst ließ sie die Mutter eintreten.
Gregor hatte in größter Eile das Leintuch noch tiefer und mehr in
Falten gezogen, das Ganze sah wirklich nur wie ein zufällig über das
Kanapee geworfenes Leintuch aus. Gregor unterließ auch diesmal,
unter dem Leintuch zu spionieren; er verzichtete darauf, die Mutter
schon diesmal zu sehen, und war nur froh, daß sie nun doch
gekommen war. »Komm nur, man sieht ihn nicht«, sagte die
Schwester, und offenbar führte sie die Mutter an der Hand. Gregor
hörte nun, wie die zwei schwachen Frauen den immerhin schweren
alten Kasten von seinem Platz rückten, und wie die Schwester
immerfort den größten Teil der Arbeit für sich beanspruchte, ohne
auf die Warnungen der Mutter zu hören, welche fürchtete, daß sie
sich überanstrengen werde. Es dauerte sehr lange. Wohl nach schon
viertelstündiger Arbeit sagte die Mutter, man solle den Kasten doch
lieber hier lassen, denn erstens sei er zu schwer, sie würden vor
Ankunft des Vaters nicht fertig werden und mit dem Kasten in der
Mitte des Zimmers Gregor jeden Weg verrammeln, zweitens aber sei
es doch gar nicht sicher, daß Gregor mit der Entfernung der Möbel
ein Gefallen geschehe. Ihr scheine das Gegenteil der Fall zu sein; ihr
bedrücke der Anblick der leeren Wand geradezu das Herz; und
warum solle nicht auch Gregor diese Empfindung haben, da er doch
an die Zimmermöbel längst gewöhnt sei und sich deshalb im leeren
Zimmer verlassen fühlen werde. »Und ist es dann nicht so«, schloß
die Mutter ganz leise, wie sie überhaupt fast flüsterte, als wolle sie
vermeiden, daß Gregor, dessen genauen Aufenthalt sie ja nicht
kannte, auch nur den Klang der Stimme höre, denn daß er die
Worte nicht verstand, davon war sie überzeugt, »und ist es nicht so,
als ob wir durch die Entfernung der Möbel zeigten, daß wir jede
Hoffnung auf Besserung aufgeben und ihn rücksichtslos sich selbst
überlassen? Ich glaube, es wäre das beste, wir suchen das Zimmer
genau in dem Zustand zu erhalten, in dem es früher war, damit
Gregor, wenn er wieder zu uns zurückkommt, alles unverändert findet
und um so leichter die Zwischenzeit vergessen kann.«

Beim Anhören dieser Worte der Mutter erkannte Gregor, daß
der Mangel jeder unmittelbaren menschlichen Ansprache, verbunden

was sticking it out bravely since the previous cook had been discharged, she had nevertheless requested permission to keep the kitchen locked at all times and to open it only when specially called; thus the sister had no other choice than to fetch her mother while the father was away one day. And the mother approached with exclamations of excitement and joy, but fell silent at the door to Gregor's room. Naturally, the sister looked in first to see if everything in the room was in order; only then did she allow the mother to enter. Gregor had in extreme haste pulled the sheet even lower down, making more folds in it; the whole thing really looked like a sheet that had been thrown over the couch merely by chance. Also, this time Gregor refrained from peering out from under the sheet; he gave up the opportunity of seeing his mother this first time, in his happiness that she had finally come. "Come on, you can't see him," said the sister, and obviously she was leading the mother by the hand. Gregor now heard how the two weak women moved the old wardrobe, heavy as it was, from its place, and how the sister constantly undertook the greater part of the work, paying no heed to the warnings of the mother, who feared she would overexert herself. It took a very long time. After about a quarter-hour's work the mother said it would be better to leave the wardrobe where it was, because, for one thing, it was too heavy, they wouldn't get through before the father arrived, and, with the wardrobe in the middle of the room, they would leave Gregor no open path; and, secondly, it was not at all certain that Gregor would be pleased by the removal of the furniture. She thought the opposite was the case; the sight of the bare wall actually made her heart ache; and why shouldn't Gregor, too, feel the same way, since after all he was long accustomed to the furniture in his room and would thus feel isolated in the empty room? "And, besides, doesn't it seem," the mother concluded very quietly— throughout her speech she had been almost whispering, as if she wanted to keep Gregor, whose exact whereabouts she didn't know, from hearing even the sound of her voice (she was convinced he didn't understand the words)—"and doesn't it seem as if, by removing the furniture, we were showing that we have given up all hope for an improvement and were inconsiderately leaving him to his own resources? I think it would be best if we tried to keep the room in exactly the same condition as before, so that when Gregor comes back to us again, he'll find everything unchanged and it will be easier for him to forget what happened in between."

On hearing these words of his mother's, Gregor realized that the lack of all direct human communication, to-

mit dem einförmigen Leben inmitten der Familie, im Laufe dieser
zwei Monate seinen Verstand hatte verwirren müssen, denn anders
konnte er es sich nicht erklären, daß er ernsthaft darnach hatte verlangen können, daß sein Zimmer ausgeleert würde. Hatte er wirklich
Lust, das warme, mit ererbten Möbeln gemütlich ausgestattete
Zimmer in eine Höhle verwandeln zu lassen, in der er dann freilich
nach allen Richtungen ungestört würde kriechen können, jedoch
auch unter gleichzeitigem schnellen, gänzlichen Vergessen seiner
menschlichen Vergangenheit? War er doch jetzt schon nahe daran,
zu vergessen, und nur die seit langem nicht gehörte Stimme der
Mutter hatte ihn aufgerüttelt. Nichts sollte entfernt werden; alles
mußte bleiben; die guten Einwirkungen der Möbel auf seinen Zustand
konnte er nicht entbehren; und wenn die Möbel ihn hinderten, das
sinnlose Herumkriechen zu betreiben, so war es kein Schaden,
sondern ein großer Vorteil.

Aber die Schwester war leider anderer Meinung; sie hatte sich,
allerdings nicht ganz unberechtigt, angewöhnt, bei Besprechung der
Angelegenheiten Gregors als besonders Sachverständige gegenüber
den Eltern aufzutreten, und so war auch jetzt der Rat der Mutter für
die Schwester Grund genug, auf der Entfernung nicht nur des Kastens
und des Schreibtisches, an die sie zuerst allein gedacht hatte, sondern
auf der Entfernung sämtlicher Möbel, mit Ausnahme des un-
entbehrlichen Kanapees, zu bestehen. Es war natürlich nicht nur
kindlicher Trotz und das in der letzten Zeit so unerwartet und schwer
erworbene Selbstvertrauen, das sie zu dieser Forderung bestimmte;
sie hatte doch auch tatsächlich beobachtet, daß Gregor viel Raum
zum Kriechen brauchte, dagegen die Möbel, soweit man sehen
konnte, nicht im geringsten benützte. Vielleicht aber spielte auch
der schwärmerische Sinn der Mädchen ihres Alters mit, der bei jeder
Gelegenheit seine Befriedigung sucht, und durch den Grete jetzt
sich dazu verlocken ließ, die Lage Gregors noch schreckenerregender
machen zu wollen, um dann noch mehr als bis jetzt für ihn leisten
zu können. Denn in einen Raum, in dem Gregor ganz allein die
leeren Wände beherrschte, würde wohl kein Mensch außer Grete
jemals einzutreten sich getrauen.

Und so ließ sie sich von ihrem Entschlusse durch die Mutter
nicht abbringen, die auch in diesem Zimmer vor lauter Unruhe
unsicher schien, bald verstummte und der Schwester nach Kräften
beim Hinausschaffen des Kastens half. Nun, den Kasten konnte
Gregor im Notfall noch entbehren, aber schon der Schreibtisch mußte
bleiben. Und kaum hatten die Frauen mit dem Kasten, an den sie
sich ächzend drückten, das Zimmer verlassen, als Gregor den Kopf

gether with the monotonous life in the midst of the family, must have confused his mind in the course of these two months, because he couldn't explain to himself otherwise how he could seriously have wished for his room to be emptied out. Did he really want to have the warm room, comfortably furnished with heirloom pieces, transformed into a cave, in which he would, of course, be able to crawl about freely in all directions, but at the cost of simultaneously forgetting his human past, quickly and totally? Even now he was close to forgetting it, and only his mother's voice, which he hadn't heard for some time, had awakened him to the fact. Nothing must be removed, everything must stay; he couldn't do without the beneficent effects of the furniture on his well-being; and if the furniture prevented him from going on with that mindless crawling around, that was no disadvantage, but a great asset.

Unfortunately, however, his sister was of a different opinion; not without some justification, true, she had grown accustomed to play herself up to her parents as a special expert whenever matters affecting Gregor were discussed; and so now, too, the mother's advice was cause enough for the sister to insist on the removal of not only the wardrobe and the desk, which were all she had thought of at first, but all the furniture, except for the indispensable couch. Naturally, it was not only childish defiance and the self-confidence she had recently acquired so unexpectedly and with such great efforts, that determined her to make this demand; she had also made the real observation that Gregor needed a lot of space to crawl in, while on the other hand he didn't use the furniture in the least, from all one could see. But perhaps a further element was the romantic spirit of girls of her age, which seeks for satisfaction on every occasion, and by which Grete now let herself be tempted to make Gregor's situation even more frightful, so that she could do even more for him than hitherto—because nobody except Grete would ever dare to enter a space in which Gregor on his own dominated the bare walls.

And so she wouldn't let herself be dissuaded by her mother, who seemed unsure of herself, as well, in that room, out of sheer nervousness, and who soon fell silent, helping the sister move out the wardrobe with all her might. Now, in an emergency Gregor could still do without the wardrobe, but the desk—that had to stay. And no sooner had the women left the room with the wardrobe, which they were pushing while emitting groans, than Gregor thrust out his head from

unter dem Kanapee hervorstieß, um zu sehen, wie er vorsichtig und möglichst rücksichtsvoll eingreifen könnte. Aber zum Unglück war es gerade die Mutter, welche zuerst zurückkehrte, während Grete im Nebenzimmer den Kasten umfangen hielt und ihn allein hin und her schwang, ohne ihn natürlich von der Stelle zu bringen. Die Mutter aber war Gregors Anblick nicht gewöhnt, er hätte sie krank machen können, und so eilte Gregor erschrocken im Rückwärtslauf bis an das andere Ende des Kanapees, konnte es aber nicht mehr verhindern, daß das Leintuch vorne ein wenig sich bewegte. Das genügte, um die Mutter aufmerksam zu machen. Sie stockte, stand einen Augenblick still und ging dann zu Grete zurück.

Trotzdem sich Gregor immer wieder sagte, daß ja nichts Außergewöhnliches geschehe, sondern nur ein paar Möbel umgestellt würden, wirkte doch, wie er sich bald eingestehen mußte, dieses Hin- und Hergehen der Frauen, ihre kleinen Zurufe, das Kratzen der Möbel auf dem Boden, wie ein großer, von allen Seiten genährter Trubel auf ihn, und er mußte sich, so fest er Kopf und Beine an sich zog und den Leib bis an den Boden drückte, unweigerlich sagen, daß er das Ganze nicht lange aushalten werde. Sie räumten ihm sein Zimmer aus; nahmen ihm alles, was ihm lieb war; den Kasten, in dem die Laubsäge und andere Werkzeuge lagen, hatten sie schon hinausgetragen; lockerten jetzt den schon im Boden fest eingegrabenen Schreibtisch, an dem er als Handelsakademiker, als Bürgerschüler, ja sogar schon als Volksschüler seine Aufgaben geschrieben hatte,—da hatte er wirklich keine Zeit mehr, die guten Absichten zu prüfen, welche die zwei Frauen hatten, deren Existenz er übrigens fast vergessen hatte, denn vor Erschöpfung arbeiteten sie schon stumm, und man hörte nur das schwere Tappen ihrer Füße.

Und so brach er denn hervor—die Frauen stützten sich gerade im Nebenzimmer an den Schreibtisch, um ein wenig zu verschnaufen—, wechselte viermal die Richtung des Laufes, er wußte wirklich nicht, was er zuerst retten sollte, da sah er an der im übrigen schon leeren Wand auffallend das Bild der in lauter Pelzwerk gekleideten Dame hängen, kroch eilends hinauf und preßte sich an das Glas, das ihn festhielt und seinem heißen Bauch wohltat. Dieses Bild wenigstens, das Gregor jetzt ganz verdeckte, würde nun gewiß niemand wegnehmen. Er verdrehte den Kopf nach der Tür des Wohnzimmers, um die Frauen bei ihrer Rückkehr zu beobachten.

Sie hatten sich nicht viel Ruhe gegönnt und kamen schon wieder; Grete hatte den Arm um die Mutter gelegt und trug sie fast. »Also was nehmen wir jetzt?« sagte Grete und sah sich um. Da kreuzten

under the couch to see how he could intervene cautiously and with the greatest possible consideration for them. But, as bad luck would have it, it was his mother who came back first, while Grete in the adjoining room had her arms around the wardrobe and was swinging it back and forth unaided, naturally without being able to move it from the spot. But the mother wasn't used to the sight of Gregor, which might make her sick, so in a panic Gregor hastened backwards up to the other end of the couch but could no longer prevent the sheet from stirring a little in front. That was enough to attract his mother's attention. She stopped in her tracks, stood still a moment and then went back to Grete.

Although Gregor told himself over and over that nothing unusual was going on, just a few pieces of furniture being moved around, he soon had to admit to himself that this walking to and fro by the women, their brief calls to each other and the scraping of the furniture on the floor affected him like a tremendous uproar, sustained on all sides; and, no matter how tightly he pulled in his head and legs and pressed his body all the way to the floor, he was irresistibly compelled to tell himself that he wouldn't be able to endure all of this very long. They were emptying out his room, taking away from him everything he was fond of; they had already carried out the wardrobe, which contained his fretsaw and other tools; now they were prying loose the desk, which had long been firmly entrenched in the floor, and at which he had done his homework when he was in business college, in secondary school and even back in primary school. At this point, he really had no more time for testing the good intentions of the two women, whose existence he had almost forgotten, anyway, because in their state of exhaustion they were now working in silence, and only their heavy footfalls could be heard.

And so he broke out—at the moment, the women were leaning on the desk in the adjoining room, to catch their breath a little—he changed direction four times, not really knowing what he should rescue first; and then he saw hanging conspicuously on the now otherwise bare wall the picture of the lady dressed in nothing but furs. He crawled up to it in haste and pressed against the glass, which held him fast and felt good on his hot belly. That picture, at least, which Gregor was now completely covering, surely no one would now take away. He twisted his head around toward the door of the parlor in order to observe the women when they returned.

They hadn't allowed themselves much time to rest, and were now coming back; Grete had put her arm around her mother and was almost carrying her. "Well, what should we take now?" said Grete and looked around. Then her eyes

sich ihre Blicke mit denen Gregors an der Wand. Wohl nur infolge
der Gegenwart der Mutter behielt sie ihre Fassung, beugte ihr Gesicht
zur Mutter, um diese vom Herumschauen abzuhalten, und sagte,
allerdings zitternd und unüberlegt:»Komm, wollen wir nicht lieber
auf einen Augenblick noch ins Wohnzimmer zurückgehen?« Die
Absicht Gretes war für Gregor klar, sie wollte die Mutter in Sicherheit
bringen und dann ihn von der Wand hinunterjagen. Nun, sie konnte
es ja immerhin versuchen! Er saß auf seinem Bild und gab es nicht
her. Lieber würde er Grete ins Gesicht springen.

Aber Gretes Worte hatten die Mutter erst recht beunruhigt, sie
trat zur Seite, erblickte den riesigen braunen Fleck auf der geblümten
Tapete, rief, ehe ihr eigentlich zum Bewußtsein kam, daß das Gregor
war, was sie sah, mit schreiender, rauher Stimme:»Ach Gott, ach
Gott!« und fiel mit ausgebreiteten Armen, als gebe sie alles auf, über
das Kanapee hin und rührte sich nicht.»Du, Gregor!« rief die
Schwester mit erhobener Faust und eindringlichen Blicken. Es waren
seit der Verwandlung die ersten Worte, die sie unmittelbar an ihn
gerichtet hatte. Sie lief ins Nebenzimmer, um irgendeine Essenz zu
holen, mit der sie die Mutter aus ihrer Ohnmacht wecken könnte;
Gregor wollte auch helfen—zur Rettung des Bildes war noch Zeit—;
er klebte aber fest an dem Glas und mußte sich mit Gewalt losreißen;
er lief dann auch ins Nebenzimmer, als könne er der Schwester
irgendeinen Rat geben, wie in früherer Zeit; mußte dann aber untätig
hinter ihr stehen; während sie in verschiedenen Fläschchen kramte,
erschreckte sie noch, als sie sich umdrehte; eine Flasche fiel auf den
Boden und zerbrach; ein Splitter verletzte Gregor im Gesicht,
irgendeine ätzende Medizin umfloß ihn; Grete nahm nun, ohne sich
länger aufzuhalten, soviel Fläschchen, als sie nur halten konnte, und
rannte mit ihnen zur Mutter hinein; die Tür schlug sie mit dem
Fuße zu. Gregor war nun von der Mutter abgeschlossen, die durch
seine Schuld vielleicht dem Tode nahe war; die Tür durfte er nicht
öffnen, wollte er die Schwester, die bei der Mutter bleiben mußte,
nicht verjagen; er hatte jetzt nichts zu tun, als zu warten; und von
Selbstvorwürfen und Besorgnis bedrängt, begann er zu kriechen,
überkroch alles, Wände, Möbel und Zimmerdecke und fiel endlich
in seiner Verzweiflung, als sich das ganze Zimmer schon um ihn zu
drehen anfing, mitten auf den großen Tisch.

Es verging eine kleine Weile, Gregor lag matt da, ringsherum
war es still, vielleicht war das ein gutes Zeichen. Da läutete es. Das
Mädchen war natürlich in ihrer Küche eingesperrt und Grete mußte
daher öffnen gehen. Der Vater war gekommen.»Was ist geschehen?«
waren seine ersten Worte; Gretes Aussehen hatte ihm wohl alles

met those of Gregor on the wall. It was probably only because her mother was there that she kept her composure; she lowered her face to her mother to keep her from looking around, and said, although tremblingly and without thinking: "Come, shouldn't we rather go back into the parlor for another minute?" Grete's intention was clear to Gregor; she wanted to lead her mother to safety and then chase him down off the wall. Well, just let her try! He sat there on his picture and wouldn't relinquish it. He would sooner jump onto Grete's face.

But Grete's words had been just what it took to upset her mother, who stepped to one side, caught sight of the gigantic brown spot on the flowered wallpaper, and, before she was actually aware that what she saw there was Gregor, called in a hoarse shout: "Oh, God, oh, God!" She then fell across the couch with outspread arms, as if giving up everything, and lay there perfectly still. "Just wait, Gregor!" called the sister with raised fist and piercing glances. Those were the first words she had addressed to him directly since the transformation. She ran into the adjoining room to fetch some medicine to revive her mother from her faint; Gregor wanted to help, too—there was still time to rescue the picture—but he was stuck tight to the glass and had to tear himself loose by force. Then he, too, ran into the adjoining room, as if he could give his sister some advice, as in the past; but he was forced to stand behind her idly. While she was rummaging among various little bottles, she got a fright when she turned around; a bottle fell on the floor and broke; a splinter wounded Gregor in the face, and some kind of corrosive medicine poured over him. Now, without waiting there any longer, Grete picked up as many bottles as she could hold and ran in to her mother with them, slamming the door shut with her foot. Gregor was now cut off from his mother, who was perhaps close to death, all on his account. He didn't dare open the door for fear of driving away his sister, who had to remain with their mother. Now there was nothing for him to do but wait; and oppressed by self-reproaches and worry, he began to crawl; he crawled all over everything, walls, furniture and ceiling, and finally, in his desperation, when the whole room was starting to spin around him he fell onto the middle of the big table.

A brief while passed, Gregor lay there limply, it was quiet all around; maybe that was a good sign. Then the bell rang. Naturally, the servant was locked in her kitchen, and so Grete had to go open up. Her father had arrived. "What's happened?" were his first words; Grete's appearance had prob-

verraten. Grete antwortete mit dumpfer Stimme, offenbar drückte sie ihr Gesicht an das Vaters Brust: »Die Mutter war ohnmächtig, aber es geht ihr schon besser. Gregor ist ausgebrochen.« »Ich habe es ja erwartet«, sagte der Vater, »ich habe es euch ja immer gesagt, aber ihr Frauen wollt nicht hören.« Gregor war es klar, daß der Vater Gretes allzu kurze Mitteilung schlecht gedeutet hatte und annahm, daß Gregor sich irgendeine Gewalttat habe zuschulden kommen lassen. Deshalb mußte Gregor den Vater jetzt zu besänftigen suchen, denn ihn aufzuklären hatte er weder Zeit noch Möglichkeit. Und so flüchtete er sich zur Tür seines Zimmers und drückte sich an sie, damit der Vater beim Eintritt vom Vorzimmer her gleich sehen könne, daß Gregor die beste Absicht habe, sofort in sein Zimmer zurückzukehren, und daß es nicht nötig sei, ihn zurückzutreiben, sondern daß man nur die Tür zu öffnen brauche, und gleich werde er verschwinden.

Aber der Vater war nicht in der Stimmung, solche Feinheiten zu bemerken; »Ah!« rief er gleich beim Eintritt in einem Tone, als sei er gleichzeitig wütend und froh. Gregor zog den Kopf von der Tür zurück und hob ihn gegen den Vater. So hatte er sich den Vater wirklich nicht vorgestellt, wie er jetzt dastand; allerdings hatte er in der letzten Zeit über dem neuartigen Herumkriechen versäumt, sich so wie früher um die Vorgänge in der übrigen Wohnung zu kümmern, und hätte eigentlich darauf gefaßt sein müssen, veränderte Verhältnisse anzutreffen. Trotzdem, trotzdem, war das noch der Vater? Der gleiche Mann, der müde im Bett vergraben lag, wenn früher Gregor zu einer Geschäftsreise ausgerückt war; der ihn an Abenden der Heimkehr im Schlafrock im Lehnstuhl empfangen hatte; gar nicht recht imstande war, aufzustehen, sondern zum Zeichen der Freude nur die Arme gehoben hatte, und der bei den seltenen gemeinsamen Spaziergängen an ein paar Sonntagen im Jahr und an den höchsten Feiertagen zwischen Gregor und der Mutter, die schon an und für sich langsam gingen, immer noch ein wenig langsamer, in seinen alten Mantel eingepackt, mit stets vorsichtig aufgesetztem Krückstock sich vorwärts arbeitete und, wenn er etwas sagen wollte, fast immer stillstand und seine Begleitung um sich versammelte? Nun aber war er recht gut aufgerichtet; in eine straffe blaue Uniform mit Goldknöpfen gekleidet, wie sie Diener der Bankinstitute tragen; über dem hohen steifen Kragen des Rockes entwickelte sich sein starkes Doppelkinn; unter den buschigen Augenbrauen drang der Blick der schwarzen Augen frisch und aufmerksam hervor; das sonst zerzauste weiße Haar war zu einer peinlich genauen, leuchtenden Scheitelfrisur niedergekämmt. Er warf seine Mütze, auf

ably revealed everything to him. Grete answered in a muffled voice, probably pressing her face against her father's chest: "Mother fainted, but she's feeling better now. Gregor has broken loose." "I expected it," said the father, "I always told you so, but you women won't listen." It was clear to Gregor that his father had put a bad interpretation on Grete's excessively brief communication and assumed that Gregor had been guilty of some act of violence. Therefore Gregor now had to try to pacify his father, because he had neither the time nor the means to enlighten him. And so he sped away to the door of his room and pressed himself against it, so that when his father came in from the hallway he could immediately see that Gregor fully intended to return to his room at once, and that it was unnecessary to chase him back; instead, all they needed to do was to open the door, and he would disappear right away.

But his father was in no mood to observe such niceties; as soon as he walked in, he yelled "Ah!" in a tone that suggested he was both furious and happy at the same time. Gregor drew his head back from the door and lifted it toward his father. He hadn't really pictured his father the way he now stood there; recently, to be sure, he had been so occupied by the new sensation of crawling around that he had neglected to pay attention to events in the rest of the apartment, as he had done earlier; and he should really have been prepared to encounter altered circumstances. And yet, and yet, was this still his father? The same man who would lie wearily, buried in his bed, when Gregor used to "move out smartly" on a business trip; who had received him wearing a bathrobe and sitting in an armchair when he returned home in the evening; who hadn't been fully capable of standing up, and had merely raised his arms as a sign of joy; who, during their rare family strolls on a few Sundays of the year and on the major holidays, would walk between Gregor and his mother, who walked slowly even on their own, but would always be a little slower yet, bundled up in his old coat and working his way forward with his crook-handled stick always placed cautiously before him; who, when he wanted to say something, almost always came to a halt and gathered the rest of the group around him? Now, however, he was perfectly erect, dressed in a tight blue uniform with gold buttons, like those worn by messengers in banking houses. Above the high, stiff collar of the jacket his pronounced double chin unfurled; below his bushy eyebrows the gaze of his dark eyes shone brightly and observantly; his usually tousled white hair was combed down flat and gleaming, with a painfully exact part. He threw his hat, which was

der ein Goldmonogramm, wahrscheinlich das einer Bank, angebracht war, über das ganze Zimmer im Bogen auf das Kanapee hin und ging, die Enden seines langen Uniformrockes zurückgeschlagen, die Hände in den Hosentaschen, mit verbissenem Gesicht auf Gregor zu. Er wußte wohl selbst nicht, was er vorhatte; immerhin hob er die Füße ungewöhnlich hoch, und Gregor staunte über die Riesengröße seiner Stiefelsohlen. Doch hielt er sich dabei nicht auf, er wußte ja noch vom ersten Tage seines neuen Lebens her, daß der Vater ihm gegenüber nur die größte Strenge für angebracht ansah. Und so lief er vor dem Vater her, stockte, wenn der Vater stehenblieb, und eilte schon wieder vorwärts, wenn sich der Vater nur rührte. So machten sie mehrmals die Runde um das Zimmer, ohne daß sich etwas Entscheidendes ereignete, ja ohne daß das Ganze infolge seines langsamen Tempos den Anschein einer Verfolgung gehabt hätte. Deshalb blieb auch Gregor vorläufig auf dem Fußboden, zumal er fürchtete, der Vater könnte eine Flucht auf die Wände oder den Plafond für besondere Bosheit halten. Allerdings mußte sich Gregor sagen, daß er sogar dieses Laufen nicht lange aushalten würde; denn während der Vater einen Schritt machte, mußte er eine Unzahl von Bewegungen ausführen. Atemnot begann sich schon bemerkbar zu machen, wie er ja auch in seiner früheren Zeit keine ganz vertrauenswürdige Lunge besessen hatte. Als er nun so dahintorkelte, um alle Kräfte für den Lauf zu sammeln, kaum die Augen offenhielt; in seiner Stumpfheit an eine andere Rettung als durch Laufen gar nicht dachte; und fast schon vergessen hatte, daß ihm die Wände freistanden, die hier allerdings mit sorgfältig geschnitzten Möbeln voll Zacken und Spitzen verstellt waren—da flog knapp neben ihm, leicht geschleudert, irgend etwas nieder und rollte vor ihm her. Es war ein Apfel; gleich flog ihm ein zweiter nach; Gregor blieb vor Schrecken stehen; ein Weiterlaufen war nutzlos, denn der Vater hatte sich entschlossen, ihn zu bombardieren. Aus der Obstschale auf der Kredenz hatte er sich die Taschen gefüllt und warf nun, ohne vorläufig scharf zu zielen, Apfel für Apfel. Diese kleinen roten Äpfel rollten wie elektrisiert auf dem Boden herum und stießen aneinander. Ein schwach geworfener Apfel streifte Gregors Rücken, glitt aber unschädlich ab. Ein ihm sofort nachfliegender drang dagegen förmlich in Gregors Rücken ein; Gregor wollte sich weiterschleppen, als könne der überraschende unglaubliche Schmerz mit dem Ortswechsel vergehen; doch fühlte er sich wie festgenagelt und streckte sich in vollständiger Verwirrung aller Sinne. Nur mit dem letzten Blick sah er noch, wie die Tür seines Zimmers aufgerissen wurde, und vor der schreienden Schwester die Mutter hervoreilte, im Hemd, denn

adorned by a gold monogram, probably that of some bank, in an arc across the whole room onto the couch; and, pushing back the tails of his long uniform jacket, his hands in his trousers pockets, he walked toward Gregor with a morose expression. He most likely had no idea himself of what he intended to do; nevertheless, he raised his feet unusually high, and Gregor was amazed at the gigantic size of his boot soles. But he didn't dwell on that, for he had known ever since the first day of his new life that his father considered nothing but the greatest severity appropriate where he was concerned. And so he ran in front of his father, came to a halt when his father stood still and immediately sprinted forward if his father made any kind of move. In that way they circled the room several times, without anything decisive occurring; in fact, because of the slow tempo the whole thing didn't have the appearance of a pursuit. For that reason, as well, Gregor stayed on the floor for the time being, especially because he was afraid that his father might look upon a scurry onto the walls or ceiling as being particularly malicious. And yet Gregor had to tell himself that even the present activity would soon be too much for him, because for every step his father took he had to execute a huge number of movements. Shortness of breath was already becoming noticeable, and even in his earlier days his lungs hadn't been the most reliable. As he was now staggering along, in order to gather all his strength for running, and could barely keep his eyes open—unable, in his dazed condition, to think of any other refuge than running, and almost forgetting that the walls were open to him (although in this room they were obstructed by painstakingly carved furniture full of prongs and points)—something that had been lightly tossed flew right by him and rolled in front of him on the floor. It was an apple; another flew at him immediately afterward; Gregor stood still in fright; to continue running was pointless, because his father had decided to bombard him. He had filled his pockets from the fruit bowl on the sideboard and now, without aiming carefully for the moment, was throwing one apple after another. A weakly thrown apple grazed Gregor's back, but rolled off harmlessly. One that flew right after it actually penetrated Gregor's back; Gregor wanted to drag himself onward, as if the surprising and unbelievable pain might pass if he changed location; but he felt pinned down and he surrendered, all his senses fully bewildered. It was only with his last glance that he still saw the door of his room being torn open; he saw his mother dash out ahead of his screaming sister (the mother

die Schwester hatte sie entkleidet, um ihr in der Ohnmacht Atemfreiheit zu verschaffen, wie dann die Mutter auf den Vater zulief und ihr auf dem Weg die aufgebundenen Röcke einer nach dem anderen zu Boden glitten, und wie sie stolpernd über die Röcke auf den Vater eindrang und ihn umarmend, in gänzlicher Vereinigung mit ihm—nun versagte aber Gregors Sehkraft schon—die Hände an des Vaters Hinterkopf um Schonung von Gregors Leben bat.

III

Die schwere Verwundung Gregors, an der er über einen Monat litt— der Apfel blieb, da ihn niemand zu entfernen wagte, als sichtbares Andenken im Fleische sitzen—, schien selbst den Vater daran erinnert zu haben, daß Gregor trotz seiner gegenwärtigen traurigen und ekelhaften Gestalt ein Familienmitglied war, das man nicht wie einen Feind behandeln durfte, sondern demgegenüber es das Gebot der Familienpflicht war, den Widerwillen hinunterzuschlucken und zu dulden, nichts als zu dulden.

Und wenn nun auch Gregor durch seine Wunde an Beweglichkeit wahrscheinlich für immer verloren hatte und vorläufig zur Durchquerung seines Zimmers wie ein alter Invalide lange, lange Minuten brauchte—an das Kriechen in der Höhe war nicht zu denken—, so bekam er für diese Verschlimmerung seines Zustandes einen seiner Meinung nach vollständig genügenden Ersatz dadurch, daß immer gegen Abend die Wohnzimmertür, die er schon ein bis zwei Stunden vorher scharf zu beobachten pflegte, geöffnet wurde, so daß er, im Dunkel seines Zimmers liegend, vom Wohnzimmer aus unsichtbar, die ganze Familie beim beleuchteten Tische sehen und ihre Reden, gewissermaßen mit allgemeiner Erlaubnis, also ganz anders als früher, anhören durfte.

Freilich waren es nicht mehr die lebhaften Unterhaltungen der früheren Zeiten, an die Gregor in den kleinen Hotelzimmern stets mit einigem Verlangen gedacht hatte, wenn er sich müde in das feuchte Bettzeug hatte werfen müssen. Es ging jetzt meist nur sehr still zu. Der Vater schlief bald nach dem Nachtessen in seinem Sessel ein; die Mutter und Schwester ermahnten einander zur Stille; die Mutter nähte, weit unter das Licht vorgebeugt, feine Wäsche für ein Modengeschäft; die Schwester, die eine Stellung als Verkäuferin angenommen hatte, lernte am Abend Stenographie und Französisch, um vielleicht später einmal einen besseren Posten zu erreichen.

was in her shift, because the sister had undressed her to make it easier for her to breathe when she had fainted); he then saw the mother run over to the father, her untied petticoats slipping to the floor one after the other as she went. Tripping over the petticoats, she rushed upon the father and, embracing him, in absolute union with him—at this point all went dark for Gregor—with her hands behind the father's head, she begged him to spare Gregor's life.

III

Gregor's severe injury, from which he suffered for more than a month—since no one dared to remove the apple, it remained in his flesh as a visible reminder—seemed to have made even his father recall that, despite his present sad and disgusting shape, Gregor was a member of the family who shouldn't be treated as an enemy, but in whose case family obligations demanded that one swallow one's repulsion and be patient, only patient.

And even if Gregor's wound had probably impaired his mobility for good, and he now, like an old invalid, needed long, long minutes to cross his room—crawling up high was out of the question—he received in exchange for this worsening of his condition something he considered a perfectly adequate replacement: as every evening approached, the parlor door, which he would begin to watch carefully an hour or two ahead of time, was opened so that, lying in the dark, invisible from the parlor, he could see the whole family at the brightly lit table and listen to their conversation, to some extent with everyone's permission, and thus quite otherwise than before.

Of course, these were no longer the lively discussions of the old days, to which Gregor's thoughts had always turned with some yearning in his tiny hotel rooms, when he had had to throw himself wearily into the damp bedclothes. Generally the talks were very quiet. Right after supper the father fell asleep in his chair; the mother and sister admonished each other to be quiet; the mother, leaning far forward under the light, sewed fine linen for a clothing store; the sister, who had taken work as a salesgirl, was learning stenography and French at night so that she might possibly get a better job some day. At times the father woke up and,

Manchmal wachte der Vater auf, und als wisse er gar nicht, daß er geschlafen habe, sagte er zur Mutter: »Wie lange du heute schon wieder nähst!« und schlief sofort wieder ein, während Mutter und Schwester einander müde zulächelten.

Mit einer Art Eigensinn weigerte sich der Vater, auch zu Hause seine Dieneruniform abzulegen; und während der Schlafrock nutzlos am Kleiderhaken hing, schlummerte der Vater vollständig angezogen auf seinem Platz, als sei er immer zu seinem Dienste bereit und warte auch hier auf die Stimme des Vorgesetzten. Infolgedessen verlor die gleich anfangs nicht neue Uniform trotz aller Sorgfalt von Mutter und Schwester an Reinlichkeit, und Gregor sah oft ganze Abende lang auf dieses über und über fleckige, mit seinen stets geputzten Goldknöpfen leuchtende Kleid, in dem der alte Mann höchst unbequem und doch ruhig schlief.

Sobald die Uhr zehn schlug, suchte die Mutter durch leise Zusprache den Vater zu wecken und dann zu überreden, ins Bett zu gehen, denn hier war es doch kein richtiger Schlaf, und diesen hatte der Vater, der um sechs Uhr seinen Dienst antreten mußte, äußerst nötig. Aber in dem Eigensinn, der ihn, seitdem er Diener war, ergriffen hatte, bestand er immer darauf, noch länger bei Tisch zu bleiben, trotzdem er regelmäßig einschlief, und war dann überdies nur mit der größten Mühe zu bewegen, den Sessel mit dem Bett zu vertauschen. Da mochten Mutter und Schwester mit kleinen Ermahnungen noch so sehr auf ihn eindringen, viertelstundenlang schüttelte er langsam den Kopf, hielt die Augen geschlossen und stand nicht auf. Die Mutter zupfte ihn am Ärmel, sagte ihm Schmeichelworte ins Ohr, die Schwester verließ ihre Aufgabe, um der Mutter zu helfen, aber beim Vater verfing das nicht. Er versank nur noch tiefer in seinen Sessel. Erst als ihn die Frauen unter den Achseln faßten, schlug er die Augen auf, sah abwechselnd die Mutter und die Schwester an und pflegte zu sagen: »Das ist ein Leben. Das ist die Ruhe meiner alten Tage.« Und auf die beiden Frauen gestützt, erhob er sich, umständlich, als sei er für sich selbst die größte Last, ließ sich von den Frauen bis zur Türe führen, winkte ihnen dort ab und ging nun selbständig weiter, während die Mutter ihr Nähzeug, die Schwester ihre Feder eiligst hinwarfen, um hinter dem Vater zu laufen und ihm weiter behilflich zu sein.

Wer hatte in dieser abgearbeiteten und übermüdeten Familie Zeit, sich um Gregor mehr zu kümmern, als unbedingt nötig war? Der Haushalt wurde immer mehr eingeschränkt; das Dienstmädchen wurde nun doch entlassen; eine riesige knochige Bedienerin mit weißem, den Kopf umflatterndem Haar kam des Morgens und des

as if he didn't even know he'd been sleeping, he said to the mother: "How long you've been sewing again today!" and went right back to sleep, while mother and sister smiled at each other wearily.

With a sort of obstinacy the father refused to take off his messenger's uniform even at home; and while his bathrobe hung unused on the hook, the father drowsed in his chair fully dressed, as if he were always ready to do his work and were awaiting his superior's orders even here. Consequently, despite all the mother and sister's care, the uniform, which hadn't been brand new at the outset, became less and less clean; and often for entire evenings Gregor would look at this garment, stained all over, but with constantly polished and gleaming gold buttons, in which the old man slept in great discomfort and yet peacefully.

The moment the clock struck ten, the mother tried to wake the father by addressing him softly and then tried to convince him to go to bed, because here he couldn't get any proper sleep, which the father needed very badly, since he had to begin work at six. But with the obstinacy that had taken hold of him since he had become a messenger, he constantly insisted on remaining longer at the table, although he regularly fell asleep, and then, on top of that, could only be persuaded with the greatest difficulty to give up his chair for his bed. In this situation mother and sister might urge him over and over with little reminders, for periods of fifteen minutes at a time he would shake his head slowly, keep his eyes closed and refuse to stand up. The mother tugged at his sleeve and said sweet things in his ear, the sister would leave her task to help the mother, but this had no effect on the father. He merely sank more deeply into his chair. Only when the women seized him under his arms would he open his eyes, look now at the mother and now at the sister, and say: "This is living! This is the repose of my old age!" And, supported by the two women, he would get up, slowly and fussily, as if he were his own greatest burden, and would allow himself to be led to the door by the women; there he would wave them away and proceed on his own, while the mother hastily flung down her sewing things and the sister her pen in order to run after the father and continue to be of service to him.

In this overworked and overtired family, who had time to be concerned about Gregor beyond what was absolutely necessary? There were constant retrenchments in their way of living; they finally had to let the servant go; a gigantic, bony cleaning woman with white hair fluttering around her

Abends, um die schwerste Arbeit zu leisten; alles andere besorgte die
Mutter neben ihrer vielen Näharbeit. Es geschah sogar, daß
verschiedene Familienschmuckstücke, welche früher die Mutter und
die Schwester überglücklich bei Unterhaltungen und Feierlichkeiten
getragen hatten, verkauft wurden, wie Gregor am Abend aus der
allgemeinen Besprechung der erzielten Preise erfuhr. Die größte
Klage war aber stets, daß man diese für die gegenwärtigen Verhältnisse
allzu große Wohnung nicht verlassen konnte, da es nicht auszudenken
war, wie man Gregor übersiedeln sollte. Aber Gregor sah wohl ein,
daß es nicht nur die Rücksicht auf ihn war, welche eine Übersiedlung
verhinderte, denn ihn hätte man doch in einer passenden Kiste mit
ein paar Luftlöchern leicht transportieren können; was die Familie
hauptsächlich vom Wohnungswechsel abhielt, war vielmehr die völlige
Hoffnungslosigkeit und der Gedanke daran, daß sie mit einem
Unglück geschlagen war, wie niemand sonst im ganzen Verwandten-
und Bekanntenkreis. Was die Welt von armen Leuten verlangt,
erfüllten sie bis zum äußersten, der Vater holte den kleinen
Bankbeamten das Frühstück, die Mutter opferte sich für die Wäsche
fremder Leute, die Schwester lief nach dem Befehl der Kunden hinter
dem Pulte hin und her, aber weiter reichten die Kräfte der Familie
schon nicht. Und die Wunde im Rücken fing Gregor wie neu zu
schmerzen an, wenn Mutter und Schwester, nachdem sie den Vater
zu Bett gebracht hatten, nun zurückkehrten, die Arbeit liegenließen,
nahe zusammenrückten, schon Wange an Wange saßen; wenn jetzt
die Mutter, auf Gregors Zimmer zeigend, sagte: »Mach’ dort die Tür
zu, Grete«, und wenn nun Gregor wieder im Dunkel war, während
nebenan die Frauen ihre Tränen vermischten oder gar tränenlos
den Tisch anstarrten.

Die Nächte und Tage verbrachte Gregor fast ganz ohne Schlaf.
Manchmal dachte er daran, beim nächsten Öffnen der Tür die
Angelegenheiten der Familie ganz so wie früher wieder in die Hand
zu nehmen; in seinen Gedanken erschienen wieder nach langer Zeit
der Chef und der Prokurist, die Kommis und die Lehrjungen, der so
begriffsstützige Hausknecht, zwei, drei Freunde aus anderen
Geschäften, ein Stubenmädchen aus einem Hotel in der Provinz,
eine liebe, flüchtige Erinnerung, eine Kassiererin aus einem
Hutgeschäft, um die er sich ernsthaft, aber zu langsam beworben
hatte—sie alle erschienen untermischt mit Fremden oder schon
Vergessenen, aber statt ihm und seiner Familie zu helfen, waren sie
sämtlich unzugänglich, und er war froh, wenn sie verschwanden.
Dann aber war er wieder gar nicht in der Laune, sich um seine
Familie zu sorgen, bloß Wut über die schlechte Wartung erfüllte ihn,

head now came in the morning and evening to do the heaviest chores; everything else was attended to by the mother, who also had all that sewing to do. It even came to pass that various pieces of family jewelry, which the mother and sister had formerly worn at parties and on great occasions, were sold, as Gregor learned in the evening from the family's discussion of the prices they had received. But the greatest complaint always was that they couldn't leave this apartment, which was far too big for their present means, since no one could figure out how to move Gregor. But Gregor realized that it was not only the concern for him that prevented a move, because after all he could easily have been shipped in a suitable crate with a few air holes; what principally kept the family from changing apartments was rather the complete hopelessness of the situation and the thought that they had been afflicted with a misfortune unlike any other in their entire circle of relatives and acquaintances. They were performing to the hilt all that the world demands of poor people: the father carried in breakfast for the junior bank clerks, the mother sacrificed herself for the linen of strangers, the sister ran back and forth behind her counter at the customers' command, but by this time the family's strength was taxed to the limit. And the sore on his back began to hurt Gregor all over again when, after putting his father to bed, his mother and sister came back, let their work rest, moved close together and sat cheek to cheek; when the mother, pointing to Gregor's room, now said, "Close the door there, Grete," and Gregor was again in the dark, while in the next room the women wept together or just stared at the table with dry eyes.

Gregor spent the nights and days almost completely without sleep. Sometimes he thought that, the next time the door opened, he would once again take charge of the family's problems just as he used to; in his thoughts there reappeared, after a long interval, his boss and the chief clerk, the clerks and the apprentices, the office messenger who was so dense, two or three friends from other firms, a chambermaid in a provincial hotel (a charming, fleeting recollection), a cashier in a hat shop whom he had courted seriously but too slowly—they all appeared, mingling with strangers or people he'd forgotten, but instead of helping him and his family, they were all inaccessible, and he was glad when they disappeared. But at other times he was no longer at all in the mood to worry about his family; he was filled with noth-

und trotzdem er sich nichts vorstellen konnte, worauf er Appetit gehabt hätte, machte er doch Pläne, wie er in die Speisekammer gelangen könnte, um dort zu nehmen, was ihm, auch wenn er keinen Hunger hatte, immerhin gebührte. Ohne jetzt mehr nachzudenken, womit man Gregor einen besonderen Gefallen machen könnte, schob die Schwester eiligst, ehe sie morgens und mittags ins Geschäft lief, mit dem Fuß irgendeine beliebige Speise in Gregors Zimmer hinein, um sie am Abend, gleichgültig dagegen, ob die Speise vielleicht nur verkostet oder—der häufigste Fall—gänzlich unberührt war, mit einem Schwenken des Besens hinauszukehren. Das Aufräumen des Zimmers, das sie nun immer abends besorgte, konnte gar nicht mehr schneller getan sein. Schmutzstreifen zogen sich die Wände entlang, hie und da lagen Knäuel von Staub und Unrat. In der ersten Zeit stellte sich Gregor bei der Ankunft der Schwester in derartige besonders bezeichnende Winkel, um ihr durch diese Stellung gewissermaßen einen Vorwurf zu machen. Aber er hätte wohl wochenlang dort bleiben können, ohne daß sich die Schwester gebessert hätte; sie sah ja den Schmutz genau so wie er, aber sie hatte sich eben entschlossen, ihn zu lassen. Dabei wachte sie mit einer an ihr ganz neuen Empfindlichkeit, die überhaupt die ganze Familie ergriffen hatte, darüber, daß das Aufräumen von Gregors Zimmer ihr vorbehalten blieb. Einmal hatte die Mutter Gregors Zimmer einer großen Reinigung unterzogen, die ihr nur nach Verbrauch einiger Kübel Wasser gelungen war—die viele Feuchtigkeit kränkte allerdings Gregor auch und er lag breit, verbittert und unbeweglich auf dem Kanapee—, aber die Strafe blieb für die Mutter nicht aus. Denn kaum hatte am Abend die Schwester die Veränderung in Gregors Zimmer bemerkt, als sie, aufs höchste beleidigt, ins Wohnzimmer lief und, trotz der beschwörend erhobenen Hände der Mutter, in einen Weinkrampf ausbrach, dem die Eltern—der Vater war natürlich aus seinem Sessel aufgeschreckt worden—zuerst erstaunt und hilflos zusahen; bis auch sie sich zu rühren anfingen; der Vater rechts der Mutter Vorwürfe machte, daß sie Gregors Zimmer nicht der Schwester zur Reinigung überließ; links dagegen die Schwester anschrie, sie werde niemals mehr Gregors Zimmer reinigen dürfen; während die Mutter den Vater, der sich vor Erregung nicht mehr kannte, ins Schlafzimmer zu schleppen suchte; die Schwester, von Schluchzen geschüttelt, mit ihren kleinen Fäusten den Tisch bearbeitete; und Gregor laut vor Wut darüber zischte, daß es keinem einfiel, die Tür zu schließen und ihm diesen Anblick und Lärm zu ersparen.

Aber selbst wenn die Schwester, erschöpft von ihrer Berufsarbeit, dessen überdrüssig geworden war, für Gregor, wie früher, zu sorgen,

ing but rage over how badly he was looked after; and even though he couldn't imagine anything he might have had an appetite for, he laid plans for getting into the pantry so he could take what was still his by rights, even if he wasn't hungry. No longer reflecting about what might give Gregor some special pleasure, his sister now hastily shoved any old food into Gregor's room with her foot before running off to work in the morning and at noon; in the evening, not caring whether the food had perhaps been just merely tasted or—most frequently—left completely untouched, she would sweep it out with a swing of the broom. The cleaning of the room, which she now always took care of in the evening, was done at breakneck speed. Long trails of dirt lined the walls, here and there lay heaps of dust and filth. At first, when his sister arrived, Gregor would station himself at particularly glaring corners of that sort, thereby intending to reproach her to some degree. But he could have remained there for weeks on end without seeing any improvement in his sister; she saw the dirt just as well as he did, but she had simply made up her mind to leave it there. At the same time, with a touchiness that was quite new to her, and which had come over the whole family, she took care that the cleaning of Gregor's room should be reserved exclusively for her. On one occasion the mother had undertaken a thorough cleaning of Gregor's room, which she had only managed to do by using several buckets of water—the excessive dampness harmed Gregor, too, and he lay stretched out on the couch, embittered and motionless—but the mother didn't escape the penalty: the moment the sister noticed the change in Gregor's room in the evening, she ran into the parlor, highly insulted, and, despite the mother's imploringly uplifted hands, she broke into a crying jag that the parents—the father had naturally been frightened out of his chair—at first watched in amazement and helplessness until they themselves began to stir. To his right, the father reproached the mother for not leaving the cleaning of Gregor's room to the sister; to his left, on the other hand, he yelled at the sister, saying she would never again be permitted to clean Gregor's room, while the mother tried to drag the father, who was beside himself with agitation, into the bedroom; the sister, shaken with sobs, belabored the table with her little fists; and Gregor hissed loudly with rage because it didn't occur to anyone to close the door and spare him that sight and that commotion.

But even if the sister, worn out by her job, had grown tired of caring for Gregor as before, still the mother would

so hätte noch keineswegs die Mutter für sie eintreten müssen und Gregor hätte doch nicht vernachlässigt werden brauchen. Denn nun war die Bedienerin da. Diese alte Witwe, die in ihrem langen Leben mit Hilfe ihres starken Knochenbaues das Ärgste überstanden haben mochte, hatte keinen eigentlichen Abscheu vor Gregor. Ohne irgendwie neugierig zu sein, hatte sie zufällig einmal die Tür von Gregors Zimmer aufgemacht und war im Anblick Gregors, der, gänzlich überrascht, trotzdem ihn niemand jagte, hin und her zu laufen begann, die Hände im Schoß gefaltet staunend stehengeblieben. Seitdem versäumte sie nicht, stets flüchtig morgens und abends die Tür ein wenig zu öffnen und zu Gregor hineinzuschauen. Anfangs rief sie ihn auch zu sich herbei, mit Worten, die sie wahrscheinlich für freundlich hielt, wie »Komm mal herüber, alter Mistkäfer!« oder »Seht mal den alten Mistkäfer!« Auf solche Ansprachen antwortete Gregor mit nichts, sondern blieb unbeweglich auf seinem Platz, als sei die Tür gar nicht geöffnet worden. Hätte man doch dieser Bedienerin, statt sie nach ihrer Laune ihn nutzlos stören zu lassen, lieber den Befehl gegeben, sein Zimmer täglich zu reinigen! Einmal am frühen Morgen—ein heftiger Regen, vielleicht schon ein Zeichen des kommenden Frühjahrs, schlug an die Scheiben—war Gregor, als die Bedienerin mit ihren Redensarten wieder begann, derartig verbittert, daß er, wie zum Angriff, allerdings langsam und hinfällig, sich gegen sie wendete. Die Bedienerin aber, statt sich zu fürchten, hob bloß einen in der Nähe der Tür befindlichen Stuhl hoch empor, und wie sie mit groß geöffnetem Munde dastand, war ihre Absicht klar, den Mund erst zu schließen, wenn der Sessel in ihrer Hand auf Gregors Rücken niederschlagen würde. »Also weiter geht es nicht?« fragte sie, als Gregor sich wieder umdrehte, und stellte den Sessel ruhig in die Ecke zurück.

Gregor aß nun fast gar nichts mehr. Nur wenn er zufällig an der vorbereiteten Speise vorüberkam, nahm er zum Spiel einen Bissen in den Mund, hielt ihn dort stundenlang und spie ihn dann meist wieder aus. Zuerst dachte er, es sei die Trauer über den Zustand seines Zimmers, die ihn vom Essen abhalte, aber gerade mit den Veränderungen des Zimmers söhnte er sich sehr bald aus. Man hatte sich angewöhnt, Dinge, die man anderswo nicht unterbringen konnte, in dieses Zimmer hineinzustellen, und solcher Dinge gab es nun viele, da man ein Zimmer der Wohnung an drei Zimmerherren vermietet hatte. Diese ernsten Herren—alle drei hatten Vollbärte, wie Gregor einmal durch eine Türspalte feststellte—waren peinlich auf Ordnung, nicht nur in ihrem Zimmer, sondern, da sie sich nun einmal hier eingemietet hatten, in der ganzen Wirtschaft, also

not have been compelled to take over for her, and Gregor wouldn't have needed to be neglected. Because the cleaning woman was now there. This elderly widow, who, thanks to her powerful frame, had probably endured the worst during her long life, had no real horror of Gregor. Without being in the least curious, she had once accidentally opened the door to Gregor's room; at the sight of Gregor, who, taken by surprise, began to run back and forth although no one was chasing him, she had stood still in amazement, her hands folded over her stomach. Since then she never failed to open the door a little for just a moment in the morning and evening and to look in at Gregor. At the beginning she even called him over with words she probably thought were friendly, such as "Come on over here, old dung beetle" or "Just look at the old dung beetle!" Gregor never responded to such calls, but remained motionless where he stood, as if the door had never been opened. But if, instead of letting this cleaning woman disturb him needlessly as the fancy took her, they had only given her orders to clean his room every day! Once, early in the morning—a heavy rain, perhaps already foretokening the coming spring, was beating on the window panes—when the cleaning woman began with her series of expressions again, Gregor was so infuriated that he turned in her direction as if to attack, but slowly and feebly. The cleaning woman, however, instead of being frightened, merely lifted high in the air a chair that was near the door, and, as she stood there with her mouth wide open, she clearly intended not to close her mouth again until the chair in her hand crashed down on Gregor's back. "So you're not advancing?" she asked as Gregor turned around again, and placed the chair back calmly in the corner.

By this time Gregor was hardly eating. Only when he accidentally passed by the spread-out food would he take a bit in his mouth playfully, hold it there for hours and then generally spit it out again. At first he thought it was his dejection over the state of his room that kept him from eating, but he was soon more reconciled to the changes in his room than to anything else. They had grown accustomed to put in his room things there was no space for elsewhere, and there were now a lot of such things, because they had rented one room in the apartment to three lodgers. These serious gentlemen—all three had full beards, as Gregor once ascertained through a crack in the door—were sticklers for strict housekeeping, not only in their room, but also, since they were after all paying rent there, all over the apartment, and espe-

insbesondere in der Küche, bedacht. Unnützen oder gar schmutzigen Kram ertrugen sie nicht. Überdies hatten sie zum größten Teil ihre eigenen Einrichtungsstücke mitgebracht. Aus diesem Grunde waren viele Dinge überflüssig geworden, die zwar nicht verkäuflich waren, die man aber auch nicht wegwerfen wollte. Alle diese wanderten in Gregors Zimmer. Ebenso auch die Aschenkiste und die Abfallkiste aus der Küche. Was nur im Augenblick unbrauchbar war, schleuderte die Bedienerin, die es immer sehr eilig hatte, einfach in Gregors Zimmer; Gregor sah glücklicherweise meist nur den betreffenden Gegenstand und die Hand, die ihn hielt. Die Bedienerin hatte vielleicht die Absicht, bei Zeit und Gelegenheit die Dinge wieder zu holen oder alle insgesamt mit einemmal hinauszuwerfen, tatsächlich aber blieben sie dort liegen, wohin sie durch den ersten Wurf gekommen waren, wenn nicht Gregor sich durch das Rumpelzeug wand und es in Bewegung brachte, zuerst gezwungen, weil kein sonstiger Platz zum Kriechen frei war, später aber mit wachsendem Vergnügen, obwohl er nach solchen Wanderungen, zum Sterben müde und traurig, wieder stundenlang sich nicht rührte.

Da die Zimmerherren manchmal auch ihr Abendessen zu Hause im gemeinsamen Wohnzimmer einnahmen, blieb die Wohnzimmertür an manchen Abenden geschlossen, aber Gregor verzichtete ganz leicht auf das Öffnen der Tür, hatte er doch schon manche Abende, an denen sie geöffnet war, nicht ausgenützt, sondern war, ohne daß es die Familie merkte, im dunkelsten Winkel seines Zimmers gelegen. Einmal aber hatte die Bedienerin die Tür zum Wohnzimmer ein wenig offen gelassen; und sie blieb so offen, auch als die Zimmerherren am Abend eintraten und Licht gemacht wurde. Sie setzten sich oben an den Tisch, wo in früheren Zeiten der Vater, die Mutter und Gregor gegessen hatten, entfalteten die Servietten und nahmen Messer und Gabel in die Hand. Sofort erschien in der Tür die Mutter mit einer Schüssel Fleisch und knapp hinter ihr die Schwester mit einer Schüssel hochgeschichteter Kartoffeln. Das Essen dampfte mit starkem Rauch. Die Zimmerherren beugten sich über die vor sie hingestellten Schüsseln, als wollten sie sie vor dem Essen prüfen, und tatsächlich zerschnitt der, welcher in der Mitte saß und den anderen zwei als Autorität zu gelten schien, ein Stück Fleisch noch auf der Schüssel, offenbar um festzustellen, ob es mürbe genug sei und ob es nicht etwa in die Küche zurückgeschickt werden solle. Er war befriedigt, und Mutter und Schwester, die gespannt zugesehen hatten, begannen aufatmend zu lächeln.

Die Familie selbst aß in der Küche. Trotzdem kam der Vater, ehe er in die Küche ging, in dieses Zimmer herein und machte mit

cially in the kitchen. They wouldn't stand for useless, not to mention dirty, odds and ends. Furthermore, they had for the most part brought along their own furnishings. Therefore many items had become superfluous that couldn't be sold but no one wanted to throw out. All of these were moved into Gregor's room. And so were the ash box and the garbage box from the kitchen. Whatever was unusable at the moment, the cleaning woman, who was always in a hurry, simply flung into Gregor's room; fortunately, Gregor generally saw only the object in question and the hand that held it. Perhaps the cleaning woman intended to retrieve the things when she had the time and opportunity, or to throw them all out at the same time, but in reality they remained wherever they had landed at the first toss, unless Gregor twisted through the rubbish and set it in motion, at first out of necessity, because no other space was open to crawl through, but later with increasing delight, although after such excursions, tired to death and dejected, he would again remain motionless for hours.

Since the lodgers sometimes also took their evening meal at home in the common parlor, the parlor door was closed on many evenings, but Gregor readily made do without the opening of the door, for on many earlier evenings when it was open he hadn't taken advantage of it, but instead, without the family noticing, had lain in the darkest corner of his room. But on one occasion the cleaning woman had left the door to the parlor a little open; and it remained open like that even when the lodgers entered in the evening and the light was turned on. They sat at the head of the table, where in earlier days the father, the mother and Gregor had sat; they unfolded their napkins and picked up their knives and forks. Immediately the mother appeared in the doorway with a platter of meat, and right behind her the sister with a plate piled high with potatoes. The food was steaming copiously. The lodgers bent over the plates that were placed in front of them as if wishing to examine them before eating, and, in fact, the one sitting in the middle, whom the others seemed to look up to as an authority, cut a piece of meat on the plate, obviously to ascertain whether it was tender enough and didn't perhaps need to be sent back to the kitchen. He was satisfied, and the mother and sister, who had watched in suspense, breathed easily and began to smile.

The family themselves ate in the kitchen. Nevertheless, before the father went into the kitchen, he entered the parlor

einer einzigen Verbeugung, die Kappe in der Hand, einen Rundgang um den Tisch. Die Zimmerherren erhoben sich sämtlich und murmelten etwas in ihre Bärte. Als sie dann allein waren, aßen sie fast unter vollkommenem Stillschweigen. Sonderbar schien es Gregor, daß man aus allen mannigfachen Geräuschen des Essens immer wieder ihre kauenden Zähne heraushörte, als ob damit Gregor gezeigt werden sollte, daß man Zähne brauche, um zu essen, und daß man auch mit den schönsten zahnlosen Kiefern nichts ausrichten könne. ›Ich habe ja Appetit‹, sagte sich Gregor sorgenvoll, ›aber nicht auf diese Dinge. Wie sich diese Zimmerherren nähren, und ich komme um!‹

Gerade an diesem Abend—Gregor erinnerte sich nicht, während der ganzen Zeit die Violine gehört zu haben—ertönte sie von der Küche her. Die Zimmerherren hatten schon ihr Nachtmahl beendet, der mittlere hatte eine Zeitung hervorgezogen, den zwei anderen je ein Blatt gegeben, und nun lasen sie zurückgelehnt und rauchten. Als die Violine zu spielen begann, wurden sie aufmerksam, erhoben sich und gingen auf den Fußspitzen zur Vorzimmertür, in der sie aneinandergedrängt stehenblieben. Man mußte sie von der Küche aus gehört haben, denn der Vater rief: »Ist den Herren das Spiel vielleicht unangenehm? Es kann sofort eingestellt werden.« »Im Gegenteil«, sagte der mittlere der Herren, »möchte das Fräulein nicht zu uns hereinkommen und hier im Zimmer spielen, wo es doch viel bequemer und gemütlicher ist?« »O bitte«, rief der Vater, als sei er der Violinspieler. Die Herren traten ins Zimmer zurück und warteten. Bald kam der Vater mit dem Notenpult, die Mutter mit den Noten und die Schwester mit der Violine. Die Schwester bereitete alles ruhig zum Spiele vor; die Eltern, die niemals früher Zimmer vermietet hatten und deshalb die Höflichkeit gegen die Zimmerherren übertrieben, wagten gar nicht, sich auf ihre eigenen Sessel zu setzen; der Vater lehnte an der Tür, die rechte Hand zwischen zwei Knöpfe des geschlossenen Livreerockes gesteckt; die Mutter aber erhielt von einem Herrn einen Sessel angeboten und saß, da sie den Sessel dort ließ, wohin ihn der Herr zufällig gestellt hatte, abseits in einem Winkel.

Die Schwester begann zu spielen; Vater und Mutter verfolgten, jeder von seiner Seite, aufmerksam die Bewegungen ihrer Hände. Gregor hatte, von dem Spiele angezogen, sich ein wenig weiter vorgewagt und war schon mit dem Kopf im Wohnzimmer. Er wunderte sich kaum darüber, daß er in letzter Zeit so wenig Rücksicht auf die andern nahm; früher war diese Rücksichtnahme sein Stolz gewesen. Und dabei hätte er gerade jetzt mehr Grund gehabt, sich zu ver-

and, with a single protracted bow, walked around the table, cap in hand. The lodgers all stood up and murmured something into their beards. Then, when they were alone, they ate with almost no conversation. It seemed odd to Gregor that, among all the multifarious noises of eating, their chewing teeth stood out again and again, as if to indicate to Gregor that teeth were indispensable for eating and that even with the finest toothless jaws nothing could be accomplished. "I do have an appetite," said Gregor uneasily to himself, "but not for those things. How these lodgers pack it away, and I'm perishing!"

On that very evening—Gregor had no recollection of having heard the violin during that whole time—it was audible from the kitchen. The lodgers had already finished their supper, the one in the middle had pulled out a newspaper, handing one sheet apiece to the two others, and now they were leaning back, reading and smoking. When the violin began to play, they noticed it, stood up and walked on tiptoe to the hallway door, remaining there in a tight group. They must have been heard in the kitchen, because the father called: "Does the playing perhaps bother you? We can stop it at once." "On the contrary," said the gentleman in the middle, "wouldn't the young lady like to come in here with us and play in this room, which is much more comfortable and cozy?" "Of course," called the father, as if *he* were the violinist. The gentlemen stepped back into the room and waited. Soon the father came with the music stand, the mother with the sheet music and the sister with the violin. The sister calmly put everything in readiness for playing; the parents, who had never rented out rooms before and therefore overdid the courtesy due to lodgers, didn't dare to sit on their own chairs; the father leaned on the door, his right hand placed between two buttons of his closed uniform jacket; but the mother was offered a chair by one of the gentlemen and, since she left the chair where the man happened to have placed it, she sat off to one side in a corner.

The sister began to play; the father and mother, each on his side, watched the motions of her hands closely. Gregor, attracted by the playing, had ventured out a little further and already had his head in the parlor. He was scarcely surprised that recently he was so little concerned about the feelings of the others; previously this considerateness had been his pride. As it was, right now he might have had even more cause to

stecken, denn infolge des Staubes, der in seinem Zimmer überall lag und bei der kleinsten Bewegung umherflog, war auch er ganz staubbedeckt; Fäden, Haare, Speiseüberreste schleppte er auf seinem Rücken und an den Seiten mit sich herum; seine Gleichgültigkeit gegen alles war viel zu groß, als daß er sich, wie früher mehrmals während des Tages, auf den Rücken gelegt und am Teppich gescheuert hätte. Und trotz dieses Zustandes hatte er keine Scheu, ein Stück auf dem makellosen Fußboden des Wohnzimmers vorzurücken.

Allerdings achtete auch niemand auf ihn. Die Familie war gänzlich vom Violinspiel in Anspruch genommen; die Zimmerherren dagegen, die zunächst, die Hände in den Hosentaschen, viel zu nahe hinter dem Notenpult der Schwester sich aufgestellt hatten, so daß sie alle in die Noten hätten sehen können, was sicher die Schwester stören mußte, zogen sich bald unter halblauten Gesprächen mit gesenkten Köpfen zum Fenster zurück, wo sie, vom Vater besorgt beobachtet, auch blieben. Es hatte nun wirklich den überdeutlichen Anschein, als wären sie in ihrer Annahme, ein schönes oder unterhaltendes Violinspiel zu hören, enttäuscht, hätten die ganze Vorführung satt und ließen sich nur aus Höflichkeit noch in ihrer Ruhe stören. Besonders die Art, wie sie alle aus Nase und Mund den Rauch ihrer Zigarren in die Höhe bliesen, ließ auf große Nervosität schließen. Und doch spielte die Schwester so schön. Ihr Gesicht war zur Seite geneigt, prüfend und traurig folgten ihre Blicke den Notenzeilen. Gregor kroch noch ein Stück vorwärts und hielt den Kopf eng an den Boden, um möglicherweise ihren Blicken begegnen zu können. War er ein Tier, da ihn Musik so ergriff? Ihm war, als zeige sich ihm der Weg zu der ersehnten unbekannten Nahrung. Er war entschlossen, bis zur Schwester vorzudringen, sie am Rock zu zupfen und ihr dadurch anzudeuten, sie möge doch mit ihrer Violine in sein Zimmer kommen, denn niemand lohnte hier das Spiel so, wie er es lohnen wollte. Er wollte sie nicht mehr aus seinem Zimmer lassen, wenigstens nicht, solange er lebte; seine Schreckgestalt sollte ihm zum erstenmal nützlich werden; an allen Türen seines Zimmers wollte er gleichzeitig sein und den Angreifern entgegenfauchen; die Schwester aber sollte nicht gezwungen, sondern freiwillig bei ihm bleiben; sie sollte neben ihm auf dem Kanapee sitzen, das Ohr zu ihm herunterneigen, und er wollte ihr dann anvertrauen, daß er die feste Absicht gehabt habe, sie auf das Konservatorium zu schicken, und daß er dies, wenn nicht das Unglück dazwischen gekommen wäre, vergangene Weihnachten—Weihnachten war doch wohl schon vorüber?—allen gesagt hätte, ohne sich um irgendwelche Widerreden

hide, because as a result of the dust that had settled all over in his room and blew around at the slightest movement, he was also completely covered with dust; he was dragging threads, hairs and crumbs of food around with him on his back and sides; his indifference to everything was much too great for him to turn over on his back and scour himself on the carpet, as he used to do several times a day. But despite being in this state, he had no qualms about moving a little bit forward on the immaculate floor of the parlor.

To be sure, no one was paying attention to him. The family was completely engrossed in the violin performance; on the other hand, the lodgers, who, hands in trousers pockets, had first of all moved their chairs much too close behind the sister's music stand, so that they could all have looked at the sheet music, which assuredly had to disturb the sister, soon withdrew, with semiaudible remarks and lowered heads, to the window, where they stayed put, watched by the father with concern. It was now abundantly evident that they were disappointed in their assumption that they were going to hear some pretty or entertaining violin music; they were clearly tired of the whole performance and were permitting their peace and quiet to be disturbed merely out of courtesy. It was especially the way they all blew their cigar smoke up into the air through their noses and mouths that indicated a terrific strain on their nerves. And yet the sister was playing beautifully. Her face was inclined to one side, her eyes followed the lines of music searchingly and sorrowfully. Gregor crawled a little bit further forward, keeping his head close to the floor in hopes of making eye contact with her. Was he an animal if music stirred him that way? He felt as if he were being shown the way to the unknown nourishment he longed for. He was resolved to push his way right up to his sister and tug at her skirt, as an indication to her to come into his room with her violin, because nobody here was repaying her for her playing the way he would repay her. He intended never to let her out of his room again, at least not as long as he lived; his horrifying shape was to be beneficial to him for the first time; he would be on guard at all the doors to his room at once, and spit at his assailants like a cat; but his sister would remain with him not under compulsion but voluntarily; she was to sit next to him on the couch and incline her ear toward him, and he would then confide to her that he had had the firm intention of sending her to the conservatory, and that, if the misfortune hadn't intervened, he would have told everyone so last Christmas— Christmas *was* over by now, wasn't it?—without listening to

zu kümmern. Nach dieser Erklärung würde die Schwester in Tränen
der Rührung ausbrechen, und Gregor würde sich bis zu ihrer Achsel
erheben und ihren Hals küssen, den sie, seitdem sie ins Geschäft
ging, frei ohne Band oder Kragen trug.

»Herr Samsa!« rief der mittlere Herr dem Vater zu und zeigte,
ohne ein weiteres Wort zu verlieren, mit dem Zeigefinger auf den
langsam sich vorwärtsbewegenden Gregor. Die Violine verstummte,
der mittlere Zimmerherr lächelte erst einmal kopfschüttelnd seinen
Freunden zu und sah dann wieder auf Gregor hin. Der Vater schien
es für nötiger zu halten, statt Gregor zu vertreiben, vorerst die
Zimmerherren zu beruhigen, trotzdem diese gar nicht aufgeregt
waren und Gregor sie mehr als das Violinspiel zu unterhalten schien.
Er eilte zu ihnen und suchte sie mit ausgebreiteten Armen in ihr
Zimmer zu drängen und gleichzeitig mit seinem Körper ihnen den
Ausblick auf Gregor zu nehmen. Sie wurden nun tatsächlich ein
wenig böse, man wußte nicht mehr, ob über das Benehmen des
Vaters oder über die ihnen jetzt aufgehende Erkenntnis, ohne es zu
wissen, einen solchen Zimmernachbar wie Gregor besessen zu haben.
Sie verlangten vom Vater Erklärungen, hoben ihrerseits die Arme,
zupften unruhig an ihren Bärten und wichen nur langsam gegen ihr
Zimmer zurück. Inzwischen hatte die Schwester die Verlorenheit, in
die sie nach dem plötzlich abgebrochenen Spiel verfallen war,
überwunden, hatte sich, nachdem sie eine Zeitlang in den lässig
hängenden Händen Violine und Bogen gehalten und weiter, als spiele
sie noch, in die Noten gesehen hatte, mit einem Male aufgerafft,
hatte das Instrument auf den Schoß der Mutter gelegt, die in
Atembeschwerden mit heftig arbeitenden Lungen noch auf ihrem
Sessel saß, und war in das Nebenzimmer gelaufen, dem sich die
Zimmerherren unter dem Drängen des Vaters schon schneller
näherten. Man sah, wie unter den geübten Händen der Schwester
die Decken und Polster in den Betten in die Höhe flogen und sich
ordneten. Noch ehe die Herren das Zimmer erreicht hatten, war sie
mit dem Aufbetten fertig und schlüpfte heraus. Der Vater schien
wieder von seinem Eigensinn derartig ergriffen, daß er jeden Respekt
vergaß, den er seinen Mietern immerhin schuldete. Er drängte nur
und drängte, bis schon in der Tür des Zimmers der mittlere der
Herren donnernd mit dem Fuß aufstampfte und dadurch den Vater
zum Stehen brachte. »Ich erkläre hiermit«, sagte er, hob die Hand
und suchte mit den Blicken auch die Mutter und die Schwester,
»daß ich mit Rücksicht auf die in dieser Wohnung und Familie
herrschenden widerlichen Verhältnisse«—hierbei spie er kurz
entschlossen auf den Boden—»mein Zimmer augenblicklich kündige.

any objections. After this declaration his sister would burst into tears of deep emotion, and Gregor would raise himself to the level of her shoulder and kiss her neck, which, since she had begun her job, she had left bare, without any ribbon or collar.

"Mr. Samsa!" the gentleman in the middle called to the father and, without wasting another word, pointed with his index finger to Gregor, who was moving slowly forward. The violin fell silent, the gentleman in the middle first smiled at his friends, shaking his head, and then looked at Gregor again. The father seemed to think that, to begin with, it was more necessary to placate the lodgers than to chase away Gregor, even though the men were not at all excited and Gregor seemed to entertain them more than the violin playing. He ran over to them and, with arms outspread, he tried to make them withdraw into their room, at the same time blocking their view of Gregor with his body. Now they actually got a little sore; it was no longer possible to tell whether this was due to the father's behavior or to the realization now dawning on them that without their knowledge, they had had a next-door neighbor like Gregor. They demanded explanations from the father, they themselves now raised their arms, they plucked uneasily at their beards, and only slowly retreated toward their room. Meanwhile the sister had gotten over the state of total absence that had come over her after the abruptly terminated performance; after she had held the violin and the bow for some time in her limply hanging hands and had continued to look at the music as if she were still playing, she had roused herself all at once; she had placed the instrument on the lap of her mother, who was still sitting on her chair gasping for breath, her lungs pumping violently, and had run into the adjoining room, which the lodgers were approaching more quickly now under pressure from the father. One could see the blankets and pillows on the beds fly up and arrange themselves neatly in the sister's skilled hands. Even before the gentlemen had reached their room, she had finished making the beds and slipped out. The father seemed once more so infected by his obstinacy that he forgot all the respect he after all owed his lodgers. All he did was crowd them and crowd them until, already in the doorway to the room, the gentleman in the middle stamped his foot resoundingly, thereby bringing the father to a halt. "I hereby announce," he said, raising his hand and looking around for the mother and sister as well, "that in view of the disgusting conditions prevailing in this apartment and family"—here he spat promptly on the floor—

Ich werde natürlich auch für die Tage, die ich hier gewohnt habe, nicht das geringste bezahlen, dagegen werde ich es mir noch überlegen, ob ich nicht mit irgendwelchen—glauben Sie mir—sehr leicht zu begründenden Forderungen gegen Sie auftreten werde.« Er schwieg und sah gerade vor sich hin, als erwarte er etwas. Tatsächlich fielen sofort seine zwei Freunde mit den Worten ein: »Auch wir kündigen augenblicklich.« Darauf faßte er die Türklinke und schloß mit einem Krach die Tür.

Der Vater wankte mit tastenden Händen zu seinem Sessel und ließ sich in ihn fallen; es sah aus, als strecke er sich zu seinem gewöhnlichen Abendschläfchen, aber das starke Nicken seines wie haltlosen Kopfes zeigte, daß er ganz und gar nicht schlief. Gregor war die ganze Zeit still auf dem Platz gelegen, auf dem ihn die Zimmerherren ertappt hatten. Die Enttäuschung über das Mißlingen seines Planes, vielleicht aber auch die durch das viele Hungern verursachte Schwäche machten es ihm unmöglich, sich zu bewegen. Er fürchtete mit einer gewissen Bestimmtheit schon für den nächsten Augenblick einen allgemeinen über ihn sich entladenden Zusammensturz und wartete. Nicht einmal die Violine schreckte ihn auf, die, unter den zitternden Fingern der Mutter hervor, ihr vom Schoße fiel und einen hallenden Ton von sich gab.

»Liebe Eltern«, sagte die Schwester und schlug zur Einleitung mit der Hand auf den Tisch, »so geht es nicht weiter. Wenn ihr das vielleicht nicht einsehet, ich sehe es ein. Ich will vor diesem Untier nicht den Namen meines Bruders aussprechen, und sage daher bloß: wir müssen versuchen, es loszuwerden. Wir haben das Menschenmögliche versucht, es zu pflegen und zu dulden, ich glaube, es kann uns niemand den geringsten Vorwurf machen.«

»Sie hat tausendmal recht«, sagte der Vater für sich. Die Mutter, die noch immer nicht genug Atem finden konnte, fing in die vorgehaltene Hand mit einem irrsinnigen Ausdruck der Augen dumpf zu husten an.

Die Schwester eilte zur Mutter und hielt ihr die Stirn. Der Vater schien durch die Worte der Schwester auf bestimmtere Gedanken gebracht zu sein, hatte sich aufrecht gesetzt, spielte mit seiner Dienermütze zwischen den Tellern, die noch vom Nachtmahl der Zimmerherren her auf dem Tische lagen, und sah bisweilen auf den stillen Gregor hin.

»Wir müssen es loszuwerden versuchen«, sagte die Schwester nun ausschließlich zum Vater, denn die Mutter hörte in ihrem Husten nichts, »es bringt euch noch beide um, ich sehe es kommen. Wenn man schon so schwer arbeiten muß, wie wir alle, kann man nicht

"I am giving up my room as of tomorrow morning. Naturally I won't pay a thing for the days that I've lived here, either; on the contrary, I'm going to think seriously about whether I shouldn't sue you—believe me, the proof wouldn't be hard to come by." He fell silent and looked straight ahead of him, as if he were expecting something. And, indeed, his two friends immediately chimed in with the words: "We're also leaving tomorrow." Thereupon he seized the door handle and slammed the door violently.

The father staggered to his chair with groping hands and let himself fall onto it; it looked as if he were stretching out for his customary evening nap, but the rapid nodding of his seemingly uncontrollable head showed that he was by no means asleep. Gregor had lain still the whole time on the same spot where the lodgers had detected him. The disappointment over the failure of his plan, but perhaps also the weakness caused by so much fasting, made it impossible for him to move. He was afraid that, almost as a certainty, everything would come tumbling down upon him at the very next moment; and he was waiting. Not even the violin startled him when it slipped from the mother's trembling fingers, fell off her lap and emitted a resounding note.

"Dear parents," the sister said, striking the table with her hand by way of preamble, "we can't go on like this. If you perhaps don't realize it, I do. In front of this monstrous creature I refuse to pronounce my brother's name, and therefore I merely say: we have to try to get rid of it. We've tried all that's humanly possible to take care of it and put up with it, I think no one can reproach us in the slightest."

"She's perfectly right," said the father to himself. The mother, who was still too short of breath, began to cough hollowly into the hand she held before her, with a crazed look in her eyes.

The sister ran over to the mother and held her forehead. The sister's words seemed to have helped the father collect his thoughts; he had sat up straight and was playing with his messenger's cap between the dishes that were still left on the table after the lodgers' supper; and from time to time he looked over at the motionless Gregor.

"We have to try to get rid of it," the sister now said to her father only, because the mother, with her coughing, couldn't hear anything; "eventually it'll kill both of you, I can see it coming. When people already have to work as

noch zu Hause diese ewige Quälerei ertragen. Ich kann es auch nicht mehr.« Und sie brach so heftig in Weinen aus, daß ihre Tränen auf das Gesicht der Mutter niederflossen, von dem sie sie mit mechanischen Handbewegungen wischte.

»Kind«, sagte der Vater mitleidig und mit auffallendem Verständnis, »was sollen wir aber tun?«

Die Schwester zuckte nur die Achseln zum Zeichen der Ratlosigkeit, die sie nun während des Weinens im Gegenstatz zu ihrer früheren Sicherheit ergriffen hatte.

»Wenn er uns verstünde«, sagte der Vater halb fragend; die Schwester schüttelte aus dem Weinen heraus heftig die Hand zum Zeichen, daß daran nicht zu denken sei.

»Wenn er uns verstünde«, wiederholte der Vater und nahm durch Schließen der Augen die Überzeugung der Schwester von der Unmöglichkeit dessen in sich auf, »dann wäre vielleicht ein Übereinkommen mit ihm möglich. Aber so—«

»Weg muß es«, rief die Schwester, »das ist das einzige Mittel, Vater. Du mußt bloß den Gedanken loszuwerden suchen, daß es Gregor ist. Daß wir es solange geglaubt haben, ist ja unser eigentliches Unglück. Aber wie kann es denn Gregor sein? Wenn es Gregor wäre, er hätte längst eingesehen, daß ein Zusammenleben von Menschen mit einem solchen Tier nicht möglich ist, und wäre freiwillig fortgegangen. Wir hätten dann keinen Bruder, aber könnten weiter leben und sein Andenken in Ehren halten. So aber verfolgt uns dieses Tier, vertreibt die Zimmerherren, will offenbar die ganze Wohnung einnehmen und uns auf der Gasse übernachten lassen. Sieh nur, Vater«, schrie sie plötzlich auf, »er fängt schon wieder an!« Und in einem für Gregor gänzlich unverständlichen Schrecken verließ die Schwester sogar die Mutter, stieß sich förmlich von ihrem Sessel ab, als wollte sie lieber die Mutter opfern, als in Gregors Nähe bleiben, und eilte hinter den Vater, der, lediglich durch ihr Benehmen erregt, auch aufstand und die Arme wie zum Schutze der Schwester vor ihr halb erhob.

Aber Gregor fiel es doch gar nicht ein, irgend jemandem und gar seiner Schwester Angst machen zu wollen. Er hatte bloß angefangen, sich umzudrehen, um in sein Zimmer zurückzuwandern, und das nahm sich allerdings aufallend aus, da er infolge seines leidenden Zustandes bei den schwierigen Umdrehungen mit seinem Kopfe nachhelfen mußte, den er hierbei viele Male hob und gegen den Boden schlug. Er hielt inne und sah sich um. Seine gute Absicht schien erkannt worden zu sein; es war nur ein augenblicklicher Schrecken gewesen. Nun sahen ihn alle schweigend und traurig an.

hard as all of us, they can't stand this perpetual torment at home, as well. I can't any more." And she burst into such a violent fit of weeping that her tears rained down onto her mother's face, from which she wiped them away with mechanical movements of the hand.

"My child," said the father sympathetically and with noticeable comprehension, "what are we supposed to do?"

The sister merely shrugged her shoulders to indicate the perplexity that had now taken hold of her during her crying fit, in contrast to her earlier self-confidence.

"If he understood us," said the father half-questioningly; in the midst of her tears she shook her hand violently to indicate that that was out of the question.

"If he understood us," repeated the father and, closing his eyes, absorbed in his own mind the sister's conviction of that impossibility, "then perhaps we could reach an agreement with him. But, as it is—"

"It's got to go," called the sister, "that's the only remedy, Father. All you have to do is try to shake off the idea that that's Gregor. Our real misfortune comes from having believed it for so long. But how can it be Gregor? If it were Gregor, he would long since have realized that it's impossible for people to live side by side with an animal like that, and would have gone away of his own free will. Then we would have had no more brother, but we could go on living and honor his memory. But, as it is, this animal persecutes us, drives away our lodgers, and obviously wants to take over the whole apartment and make us sleep in the street. Just look, Father," she suddenly yelled, "he's starting again!" And, in a panic that Gregor couldn't understand at all, the sister even deserted her mother, literally hurling herself from her chair, as if she would rather sacrifice her mother than remain in Gregor's vicinity; she dashed behind her father, who, agitated solely by her behavior, also stood up and, as if protecting the sister, half-raised his arms in front of her.

But Gregor hadn't the slightest wish to frighten anyone, least of all his sister. He had merely started to turn around, in order to regain his room, and that was naturally conspicuous because in his ailing condition he could only execute those difficult turns with the aid of his head, raising it and bumping it on the floor many times. He stopped and looked around. His good intentions seemed to have been recognized; the panic had lasted only for a moment. Now they all

Die Mutter lag, die Beine ausgestreckt und aneinandergedrückt, in ihrem Sessel, die Augen fielen ihr vor Ermattung fast zu; der Vater und die Schwester saßen nebeneinander, die Schwester hatte ihre Hand um des Vaters Hals gelegt.

›Nun darf ich mich schon vielleicht umdrehen‹, dachte Gregor und begann seine Arbeit wieder. Er konnte das Schnaufen der Anstrengung nicht unterdrücken und mußte auch hie und da ausruhen. Im übrigen drängte ihn auch niemand, es war alles ihm selbst überlassen. Als er die Umdrehung vollendet hatte, fing er sofort an, geradeaus zurückzuwandern. Er staunte über die große Entfernung, die ihn von seinem Zimmer trennte, und begriff gar nicht, wie er bei seiner Schwäche vor kurzer Zeit den gleichen Weg, fast ohne es zu merken, zurückgelegt hatte. Immerfort nur auf rasches Kriechen bedacht, achtete er kaum darauf, daß kein Wort, kein Ausruf seiner Familie ihn störte. Erst als er schon in der Tür war, wendete er den Kopf, nicht vollständig, denn er fühlte den Hals steif werden, immerhin sah er noch, daß sich hinter ihm nichts verändert hatte, nur die Schwester war aufgestanden. Sein letzter Blick streifte die Mutter, die nun völlig eingeschlafen war.

Kaum war er innerhalb seines Zimmers, wurde die Tür eiligst zugedrückt, festgeriegelt und versperrt. Über den plötzlichen Lärm hinter sich erschrak Gregor so, daß ihm die Beinchen einknickten. Es war die Schwester, die sich so beeilt hatte. Aufrecht war sie schon da gestanden und hatte gewartet, leichtfüßig war sie dann vorwärtsgesprungen, Gregor hatte sie gar nicht kommen hören, und ein »Endlich!« rief sie den Eltern zu, während sie den Schlüssel im Schloß umdrehte.

»Und jetzt?« fragte sich Gregor und sah sich im Dunkeln um. Er machte bald die Entdeckung, daß er sich nun überhaupt nicht mehr rühren konnte. Er wunderte sich darüber nicht, eher kam es ihm unnatürlich vor, daß er sich bis jetzt tatsächlich mit diesen dünnen Beinchen hatte fortbewegen können. Im übrigen fühlte er sich verhältnismäßig behaglich. Er hatte zwar Schmerzen im ganzen Leib, aber ihm war, als würden sie allmählich schwächer und schwächer und würden schließlich ganz vergehen. Den verfaulten Apfel in seinem Rücken und die entzündete Umgebung, die ganz von weichem Staub bedeckt waren, spürte er schon kaum. An seine Familie dachte er mit Rührung und Liebe zurück. Seine Meinung darüber, daß er verschwinden müsse, war womöglich noch entschiedener als die seiner Schwester. In diesem Zustand leeren und friedlichen Nachdenkens blieb er, bis die Turmuhr die dritte Morgenstunde schlug. Den Anfang des allgemeinen Hellerwerdens draußen vor dem Fenster erlebte er

looked at him in silent sorrow. The mother was slumped in her chair, her legs outstretched and pressed together; her eyes were almost closing with exhaustion; the father and sister were sitting side by side; the sister had placed her hand around the father's neck.

"Now perhaps I can turn around," thought Gregor, and resumed his labors. He was unable to suppress the heavy breathing caused by the exertion, and had to stop to rest from time to time. Otherwise, no one was rushing him, everything was left to him. When he had completed the turn, he immediately began to head back in a straight line. He was amazed at the great distance that separated him from his room, and couldn't comprehend how, feeling so weak, he had just a while before covered the same ground almost without noticing it. His mind being constantly bent on nothing but fast crawling, he scarcely paid attention to the fact that he was not being disturbed by any word or outcry from his family. Only when already in the doorway did he turn his head, not all the way, because he felt his neck growing stiff, but enough to see that nothing had changed behind him except that his sister had stood up. His last look was at his mother, who had fallen asleep completely.

Scarcely was he inside his room when the door was hastily closed, barred and locked. The sudden noise behind him scared Gregor so badly that his little legs buckled. It was his sister who had been in such a rush. She had already been standing there on her feet and waiting, then she had leaped forward with light steps—Gregor hadn't heard her approaching—and she called "At last!" to her parents as she turned the key in the lock.

"And now?" Gregor asked himself, and looked around in the darkness. He soon made the discovery that he could no longer move at all. This didn't surprise him; in fact, he found it unnatural that up until then he had actually been able to get around on those thin little legs. Besides, he felt relatively comfortable. True, he had pains all over his body, but he felt as if they were getting gradually milder and milder and would finally pass away altogether. By now he hardly felt the rotten apple in his back and the inflamed area around it, which were completely covered with soft dust. He recalled his family with affection and love. His opinion about the necessity for him to disappear was, if possible, even firmer than his sister's. He remained in this state of vacant and peaceful contemplation until the tower clock struck the third morning hour. He was still alive when the world started to

noch. Dann sank sein Kopf ohne seinen Willen gänzlich nieder, und
aus seinen Nüstern strömte sein letzter Atem schwach hervor.

Als am frühen Morgen die Bedienerin kam—vor lauter Kraft
und Eile schlug sie, wie oft man sie auch schon gebeten hatte, das
zu vermeiden, alle Türen derartig zu, daß in der ganzen Wohnung
von ihrem Kommen an kein ruhiger Schlaf mehr möglich war—,
fand sie bei ihrem gewöhnlichen kurzen Besuch an Gregor zuerst
nichts Besonderes. Sie dachte, er liege absichtlich so unbeweglich da
und spiele den Beleidigten; sie traute ihm allen möglichen Verstand
zu. Weil sie zufällig den langen Besen in der Hand hielt, suchte sie
mit ihm Gregor von der Tür aus zu kitzeln. Als sich auch da kein
Erfolg zeigte, wurde sie ärgerlich und stieß ein wenig in Gregor
hinein, und erst als sie ihn ohne jeden Widerstand von seinem Platze
geschoben hatte, wurde sie aufmerksam. Als sie bald den wahren
Sachverhalt erkannte, machte sie große Augen, pfiff vor sich hin,
hielt sich aber nicht lange auf, sondern riß die Tür des Schlafzimmers
auf und rief mit lauter Stimme in das Dunkel hinein: »Sehen Sie nur
mal an, es ist krepiert; da liegt es, ganz und gar krepiert!«

Das Ehepaar Samsa saß im Ehebett aufrecht da und hatte zu tun,
den Schrecken über die Bedienerin zu verwinden, ehe es dazu kam,
ihre Meldung aufzufassen. Dann aber stiegen Herr und Frau Samsa,
jeder auf seiner Seite, eiligst aus dem Bett, Herr Samsa warf die Decke
über seine Schultern, Frau Samsa kam nur im Nachthemd hervor; so
traten sie in Gregors Zimmer. Inzwischen hatte sich auch die Tür des
Wohnzimmers geöffnet, in dem Grete seit dem Einzug der Zimmerherren schlief; sie war völlig angezogen, als hätte sie gar nicht
geschlafen, auch ihr bleiches Gesicht schien das zu beweisen. »Tot?«
sagte Frau Samsa und sah fragend zur Bedienerin auf, trotzdem sie
doch alles selbst prüfen und sogar ohne Prüfung erkennen konnte.
»Das will ich meinen«, sagte die Bedienerin und stieß zum Beweis
Gregors Leiche mit dem Besen noch ein großes Stück seitwärts. Frau
Samsa machte eine Bewegung, als wolle sie den Besen zurückhalten,
tat es aber nicht. »Nun«, sagte Herr Samsa, »jetzt können wir Gott
danken.« Er bekreuzte sich, und die drei Frauen folgten seinem
Beispiel. Grete, die kein Auge von der Leiche wendete, sagte: »Seht
nur, wie mager er war. Er hat ja auch schon so lange Zeit nichts
gegessen. So wie die Speisen hereinkamen, sind sie wieder hinaus-
gekommen.« Tatsächlich war Gregors Körper vollständig flach und
trocken, man erkannte das eigentlich erst jetzt, da er nicht mehr von
den Beinchen gehoben war und auch sonst nichts den Blick ablenkte.

»Komm, Grete, auf ein Weilchen zu uns herein«, sagte Frau
Samsa mit einem wehmütigen Lächeln, und Grete ging, nicht ohne

become brighter outside the window. Then his head involuntarily sank down altogether, and his last breath issued faintly from his nostrils.

When the cleaning woman arrived early in the morning—in her natural strength and haste, despite frequent requests not to do so, she slammed all the doors so loud that throughout the apartment, from the moment she came, it was impossible to sleep peacefully—she found nothing out of the ordinary at first during her customary brief visit to Gregor. She thought he was lying motionless like that on purpose, acting insulted; she gave him credit for full reasoning powers. Because by chance she was carrying the long broom, she tried to tickle Gregor with it from her position in the doorway. When this proved fruitless, she became annoyed and jabbed Gregor a little, and only when she had moved him from the spot, without any resistance on his part, did she take notice. When she soon recognized the true state of affairs, she opened her eyes wide and gave a whistle, but didn't stay there long; instead, she tore open the bedroom door and shouted into the darkness: "Come take a look, it's croaked; it's lying there, a total goner."

The Samsas sat up in bed and were hard put to overcome the fright that the cleaning woman had given them until they finally grasped her announcement. Then Mr. and Mrs. Samsa got out of bed quickly, each on his side; Mr. Samsa threw the blanket over his shoulders, Mrs. Samsa came out wearing only her nightgown; in this way they entered Gregor's room. Meanwhile the parlor door had also opened; Grete had been sleeping there since the lodgers moved in; she was fully dressed as if she hadn't slept at all; the pallor of her face seemed to indicate that, too. "Dead?" asked Mrs. Samsa, and looked up questioningly at the cleaning woman, even though she was able to examine everything herself and could recognize it even without any examination. "I'll say!" replied the cleaning woman, and, as a proof, pushed Gregor's corpse another long way to the side with her broom. Mrs. Samsa made a motion as if to restrain the broom, but didn't do so. "Well," said Mr. Samsa, "now we can thank God." He crossed himself, and the three women followed his example. Grete, who didn't take her eyes off the corpse, said: "Just look how thin he was. Yes, he hadn't been eating anything for so long. The food came out of his room just the way it went in." Indeed, Gregor's body was completely flat and dry; actually that could be seen only now, when he was no longer lifted up on his little legs and nothing else diverted their attention.

"Come into our room for a while, Grete," said Mrs. Samsa with a melancholy smile, and, not without looking back at

nach der Leiche zurückzusehen, hinter den Eltern in das Schlaf-
zimmer. Die Bedienerin schloß die Tür und öffnete gänzlich das
Fenster. Trotz des frühen Morgens war der frischen Luft schon etwas
Lauigkeit beigemischt. Es war eben schon Ende März.

Aus ihrem Zimmer traten die drei Zimmerherren und sahen
sich erstaunt nach ihrem Frühstück um; man hatte sie vergessen.
»Wo ist das Frühstück?« fragte der mittlere der Herren mürrisch die
Bedienerin. Diese aber legte den Finger an den Mund und winkte
dann hastig und schweigend den Herren zu, sie möchten in Gregors
Zimmer kommen. Sie kamen auch und standen dann, die Hände in
den Taschen ihrer etwas abgenützten Röckchen, in dem nun schon
ganz hellen Zimmer um Gregors Leiche herum.

Da öffnete sich die Tür des Schlafzimmers, und Herr Samsa
erschien in seiner Livree, an einem Arm seine Frau, am anderen
seine Tochter. Alle waren ein wenig verweint; Grete drückte bisweilen
ihr Gesicht an den Arm des Vaters.

»Verlassen Sie sofort meine Wohnung!« sagte Herr Samsa und
zeigte auf die Tür, ohne die Frauen von sich zu lassen. »Wie meinen
Sie das?« sagte der mittlere der Herren etwas bestürzt und lächelte
süßlich. Die zwei anderen hielten die Hände auf dem Rücken und
rieben sie ununterbrochen aneinander, wie in freudiger Erwartung
eines großen Streites, der aber für sie günstig ausfallen mußte. »Ich
meine es genau so, wie ich es sage«, antwortete Herr Samsa und ging
in einer Linie mit seinen zwei Begleiterinnen auf den Zimmerherrn
zu. Dieser stand zuerst still da und sah zu Boden, als ob sich die
Dinge in seinem Kopf zu einer neuen Ordnung zusammenstellten.
»Dann gehen wir also«, sagte er dann und sah zu Herrn Samsa auf,
als verlange er in einer plötzlich ihn überkommenden Demut sogar
für diesen Entschluß eine neue Genehmigung. Herr Samsa nickte
ihm bloß mehrmals kurz mit großen Augen zu. Daraufhin ging der
Herr tatsächlich sofort mit langen Schritten ins Vorzimmer; seine
beiden Freunde hatten schon ein Weilchen lang mit ganz ruhigen
Händen aufgehorcht und hüpften ihm jetzt geradezu nach, wie in
Angst, Herr Samsa könnte vor ihnen ins Vorzimmer eintreten und
die Verbindung mit ihrem Führer stören. Im Vorzimmer nahmen
alle drei die Hüte vom Kleiderrechen, zogen ihre Stöcke aus dem
Stockbehälter, verbeugten sich stumm und verließen die Wohnung.
In einem, wie sich zeigte, gänzlich unbegründeten Mißtrauen trat
Herr Samsa mit den zwei Frauen auf den Vorplatz hinaus; an das
Geländer gelehnt, sahen sie zu, wie die drei Herren zwar langsam,
aber ständig die lange Treppe hinunterstiegen, in jedem Stockwerk
in einer bestimmten Biegung des Treppenhauses verschwanden und

the corpse, Grete followed her parents into their bedroom. The cleaning woman shut the door and opened the window all the way. Despite the early morning hour, the fresh air already had a warm feeling to it. For by now it was the end of March.

The three lodgers stepped out of their room and, in amazement, looked around for their breakfast; the family had forgotten it. "Where's breakfast?!" the gentleman in the middle grumpily asked the cleaning woman. But she put her finger to her lips and then hastily and silently beckoned to the gentlemen to come into Gregor's room. They did so, and then, with their hands in the pockets of their somewhat shabby jackets, they stood around Gregor's corpse in the now completely bright room.

Then the bedroom door opened, and Mr. Samsa appeared in his uniform, with his wife on one arm and his daughter on the other. All of them had obviously been weeping; from time to time Grete pressed her face against her father's arm.

"Leave my home at once!" said Mr. Samsa, and pointed to the door, without freeing himself from the women. "What do you mean?" said the gentleman in the middle, somewhat taken aback, and put on a saccharine smile. The two others kept their hands behind their backs, rubbing them together uninterruptedly, as if in joyous anticipation of a major quarrel, which had to come out in their favor. "I mean exactly what I say," Mr. Samsa answered, and, with his two female companions, moved in a direct line toward the lodger. The latter stood still at first, looking at the floor, as if all the ideas in his head were being rearranged. "In that case, we're going," he then said, looking up at Mr. Samsa, as if, with a humility that was suddenly setting in, he were requesting new permission even for that decision. Mr. Samsa merely gave him a few brief nods, his eyes glaring. Thereupon the gentleman did indeed immediately take long strides into the hallway; his two friends, who for a while now had been listening with their hands completely at rest, now practically leaped after him, as if fearing that Mr. Samsa might enter the hall before them and cut off the liaison with their leader. In the hallway, all three took their hats off the hooks, drew their walking sticks out of the walking-stick stand, bowed in silence and left the apartment. With a mistrust that proved to be totally unjustified, Mr. Samsa and the two women stepped out onto the landing; leaning against the railing, they watched the three gentlemen descend the long staircase slowly but steadily, disappear on each floor into the same bend of the stairwell, and

nach ein paar Augenblicken wieder hervorkamen; je tiefer sie gelangten, desto mehr verlor sich das Interesse der Familie Samsa für sie, und als ihnen entgegen und dann hoch über sie hinweg ein Fleischergeselle mit der Trage auf dem Kopf in stolzer Haltung heraufstieg, verließ bald Herr Samsa mit den Frauen das Geländer, und alle kehrten, wie erleichtert, in ihre Wohnung zurück.

Sie beschlossen, den heutigen Tag zum Ausruhen und Spazierengehen zu verwenden; sie hatten diese Arbeitsunterbrechung nicht nur verdient, sie brauchten sie sogar unbedingt. Und so setzten sie sich zum Tisch und schrieben drei Entschuldigungsbriefe, Herr Samsa an seine Direktion, Frau Samsa an ihren Auftraggeber und Grete an ihren Prinzipal. Während des Schreibens kam die Bedienerin herein, um zu sagen, daß sie fortgehe, denn ihre Morgenarbeit war beendet. Die drei Schreibenden nickten zuerst bloß, ohne aufzuschauen, erst als die Bedienerin sich immer noch nicht entfernen wollte, sah man ärgerlich auf. »Nun?« fragte Herr Samsa. Die Bedienerin stand lächelnd in der Tür, als habe sie der Familie ein großes Glück zu melden, werde es aber nur dann tun, wenn sie gründlich ausgefragt werde. Die fast aufrechte kleine Straußfeder auf ihrem Hut, über die sich Herr Samsa schon während ihrer ganzen Dienstzeit ärgerte, schwankte leichte nach allen Richtungen. »Also was wollen Sie eigentlich?« fragte Frau Samsa, vor welcher die Bedienerin noch am meisten Respekt hatte. »Ja«, antwortete die Bedienerin und konnte vor freundlichem Lachen nicht gleich weiterreden, »also darüber, wie das Zeug von nebenan weggeschafft werden soll, müssen Sie sich keine Sorgen machen. Es ist schon in Ordnung.« Frau Samsa und Grete beugten sich zu ihren Briefen nieder, als wollten sie weiterschreiben; Herr Samsa, welcher merkte, daß die Bedienerin nun alles ausführlich zu beschreiben anfangen wollte, wehrte dies mit ausgestreckter Hand entschieden ab. Da sie aber nicht erzählen durfte, erinnerte sie sich an die große Eile, die sie hatte, rief offenbar beleidigt: »Adjes allseits«, drehte sich wild um und verließ unter fürchterlichem Türezuschlagen die Wohnung.

»Abends wird sie entlassen«, sagte Herr Samsa, bekam aber weder von seiner Frau noch von seiner Tochter eine Antwort, denn die Bedienerin schien ihre kaum gewonnene Ruhe wieder gestört zu haben. Sie erhoben sich, gingen zum Fenster und blieben dort, sich umschlungen haltend. Herr Samsa drehte sich in seinem Sessel nach ihnen um und beobachtete sie still ein Weilchen. Dann rief er: »Also kommt doch her. Laßt schon endlich die alten Sachen. Und nehmt auch ein wenig Rücksicht auf mich.« Gleich folgten ihm die Frauen, eilten zu ihm, liebkosten ihn und beendeten rasch ihre Briefe.

emerge again after a few moments; the lower they got, the more the Samsa family lost interest in them, and when a butcher boy, proudly bearing his tray on his head, met up with them and then climbed the stairs far above them, Mr. Samsa and the women left the railing, and they all returned to their apartment as if they were relieved.

They decided to spend that day resting and strolling; they not only deserved that pause from work, they absolutely needed it. And so they sat down at the table and wrote three letters of excuse, Mr. Samsa to the bank directors, Mrs. Samsa to the people who gave her piecework and Grete to her employer. While they were writing, the cleaning woman came in to say she was leaving because her morning chores were done. At first the three writers merely nodded, without looking up; it was only when the cleaning woman made no signs of going that they looked up in annoyance. "Well?" asked Mr. Samsa. The cleaning woman stood in the doorway smiling, as if she had a message that would make the family tremendously happy but would only deliver it if they questioned her thoroughly. The almost vertical little ostrich feather on her hat, which had annoyed Mr. Samsa all the time she'd been working for them, was waving slightly in all directions. "Well, what is it you want?" asked Mrs. Samsa, for whom the cleaning woman still had the most respect. "Yes," answered the cleaning woman, whose friendly laughter prevented her from continuing right away, "you don't have to worry your heads about how to clear out that trash next door. It's all taken care of." Mrs. Samsa and Grete lowered their heads to their letters, as if they wanted to go on writing; Mr. Samsa, who perceived that the cleaning woman now wanted to start describing everything in detail, forbade that decisively with an upheld hand. Now that she wasn't able to deliver a narration, she recalled the big hurry she was in; shouted, obviously peeved, "So long, one and all!"; turned on her heels furiously and left the apartment, slamming every door thunderously.

"We'll discharge her tonight," said Mr. Samsa, but received no reply from either his wife or his daughter, since the cleaning woman seemed to have once more disturbed the peace of mind they had just barely attained. They got up, went over to the window and stayed there, their arms around each other. Mr. Samsa turned around toward them on his chair and watched them silently for a while. Then he called: "Oh, come on over. Let bygones be bygones now. And have a little consideration for me, too." The women obeyed him at once, rushed over to him, caressed him and finished their letters quickly.

Dann verließen alle drei gemeinschaftlich die Wohnung, was sie schon seit Monaten nicht getan hatten, und fuhren mit der Elektrischen ins Freie vor die Stadt. Der Wagen, in dem sie allein saßen, war ganz von warmer Sonne durchschienen. Sie besprachen, bequem auf ihren Sitzen zurückgelehnt, die Aussichten für die Zukunft, und es fand sich, daß diese bei näherer Betrachtung durchaus nicht schlecht waren, denn aller drei Anstellungen waren, worüber sie einander eigentlich noch gar nicht ausgefragt hatten, überaus günstig und besonders für später vielversprechend. Die größte augenblickliche Besserung der Lage mußte sich natürlich leicht durch einen Wohnungswechsel ergeben; sie wollten nun eine kleinere und billigere, aber besser gelegene und überhaupt praktischere Wohnung nehmen, als es die jetzige, noch von Gregor ausgesuchte war. Während sie sich so unterhielten, fiel es Herrn und Frau Samsa im Anblick ihrer immer lebhafter werdenden Tochter fast gleichzeitig ein, wie sie in der letzten Zeit trotz aller Plage, die ihre Wangen bleich gemacht hatte, zu einem schönen und üppigen Mädchen aufgeblüht war. Stiller werdend und fast unbewußt durch Blicke sich verständigend, dachten sie daran, daß es nun Zeit sein werde, auch einen braven Mann für sie zu suchen. Und es war ihnen wie eine Bestätigung ihrer neuen Träume und guten Absichten, als am Ziele ihrer Fahrt die Tochter als erste sich erhob und ihren jungen Körper dehnte.

Then all three of them left the apartment together, something they hadn't done for months, and took the trolley out to the country on the edge of town. The car, in which they were the only passengers, was brightly lit by the warm sun. Leaning back comfortably on their seats, they discussed their prospects for the future, and it proved that, on closer examination, these were not at all bad, because the jobs that all three had, but which they hadn't really asked one another about before, were thoroughly advantageous and particularly promising for later on. Naturally the greatest immediate improvement in their situation would result easily from a change of apartment; now they would take a smaller and cheaper, but better located and in general more practical, apartment than their present one, which Gregor had found for them. While they were conversing in this way, Mr. and Mrs. Samsa, looking at their daughter, who was becoming more lively all the time, realized at almost the very same moment that recently, in spite of all the cares that had made her cheeks pale, she had blossomed out into a beautiful, well-built girl. Becoming more silent and almost unconsciously communicating with each other by looks, they thought it was now time to find a good husband for her. And they took it as a confirmation of their new dreams and good intentions when, at the end of their ride, their daughter stood up first and stretched her young body.

IN DER STRAFKOLONIE

»Es ist ein eigentümlicher Apparat«, sagte der Offizier zu dem Forschungsreisenden und überblickte mit einem gewissermaßen bewundernden Blick den ihm doch wohlbekannten Apparat. Der Reisende schien nur aus Höflichkeit der Einladung des Kommandanten gefolgt zu sein, der ihn aufgefordert hatte, der Exekution eines Soldaten beizuwohnen, der wegen Ungehorsam und Beleidigung des Vorgesetzten verurteilt worden war. Das Interesse für diese Exekution war wohl auch in der Strafkolonie nicht sehr groß. Wenigstens war hier in dem tiefen, sandigen, von kahlen Abhängen ringsum abgeschlossenen kleinen Tal außer dem Offizier und dem Reisenden nur der Verurteilte, ein stumpfsinniger, breitmäuliger Mensch mit verwahrlostem Haar und Gesicht und ein Soldat zugegen, der die schwere Kette hielt, in welche die kleinen Ketten ausliefen, mit denen der Verurteilte an den Fuß- und Handknöcheln sowie am Hals gefesselt war und die auch untereinander durch Verbindungsketten zusammenhingen. Übrigens sah der Verurteilte so hündisch ergeben aus, daß es den Anschein hatte, als könnte man ihn frei auf den Abhängen herumlaufen lassen und müsse bei Beginn der Exekution nur pfeifen, damit er käme.

Der Reisende hatte wenig Sinn für den Apparat und ging hinter dem Verurteilten fast sichtbar unbeteiligt auf und ab, während der Offizier die letzten Vorbereitungen besorgte, bald unter den tief in die Erde eingebauten Apparat kroch, bald auf eine Leiter stieg, um die oberen Teile zu untersuchen. Das waren Arbeiten, die man eigentlich einem Maschinisten hätte überlassen können, aber der Offizier führte sie mit einem großen Eifer aus, sei es, daß er ein besonderer Anhänger dieses Apparates war, sei es, daß man aus anderen Gründen die Arbeit sonst niemandem anvertrauen konnte. »Jetzt ist alles fertig!« rief er endlich und stieg von der Leiter hinunter. Er war ungemein ermattet, atmete mit weit offenem Mund und hatte zwei zarte Damentaschentücher hinter den Uniformkragen gezwängt. »Diese Uniformen sind doch für die Tropen zu schwer«, sagte der Reisende, statt sich, wie es der Offizier erwartet hatte, nach dem Apparat zu erkundigen. »Gewiß«, sagte der Offizier und wusch sich die von Öl und Fett beschmutzten Hände in einem bereitstehenden Wasserkübel, »aber sie bedeuten die Heimat; wir wollen nicht die Heimat verlieren.—Nun sehen Sie aber diesen Apparat«, fügte er

IN THE PENAL COLONY

"It's a machine like no other," said the officer to the explorer, as he surveyed the machine with a somewhat admiring look, although he was so familiar with it. The explorer seemed to have accepted merely out of courtesy when the governor had invited him to attend the execution of a soldier condemned to death for disobeying and insulting his superior. Even in the penal colony there was no particularly great interest in this execution. At any rate, here in the deep, sandy little valley enclosed on all sides by bare slopes, the only people present, apart from the officer and the explorer, were the condemned man, a dull-witted, wide-mouthed fellow with ungroomed hair and face, and a soldier, who held the heavy chain that gathered together all the small chains with which the condemned man was fettered at his wrists, ankles and neck, and which were also connected to one another by intermediate chains. Anyway, the condemned man had a look of such doglike devotion that you might picture him being allowed to run around at liberty on the slopes and returning at the beginning of the execution if you just whistled for him.

The explorer had little taste for the machine and walked back and forth behind the condemned man with an almost visible lack of concern, while the officer saw to the final preparations, now crawling under the machine, which was sunk deep into the ground, now climbing a ladder to inspect the upper sections. Those were tasks that could really have been left to a mechanic, but the officer performed them with great enthusiasm, either because he was a special devotee of this machine or because, for some other reasons, the work couldn't be entrusted to anyone else. "All ready now," he finally called, and climbed down the ladder. He was unusually exhausted, breathed with his mouth wide open, and had two delicate lady's handkerchiefs crammed behind the collar of his uniform. "These uniforms are surely too heavy for the tropics," said the explorer, instead of inquiring about the machine, as the officer had expected. "Of course," said the officer, washing the oil and grease off his hands in a bucket that stood ready there, "but they represent our homeland; we don't want to be cut off from our country.— But now you see this machine," he added without a pause,

gleich hinzu, trocknete die Hände mit einem Tuch und zeigte gleichzeitig auf den Apparat. »Bis jetzt war noch Händearbeit nötig, von jetzt aber arbeitet der Apparat ganz allein.« Der Reisende nickte und folgte dem Offizier. Dieser suchte sich für alle Zwischenfälle zu sichern und sagte dann: »Es kommen natürlich Störungen vor; ich hoffe zwar, es wird heute keine eintreten, immerhin muß man mit ihnen rechnen. Der Apparat soll ja zwölf Stunden ununterbrochen im Gang sein. Wenn aber auch Störungen vorkommen, so sind es doch nur ganz kleine, und sie werden sofort behoben sein.«

»Wollen Sie sich nicht setzen?« fragte er schließlich, zog aus einem Haufen von Rohrstühlen einen hervor und bot ihn dem Reisenden an; dieser konnte nicht ablehnen. Er saß nun am Rande einer Grube, in die er einen flüchtigen Blick warf. Sie war nicht sehr tief. Zur einen Seite der Grube war die ausgegrabene Erde zu einem Wall aufgehäuft, zur anderen Seite stand der Apparat. »Ich weiß nicht«, sagte der Offizier, »ob Ihnen der Kommandant den Apparat schon erklärt hat.« Der Reisende machte eine ungewisse Handbewegung; der Offizier verlangte nichts Besseres, denn nun konnte er selbst den Apparat erklären. »Dieser Apparat«, sagte er und faßte eine Kurbelstange, auf die er sich stützte, »ist eine Erfindung unseres früheren Kommandanten. Ich habe gleich bei den allerersten Versuchen mitgearbeitet und war auch bei allen Arbeiten bis zur Vollendung beteiligt. Das Verdienst der Erfindung allerdings gebührt ihm ganz allein. Haben Sie von unserem früheren Kommandanten gehört? Nicht? Nun, ich behaupte nicht zu viel, wenn ich sage, daß die Einrichtung der ganzen Strafkolonie sein Werk ist. Wir, seine Freunde, wußten schon bei seinem Tod, daß die Einrichtung der Kolonie so in sich geschlossen ist, daß sein Nachfolger, und habe er tausend neue Pläne im Kopf, wenigstens während vieler Jahre nichts von dem Alten wird ändern können. Unsere Voraussage ist auch eingetroffen; der neue Kommandant hat es erkennen müssen. Schade, daß Sie den früheren Kommandanten nicht gekannt haben!—Aber«, unterbrach sich der Offizier, »ich schwätze, und sein Apparat steht hier vor uns. Er besteht, wie Sie sehen, aus drei Teilen. Es haben sich im Laufe der Zeit für jeden dieser Teile gewissermaßen volkstümliche Bezeichnungen ausgebildet. Der untere heißt das Bett, der obere heißt der Zeichner, und hier der mittlere, schwebende Teil heißt die Egge.« »Die Egge?« fragte der Reisende. Er hatte nicht ganz aufmerksam zugehört, die Sonne verfing sich allzu stark in dem schattenlosen Tal, man konnte schwer seine Gedanken sammeln. Um so bewundernswerter erschien ihm der Offizier, der im engen, parademäßigen, mit Epauletten beschwerten, mit Schnüren be-

drying his hands on a cloth and simultaneously pointing to the machine. "Up to this point some hand operations were still necessary; from this point on, however, the machine does all the work by itself." The explorer nodded and followed the officer. The latter, attempting to insure himself against all incidents, said: "Naturally, disorders occur; true, I hope none will happen today, but they still have to be reckoned with. You see, the machine needs to keep going for twelve hours uninterruptedly. But if disorders do occur, they will be very minor and will be cleared away at once."

"Won't you have a seat?" he finally asked, pulling a cane-bottomed chair out from a stack of them and offering it to the explorer, who couldn't refuse. He was now sitting on the rim of a pit, into which he cast a fleeting glance. It wasn't very deep. On one side of the pit the excavated earth was heaped up into a mound, on the other side stood the machine. "I don't know," said the officer, "whether the governor has already explained the machine to you." The explorer made a vague sign with his hand; the officer asked for nothing better, for now he could explain the machine himself. "This machine," he said, grasping a cranking rod, on which he supported himself, "is an invention of our previous governor. I participated in the very first experiments and took part in all the other developments until it was perfected. Of course, the credit for the invention is due to him alone. Have you heard about our previous governor? No? Well, I'm not claiming too much when I say that the organization of the entire penal colony is his creation. We, his friends, already knew at the time of his death that his plan for the colony was so perfectly worked out that his successor, even if he had a thousand new schemes in mind, wouldn't be able to change the old arrangements for many years, at least. And our prediction came true; the new governor had to acknowledge it. Too bad you never met the previous governor!—But," the officer interrupted himself, "I'm babbling, and his machine is here before us. It consists, as you see, of three parts. In the course of time each of these parts has acquired a somewhat popular nickname. The lowest one is called the bed, the highest one is called the sketcher and this central, freely hanging part is called the harrow." "The harrow?" the explorer asked. He hadn't been listening too attentively, the sunlight had lodged itself all too strongly in the shadeless valley, it was hard to gather one's thoughts. And so he considered the officer all the more admirable, seeing him in his tight parade jacket, laden with epaulets

hängten Waffenrock so eifrig seine Sache erklärte und außerdem, während er sprach, mit einem Schraubendreher noch hier und da an einer Schraube sich zu schaffen machte. In ähnlicher Verfassung wie der Reisende schien der Soldat zu sein. Er hatte um beide Handgelenke die Kette des Verurteilten gewickelt, stützte sich mit einer Hand auf sein Gewehr, ließ den Kopf im Genick hinunterhängen und kümmerte sich um nichts. Der Reisende wunderte sich nicht darüber, denn der Offizier sprach französisch, und Französisch verstand gewiß weder der Soldat noch der Verurteilte. Um so auffallender war es allerdings, daß der Verurteilte sich dennoch bemühte, den Erklärungen des Offiziers zu folgen. Mit einer Art schläfriger Beharrlichkeit richtete er die Blicke immer dorthin, wohin der Offizier gerade zeigte, und als dieser jetzt vom Reisenden mit einer Frage unterbrochen wurde, sah auch er, ebenso wie der Offizier den Reisenden an.

»Ja, die Egge«, sagte der Offizier, »der Name paßt. Die Nadeln sind eggenartig angeordnet, auch wird das Ganze wie eine Egge geführt, wenn auch bloß auf einem Platz und viel kunstgemäßer. Sie werden es übrigens gleich verstehen. Hier auf das Bett wird der Verurteilte gelegt.—Ich will nämlich den Apparat zuerst beschreiben und dann erst die Prozedur selbst ausführen lassen. Sie werden ihr dann besser folgen können. Auch ist ein Zahnrad im Zeichner zu stark abgeschliffen; es kreischt sehr, wenn es im Gang ist; man kann sich dann kaum verständigen; Ersatzteile sind hier leider nur schwer zu beschaffen.—Also hier ist das Bett, wie ich sagte. Es ist ganz und gar mit einer Watteschicht bedeckt; den Zweck dessen werden Sie noch erfahren. Auf diese Watte wird der Verurteilte bäuchlings gelegt, natürlich nackt; hier sind für die Hände, hier für die Füße, hier für den Hals Riemen, um ihn festzuschnallen. Hier am Kopfende des Bettes, wo der Mann, wie ich gesagt habe, zuerst mit dem Gesicht aufliegt, ist dieser kleine Filzstumpf, der leicht so reguliert werden kann, daß er dem Mann gerade in den Mund dringt. Er hat den Zweck, am Schreien und am Zerbeißen der Zunge zu hindern. Natürlich muß der Mann den Filz aufnehmen, da ihm sonst durch den Halsriemen das Genick gebrochen wird.« »Das ist Watte?« fragte der Reisende und beugte sich vor. »Ja, gewiß«, sagte der Offizier lächelnd, »befühlen Sie es selbst.« Er faßte die Hand des Reisenden und führte sie über das Bett hin. »Es ist eine besonders präparierte Watte, darum sieht sie so unkenntlich aus; ich werde auf ihren Zweck noch zu sprechen kommen.« Der Reisende war schon ein wenig für den Apparat gewonnen; die Hand zum Schutz gegen die Sonne über den Augen, sah er an dem Apparat in die Höhe. Es war ein großer

and covered with braid, expounding his subject with such enthusiasm and, what's more, still busying himself at a screw here and there, while speaking, screwdriver in hand. The soldier seemed to be of the same frame of mind as the explorer. He had wrapped the condemned man's chain around both wrists, and was leaning on his rifle with one hand; his head was sunk on his chest and he was totally unconcerned. The explorer wasn't surprised at this, because the officer was speaking French, and surely neither the soldier nor the condemned man understood French. Which made it all the more curious that the condemned man was nevertheless making an effort to follow the officer's explanation. With a kind of sleepy persistence he always directed his gaze to the spot the officer was pointing out at the moment, and when the latter was now interrupted by a question from the explorer, he, too, as well as the officer, looked at the explorer.

"Yes, the harrow," said the officer, "the name fits. The needles are arranged in harrow fashion, and the whole thing is manipulated like a harrow, although it remains in one place only, and works much more artistically. Anyway, you'll understand it right away. The condemned man is laid here on the bed.—I'm going to describe the machine first, you see, and only after that will I have the procedure itself carried out. Then you'll be better able to follow it. Besides, one cogwheel in the sketcher is worn too smooth, and squeaks a lot when in operation; when that's going on, it's barely possible to understand one another; unfortunately, spare parts are very hard to procure here.—So then, here is the bed, as I was saying. It's completely covered by a layer of absorbent cotton; you'll soon learn the purpose of that. The condemned man is placed stomach down on this cotton, naked, naturally; here are straps for his hands, here for his feet, here for his neck, to buckle him in tight. Here at the head end of the bed, where, as I said, the man's face lies at first, there is this little felt projection, which can easily be adjusted so that it pops right into the man's mouth. Its purpose is to keep him from screaming and chewing up his tongue. Naturally, the man is forced to put the felt in his mouth or else his neck would be broken by the neck strap." "This is absorbent cotton?" the explorer asked, bending forward. "Yes, of course," said the officer with a smile, "feel it yourself." He took the explorer's hand and ran it over the bed. "It's a specially prepared absorbent cotton, that's why it's so hard to recognize; as I continue talking, I'll get to its purpose." The explorer was now a little more interested in the machine; shading his eyes from the sun with his hand, he looked up at the top of the machine. It was a large construction. The

Aufbau. Das Bett und der Zeichner hatten gleichen Umfang und sahen wie zwei dunkle Truhen aus. Der Zeichner war etwa zwei Meter über dem Bett angebracht; beide waren in den Ecken durch vier Messingstangen verbunden, die in der Sonne fast Strahlen warfen. Zwischen den Truhen schwebte an einem Stahlband die Egge.

Der Offizier hatte die frühere Gleichgültigkeit des Reisenden kaum bemerkt, wohl aber hatte er für sein jetzt beginnendes Interesse Sinn; er setzte deshalb in seinen Erklärungen aus, um dem Reisenden zur ungestörten Betrachtung Zeit zu lassen. Der Verurteilte ahmte den Reisenden nach; da er die Hand nicht über die Augen legen konnte, blinzelte er mit freien Augen zur Höhe.

»Nun liegt also der Mann«, sagte der Reisende, lehnte sich im Sessel zurück und kreuzte die Beine.

»Ja«, sagte der Offizier, schob ein wenig die Mütze zurück und fuhr sich mit der Hand über das heiße Gesicht, »nun hören Sie! Sowohl das Bett als auch der Zeichner haben ihre eigene elektrische Batterie; das Bett braucht sie für sich selbst, der Zeichner für die Egge. Sobald der Mann festgeschnallt ist, wird das Bett in Bewegung gesetzt. Es zittert in winzigen, sehr schnellen Zuckungen gleichzeitig seitlich wie auch auf und ab. Sie werden ähnliche Apparate in Heilanstalten gesehen haben; nur sind bei unserem Bett alle Bewegungen genau berechnet; sie müssen nämlich peinlich auf die Bewegungen der Egge abgestimmt sein. Dieser Egge aber ist die eigentliche Ausführung des Urteils überlassen.«

»Wie lautet denn das Urteil?« fragte der Reisende. »Sie wissen auch das nicht?« sagte der Offizier erstaunt und biß sich auf die Lippen: »Verzeihen Sie, wenn vielleicht meine Erklärungen ungeordnet sind; ich bitte Sie sehr um Entschuldigung. Die Erklärungen pflegte früher nämlich der Kommandant zu geben; der neue Kommandant aber hat sich dieser Ehrenpflicht entzogen; daß er jedoch einen so hohen Besuch«—der Reisende suchte die Ehrung mit beiden Händen abzuwehren, aber der Offizier bestand auf dem Ausdruck—»einen so hohen Besuch nicht einmal von der Form unseres Urteils in Kenntnis setzt, ist wieder eine Neuerung, die—«, er hatte einen Fluch auf den Lippen, faßte sich aber und sagte nur: »Ich wurde nicht davon verständigt, mich trifft nicht die Schuld. Übrigens bin ich allerdings am besten befähigt, unsere Urteilsarten zu erklären, denn ich trage hier«—er schlug auf seine Brusttasche—»die betreffenden Handzeichnungen des früheren Kommandanten.«

»Handzeichnungen des Kommandanten selbst?« fragte der Reisende: »Hat er denn alles in sich vereinigt? War er Soldat, Richter, Konstrukteur, Chemiker, Zeichner?«

bed and the sketcher were of the same size and looked like
two dark trunks for clothing. The sketcher was installed about
six feet above the bed; the two were connected at the corners by four brass rods, which were practically darting rays
in the sunlight. Between the trunks the harrow hung freely
on a steel ribbon.

The officer had scarcely noticed the explorer's earlier
indifference, but he was fully aware of the interest he was
now beginning to feel, so he ceased his exposition in order
to give the explorer time to observe unmolestedly. The condemned man mimicked the explorer; since he couldn't raise
his hand to his brow, he blinked upward with unshaded eyes.

"Well, then, the man lies there," said the explorer, leaning back in his chair and crossing his legs.

"Yes," said the officer, pushing his cap back a bit and
drawing his hand over his hot face. "Now listen! The bed
and the sketcher each has its own electric battery; the bed
needs it for itself, the sketcher needs it for the harrow. As
soon as the man is strapped in tight, the bed is set in motion. It vibrates in tiny, very rapid jerks sideways and up and
down at the same time. You may have seen similar machines
in sanatoriums, but in our bed all the movements are precisely calculated, you see, they have to be scrupulously syn-
chronized with the movements of the harrow. It is this harrow,
however, that actually carries out the sentence."

"What *is* the sentence?" the explorer asked. "You don't
know that, either?" said the officer in amazement, biting his
lips: "Forgive me if my explanations may appear haphazard;
I ask your pardon most humbly. You see, in the past the
governor used to give the explanations; but the new governor has exempted himself from the honor of this duty; but
that even such a distinguished visitor"—the explorer attempted to forestall this praise with a gesture of both hands,
but the officer insisted on the expression—"that he doesn't
apprise even such a distinguished visitor of the form of our
sentence, is another innovation that—" He had an oath on
his lips, but controlled himself and merely said: "I wasn't
notified of that, it's no fault of mine. Anyway, I am the one
best capable of explaining our types of sentence, because I
carry here"—he tapped his breast pocket—"the designs drawn
by the previous governor bearing on the matter."

"Designs by the governor himself?" asked the explorer.
"Was he a combination of everything, then? Was he a soldier, judge, engineer, chemist and designer?"

»Jawohl«, sagte der Offizier kopfnickend, mit starrem, nachdenklichem Blick. Dann sah er prüfend seine Hände an; sie schienen ihm nicht rein genug, um die Zeichnungen anzufassen; er ging daher zum Kübel und wusch sie nochmals. Dann zog er eine kleine Ledermappe hervor und sagte: »Unser Urteil klingt nicht streng. Dem Verurteilten wird das Gebot, das er übertreten hat, mit der Egge auf den Leib geschrieben. Diesem Verurteilten zum Beispiel«— der Offizier zeigte auf den Mann—»wird auf den Leib geschrieben werden: Ehre deinen Vorgesetzten!«

Der Reisende sah flüchtig auf den Mann hin; er hielt, als der Offizier auf ihn gezeigt hatte, den Kopf gesenkt und schien alle Kraft des Gehörs anzuspannen, um etwas zu erfahren. Aber die Bewegungen seiner wulstig aneinander gedrückten Lippen zeigten offenbar, daß er nichts verstehen konnte. Der Reisende hatte verschiedenes fragen wollen, fragte aber im Anblick des Mannes nur: »Kennt er sein Urteil?« »Nein«, sagte der Offizier und wollte gleich in seinen Erklärungen fortfahren, aber der Reisende unterbrach ihn: »Er kennt sein eigenes Urteil nicht?« »Nein«, sagte der Offizier wieder, stockte dann einen Augenblick, als verlange er vom Reisenden eine nähere Begründung seiner Frage, und sagte dann: »Es wäre nutzlos, es ihm zu verkünden. Er erfährt es ja auf seinem Leib.« Der Reisende wollte schon verstummen, da fühlte er, wie der Verurteilte seinen Blick auf ihn richtete; er schien zu fragen, ob er den geschilderten Vorgang billigen könne. Darum beugte sich der Reisende, der sich bereits zurückgelehnt hatte, wieder vor und fragte noch: »Aber daß er überhaupt verurteilt wurde, das weiß er doch?« »Auch nicht«, sagte der Offizier und lächelte den Reisenden an, als erwarte er nun von ihm noch einige sonderbare Eröffnungen. »Nein«, sagte der Reisende und strich sich über die Stirn hin, »dann weiß also der Mann auch jetzt noch nicht, wie seine Verteidigung aufgenommen wurde?« »Er hat keine Gelegenheit gehabt, sich zu verteidigen«, sagte der Offizier und sah abseits, als rede er zu sich selbst und wolle den Reisenden durch Erzählung dieser ihm selbstverständlichen Dinge nicht beschämen. »Er muß doch Gelegenheit gehabt haben, sich zu verteidigen«, sagte der Reisende und stand vom Sessel auf.

Der Offizier erkannte, daß er in Gefahr war, in der Erklärung des Apparates für lange Zeit aufgehalten zu werden; er ging daher zum Reisenden, hing sich in seinen Arm, zeigte mit der Hand auf den Verurteilten, der sich jetzt, da die Aufmerksamkeit so offenbar auf ihn gerichtet war, stramm aufstellte—auch zog der Soldat die Kette an—, und sagte: »Die Sache verhält sich folgendermaßen. Ich bin hier in der Strafkolonie zum Richter bestellt. Trotz meiner Jugend.

"Yes, indeed," said the officer, nodding, his gaze fixed and meditative. Then he looked at his hands searchingly; he didn't consider them clean enough to touch the drawings, so he went over to the bucket and washed them again. Then he pulled out a little leather wallet, saying: "Our sentence isn't severe. The regulation that the condemned man has broken is written on his body with the harrow. This condemned man, for example"—the officer pointed to the man—"will have 'Honor your superior!' written on his body."

The explorer glanced fleetingly at the man; when the officer had pointed to him, he had been standing with lowered head, seeming to concentrate all his powers of hearing in order to find out something. But the movements of his lips, which bulged as he compressed them, clearly showed he couldn't understand a thing. The explorer had wanted to ask this and that, but now, looking at the man, he merely asked: "Does he know his sentence?" "No," said the officer, and wanted to continue his exposition at once, but the explorer interrupted him: "He doesn't know his own sentence?" "No," the officer said again, then stopped short for a moment, as if desiring the explorer to offer some substantial reason for his question, and then said: "It would be pointless to inform him of it. After all, he'll learn it on his body." The explorer was now ready to remain silent, when he felt the condemned man turn his eyes toward him; he seemed to be asking whether he could approve of the procedure that had been described. And so the explorer, who had already leaned back, bent forward again and asked another question: "But he does at least know, doesn't he, that he has been condemned?" "Not that, either," said the officer, and smiled at the explorer, as if he were still expecting a few more peculiar utterances from him. "No," said the explorer, rubbing his forehead, "and so even now the man still doesn't know how his defense was received?" "He had no opportunity to defend himself," said the officer, looking off to the side, as if he were talking to himself and didn't wish to embarrass the explorer by telling him what was so obvious to himself. "But he must have had an opportunity to defend himself," said the explorer, rising from his chair.

The officer realized he was running the risk of being delayed for a long time in the explanation of the machine; so he went over to the explorer, locked his arm in his, pointed to the condemned man, who, now that their attention was so clearly directed toward him, straightened up smartly—the soldier also pulled the chain taut—and said: "The matter is as follows. Here in the penal colony I serve as a judge. Despite

Denn ich stand auch dem früheren Kommandanten in allen
Strafsachen zur Seite und kenne auch den Apparat am besten. Der
Grundsatz, nach dem ich entscheide, ist: Die Schuld ist immer
zweifellos. Andere Gerichte können diesen Grundsatz nicht befolgen,
denn sie sind vielköpfig und haben auch noch höhere Gerichte über
sich. Das ist hier nicht der Fall, oder war es wenigstens nicht beim
früheren Kommandanten. Der neue hat allerdings schon Lust gezeigt,
in mein Gericht sich einzumischen, es ist mir aber bisher gelungen,
ihn abzuwehren, und wird mir auch weiter gelingen.—Sie wollten
diesen Fall erklärt haben; er ist so einfach wie alle. Ein Hauptmann
hat heute morgens die Anzeige erstattet, daß dieser Mann, der ihm
als Diener zugeteilt ist und vor seiner Türe schläft, den Dienst
verschlafen hat. Er hat nämlich die Pflicht, bei jedem Stundenschlag
aufzustehen und vor der Tür des Hauptmanns zu salutieren. Gewiß
keine schwere Pflicht und eine notwendige, denn er soll sowohl zur
Bewachung als auch zur Bedienung frisch bleiben. Der Hauptmann
wollte in der gestrigen Nacht nachsehen, ob der Diener seine Pflicht
erfülle. Er öffnete Schlag zwei Uhr die Tür und fand ihn zusammen-
gekrümmt schlafen. Er holte die Reitpeitsche und schlug ihm über
das Gesicht. Statt nun aufzustehen und um Verzeihung zu bitten,
faßte der Mann seinen Herrn bei den Beinen, schüttelte ihn und
rief: ›Wirf die Peitsche weg, oder ich fresse dich.‹—Das ist der
Sachverhalt. Der Hauptmann kam vor einer Stunde zu mir, ich schrieb
seine Angaben auf und anschließend gleich das Urteil. Dann ließ ich
dem Mann die Ketten anlegen. Das alles war sehr einfach. Hätte ich
den Mann zuerst vorgerufen und ausgefragt, so wäre nur Verwirrung
entstanden. Er hätte gelogen, hätte, wenn es mir gelungen wäre, die
Lügen zu widerlegen, diese durch neue Lügen ersetzt und so fort.
Jetzt aber halte ich ihn und lasse ihn nicht mehr.—Ist nun alles
erklärt? Aber die Zeit vergeht, die Exekution sollte schon beginnen,
und ich bin mit der Erklärung des Apparates noch nicht fertig.« Er
nötigte den Reisenden auf den Sessel nieder, trat wieder zu dem
Apparat und begann: »Wie Sie sehen, entspricht die Egge der Form
des Menschen; hier ist die Egge für den Oberkörper, hier sind die
Eggen für die Beine. Für den Kopf ist nur dieser kleine Stichel
bestimmt. Ist Ihnen das klar?« Er beugte sich freundlich zu dem
Reisenden vor, bereit zu den umfassendsten Erklärungen.

Der Reisende sah mit gerunzelter Stirn die Egge an. Die
Mitteilungen über das Gerichtsverfahren hatten ihn nicht befriedigt.
Immerhin mußte er sich sagen, daß es sich hier um eine Strafkolonie
handelte, daß hier besondere Maßregeln notwendig waren und daß
man bis zum letzten militärisch vorgehen mußte. Außerdem aber

my youth. Because in all penal matters I stood side by side with the previous governor, and I also know the machine best. The principle behind my decisions is: Guilt is always beyond doubt. Other courts can't adhere to this principle, because they consist of several judges and have even higher courts over them. That isn't the case here, or at least it wasn't under the previous governor. To be sure, the new one has already shown a desire to meddle with my court, but so far I've managed to fend him off, and I'll continue to manage it.—You wanted an explanation of this case; it's just as simple as all of them. This morning a captain reported that this man, who's assigned to him as an orderly and sleeps in front of his door, slept through his tour of duty. You see, he is obliged to get up every hour on the hour and salute in front of the captain's door. Certainly not an onerous duty, but a necessary one, since he has to stay alert as both a guard and a servant. Last night the captain wanted to verify whether his orderly was doing his duty. At the stroke of two he opened his door and found him curled up asleep. He went for his riding whip and struck him on the face. Now, instead of standing up and asking for forgiveness, the man grasped his master by the legs, shook him and shouted: "Hey, throw away that whip or I'll gobble you up." Those are the facts of the matter. An hour ago the captain came to me, I wrote down his declaration and followed it up with the sentence. Then I had the man put in chains. All that was very simple. If I had first summoned the man and interrogated him, that would only have led to confusion. He would have lied; if I had succeeded in disproving those lies, he would have replaced them with new lies, and so on. But, as it is, I've got him and I won't let go of him again.—Does that now explain everything? But time is passing, the execution ought to begin by now, and I'm not finished yet with the explanation of the machine." He urged the explorer to sit down again, stepped up to the machine once more, and began: "As you see, the shape of the harrow corresponds to the human form; here is the harrow for the upper part of the body, here are the harrows for the legs. For the head there is only this small spike. Is that clear to you?" He leaned over to the explorer in a friendly way, ready to give the most comprehensive explanations.

The explorer looked at the harrow with furrowed brow. The information about the judicial procedure had left him unsatisfied. All the same, he had to tell himself that this was, after all, a penal colony, that special regulations were required here, and that a military code had to be followed, even to extreme limits. But, in addition, he placed some

setzte er einige Hoffnung auf den neuen Kommandanten, der offenbar, allerdings langsam, ein neues Verfahren einzuführen beabsichtigte, das dem beschränkten Kopf dieses Offiziers nicht eingehen konnte. Aus diesem Gedankengang heraus fragte der Reisende: »Wird der Kommandant der Exekution beiwohnen?« »Es ist nicht gewiß«, sagte der Offizier, durch die unvermittelte Frage peinlich berührt, und seine freundliche Miene verzerrte sich: »Gerade deshalb müssen wir uns beeilen. Ich werde sogar, so leid es mir tut, meine Erklärungen abkürzen müssen. Aber ich könnte ja morgen, wenn der Apparat wieder gereinigt ist—daß er so sehr beschmutzt wird, ist sein einziger Fehler—, die näheren Erklärungen nachtragen. Jetzt also nur das Notwendigste.—Wenn der Mann auf dem Bett liegt und dieses ins Zittern gebracht ist, wird die Egge auf den Körper gesenkt. Sie stellt sich von selbst so ein, daß sie nur knapp mit den Spitzen den Körper berührt; ist die Einstellung vollzogen, strafft sich sofort dieses Stahlseil zu einer Stange. Und nun beginnt das Spiel. Ein Nichteingeweihter merkt äußerlich keinen Unterschied in den Strafen. Die Egge scheint gleichförmig zu arbeiten. Zitternd sticht sie ihre Spitzen in den Körper ein, der überdies vom Bett aus zittert. Um es nun jedem zu ermöglichen, die Ausführung des Urteils zu überprüfen, wurde die Egge aus Glas gemacht. Es hat einige technische Schwierigkeiten verursacht, die Nadeln darin zu befestigen, es ist aber nach vielen Versuchen gelungen. Wir haben eben keine Mühe gescheut. Und nun kann jeder durch das Glas sehen, wie sich die Inschrift im Körper vollzieht. Wollen Sie nicht näherkommen und sich die Nadeln ansehen?«

Der Reisende erhob sich langsam, ging hin und beugte sich über die Egge. »Sie sehen«, sagte der Offizier, »zweierlei Nadeln in vielfacher Anordnung. Jede lange hat eine kurze neben sich. Die lange schreibt nämlich, und die kurze spritzt Wasser aus, um das Blut abzuwaschen und die Schrift immer klar zu erhalten. Das Blutwasser wird dann hier in kleine Rinnen geleitet und fließt endlich in diese Hauptrinne, deren Abflußrohr in die Grube führt.« Der Offizier zeigte mit dem Finger genau den Weg, den das Blutwasser nehmen mußte. Als er es, um es möglichst anschaulich zu machen, an der Mündung des Abflußrohres mit beiden Händen förmlich auffing, erhob der Reisende den Kopf und wollte, mit der Hand rückwärts tastend, zu seinem Sessel zurückgehen. Da sah er zu seinem Schrecken, daß auch der Verurteilte gleich ihm der Einladung des Offiziers, sich die Einrichtung der Egge aus der Nähe anzusehen, gefolgt war. Er hatte den verschlafenen Soldaten an der Kette ein wenig vorgezerrt und sich auch über das Glas gebeugt. Man sah, wie

hope in the new governor, who obviously, if only slowly, intended to introduce a new procedure that couldn't penetrate this officer's thick head. Pursuing this train of thought, the explorer asked: "Will the governor attend the execution?" "It's uncertain," said the officer, touched on a sore spot by the blunt question, and his friendly expression clouded over: "For that very reason we must make haste. In fact, as sorry as that makes me, I must shorten my explanations. But tomorrow, when the machine has been cleaned again—its getting so very dirty is its only shortcoming—I could fill in the smaller details. And so, for now, only the most essential facts.—When the man is lying on the bed and the bed begins to vibrate, the harrow lowers itself onto the body. It adjusts itself in such a manner that it just barely touches the body with its sharp points; once this adjustment is completed, this steel cable immediately stiffens into a rod. And now the machine goes into play. An uninitiated person notices no outward difference in the punishments. The harrow seems to work in a uniform way. Quivering, it jabs its points into the body, which is already shaken by the bed. Now, to allow everybody to inspect the execution of the sentence, the harrow was made of glass. Several technical difficulties had to be overcome to embed the needles in it firmly, but we succeeded after a number of experiments. We literally spared no effort. And now everyone can watch through the glass and see how the inscription on the body is done. Won't you step closer and take a look at the needles?"

The explorer got up slowly, went over and bent over the harrow. "Here," said the officer, "you see two types of needles in a complex arrangement. Each long one has a short one next to it. You see, the long ones do the writing and the short ones squirt water to wash away the blood and to keep the lettering clear at all times. The bloody water is then channeled here into small grooves and finally runs off into this main groove, whose drainpipe leads into the pit." With one finger the officer indicated the precise route the bloody water had to take. When, in order to give the most graphic demonstration, he made the actual motion of catching it in his two hands at the outlet of the drainpipe, the explorer raised his head and, groping backwards with his hand, attempted to regain his chair. Then he saw, to his horror, that, like him, the condemned man had accepted the officer's invitation to take a close look at the structure of the harrow. He had tugged the drowsy soldier forward a little by the chain and had also stooped over the glass. He could be seen

er mit unsicheren Augen auch das suchte, was die zwei Herren eben beobachtet hatten, wie es ihm aber, da ihm die Erklärung fehlte, nicht gelingen wollte. Er beugte sich hierhin und dorthin. Immer wieder lief er mit den Augen das Glas ab. Der Reisende wollte ihn zurücktreiben, denn, was er tat, war wahrscheinlich strafbar. Aber der Offizier hielt den Reisenden mit einer Hand fest, nahm mit der anderen eine Erdscholle vom Wall und warf sie nach dem Soldaten. Dieser hob mit einem Ruck die Augen, sah, was der Verurteilte gewagt hatte, ließ das Gewehr fallen, stemmte die Füße mit den Absätzen in den Boden, riß den Verurteilten zurück, daß er gleich niederfiel, und sah dann auf ihn hinunter, wie er sich wand und mit seinen Ketten klirrte. »Stell ihn auf!« schrie der Offizier, denn er merkte, daß der Reisende durch den Verurteilten allzusehr abgelenkt wurde. Der Reisende beugte sich sogar über die Egge hinweg, ohne sich um sie zu kümmern, und wollte nur feststellen, was mit dem Verurteilten geschehe. »Behandle ihn sorgfältig!« schrie der Offizier wieder. Er umlief den Apparat, faßte selbst den Verurteilten unter den Achseln und stellte ihn, der öfters mit den Füßen ausglitt, mit Hilfe des Soldaten auf.

»Nun weiß ich schon alles«, sagte der Reisende, als der Offizier wieder zu ihm zurückkehrte. »Bis auf das Wichtigste«, sagte dieser, ergriff den Reisenden am Arm und zeigte in die Höhe: »Dort im Zeichner ist das Räderwerk, welches die Bewegung der Egge bestimmt, und dieses Räderwerk wird nach der Zeichnung, auf welche das Urteil lautet, angeordnet. Ich verwende noch die Zeichnungen des früheren Kommandanten. Hier sind sie«,—er zog einige Blätter aus der Ledermappe—»ich kann sie Ihnen aber leider nicht in die Hand geben, sie sind das Teuerste, was ich habe. Setzen Sie sich, ich zeige sie Ihnen aus dieser Entfernung, dann werden Sie alles gut sehen können.« Er zeigte das erste Blatt. Der Reisende hätte gerne etwas Anerkennendes gesagt, aber er sah nur labyrinthartige, einander vielfach kreuzende Linien, die so dicht das Papier bedeckten, daß man nur mit Mühe die weißen Zwischenräume erkannte. »Lesen Sie«, sagte der Offizier. »Ich kann nicht«, sagte der Reisende. »Es ist doch deutlich«, sagte der Offizier. »Es ist sehr kunstvoll«, sagte der Reisende ausweichend, »aber ich kann es nicht entziffern.« »Ja«, sagte der Offizier, lachte und steckte die Mappe wieder ein, »es ist keine Schönschrift für Schulkinder. Man muß lange darin lesen. Auch Sie würden es schließlich gewiß erkennen. Es darf natürlich keine einfache Schrift sein; sie soll ja nicht sofort töten, sondern durchschnittlich erst in einem Zeitraum von zwölf Stunden; für die sechste Stunde ist der Wendepunkt berechnet. Es müssen also viele,

searching with unsure eyes for what the two gentlemen had just been observing, but not succeeding for lack of the explanation. He bent over this way and that way. Again and again he ran his eyes over the glass. The explorer wanted to drive him back, because he was probably committing a punishable offense. But the officer restrained the explorer firmly with one hand, and with the other took a clod of earth from the mound and threw it at the soldier. The latter raised his eyes with a start, saw what the condemned man had dared to do, dropped his rifle, dug his heels into the ground, tore the condemned man back so hard that he fell right over, and then looked down at the writhing man, who was making his chains rattle. "Pick him up!" shouted the officer, because he noticed that the explorer's attention was being distracted far too much by the condemned man. The explorer even leaned forward all the way across the harrow, not caring about it at all, concerned only to discover what was happening to the condemned man. "Handle him carefully!" shouted the officer again. He ran around the machine, seized the condemned man under the arms himself and, with the aid of the soldier, raised him to his feet, although the man's feet slid out from under him several times.

"By now I know everything," said the explorer when the officer came back to him. "Except for the most important thing of all," the latter said, grasping the explorer's arm and pointing upward: "Up there in the sketcher are the cog wheels that regulate the motion of the harrow, and those wheels are pre-set in accordance with the pattern called for by the sentence. I am still using the previous governor's designs. Here they are"—he drew a few sheets out of the leather wallet—"but unfortunately I cannot hand them to you; they're the most precious things I possess. Sit down, I'll show them to you from this distance, then you'll be able to see them all clearly." He showed the first sheet. The explorer would gladly have made some appreciative remark, but all he saw was mazelike lines in complicated crisscrosses, covering the paper so completely that it was hard to see the white spaces between them. "Read it," said the officer. "I can't," said the explorer. "But it's legible," said the officer. "It's very artistic," said the explorer evasively, "but I can't decipher it." "Yes," said the officer, laughed and pocketed the wallet again, "it isn't model calligraphy for schoolboys. One has to study it a long time. Even you would surely recognize it finally. Naturally, it can't be any simple script; you see, it is not supposed to kill at once, but only after a period of twelve hours on the average; the turning point is calculated to occur during the sixth hour. And so there must be many, many

viele Zieraten die eigentliche Schrift umgeben; die wirkliche Schrift umzieht den Leib nur in einem schmalen Gürtel; der übrige Körper ist für Verzierungen bestimmt. Können Sie jetzt die Arbeit der Egge und des ganzen Apparates würdigen?—Sehen Sie doch!« Er sprang auf die Leiter, drehte ein Rad, rief hinunter: »Achtung, treten Sie zur Seite!«, und alles kam in Gang. Hätte das Rad nicht gekreischt, es wäre herrlich gewesen. Als sei der Offizier von diesem störenden Rad überrascht, drohte er ihm mit der Faust, breitete dann, sich entschuldigend, zum Reisenden hin die Arme aus und kletterte eilig hinunter, um den Gang des Apparates von unten zu beobachten. Noch war etwas nicht in Ordnung, das nur er merkte; er kletterte wieder hinauf, griff mit beiden Händen in das Innere des Zeichners, glitt dann, um rascher hinunterzukommen, statt die Leiter zu benutzen, an der einen Stange hinunter und schrie nun, um sich im Lärm verständlich zu machen, mit äußerster Anspannung dem Reisenden ins Ohr: »Begreifen Sie den Vorgang? Die Egge fängt zu schreiben an; ist sie mit der ersten Anlage der Schrift auf dem Rücken des Mannes fertig, rollt die Watteschicht und wälzt den Körper langsam auf die Seite, um der Egge neuen Raum zu bieten. Inzwischen legen sich die wundbeschriebenen Stellen auf die Watte, welche infolge der besonderen Präparierung sofort die Blutung stillt und zu neuer Vertiefung der Schrift vorbereitet. Hier die Zacken am Rande der Egge reißen dann beim weiteren Umwälzen des Körpers die Watte von den Wunden, schleudern sie in die Grube, und die Egge hat wieder Arbeit. So schreibt sie immer tiefer die zwölf Stunden lang. Die ersten sechs Stunden lebt der Verurteilte fast wie früher, er leidet nur Schmerzen. Nach zwei Stunden wird der Filz entfernt, denn der Mann hat keine Kraft zum Schreien mehr. Hier in diesen elektrisch geheizten Napf am Kopfende wird warmer Reisbrei gelegt, aus dem der Mann, wenn er Lust hat, nehmen kann, was er mit der Zunge erhascht. Keiner versäumt die Gelegenheit. Ich weiß keinen, und meine Erfahrung ist groß. Erst um die sechste Stunde verliert er das Vergnügen am Essen. Ich knie dann gewöhnlich hier nieder und beobachte diese Erscheinung. Der Mann schluckt den letzten Bissen selten, er dreht ihn nur im Mund und speit ihn in die Grube. Ich muß mich dann bücken, sonst fährt er mir ins Gesicht. Wie still wird dann aber der Mann um die sechste Stunde! Verstand geht dem Blödesten auf. Um die Augen beginnt es. Von hier aus verbreitet es sich. Ein Anblick, der einen verführen könnte, sich mit unter die Egge zu legen. Es geschieht ja weiter nichts, der Mann fängt bloß an, die Schrift zu entziffern, er spitzt den Mund, als horche er. Sie haben gesehen, es ist nicht leicht, die Schrift mit den Augen zu entziffern;

ornaments surrounding the actual letters; the real message encircles the body only within a narrow band; the rest of the body is set aside for the decorations. Are you now able to appreciate the work of the harrow and of the whole machine?—Look!" He leaped onto the ladder, turned a wheel and called down: "Careful, step to one side!" and everything went into action. If the cogwheel hadn't been squeaking, it would have been magnificent. As if the officer were surprised by that disturbing wheel, he threatened it with his fist, then, excusing himself, extended his arms toward the explorer and climbed down hastily in order to observe the operation of the machine from below. There was still something out of order which only he noticed; he climbed up again, thrust both hands into the sketcher, then, to get down more quickly, slid down one of the rods instead of using the ladder, and now, to make himself heard over the noise, shouted with extreme tension into the explorer's ear. "Do you understand the process? The harrow begins to write; when it is finished with the first draft of the lettering on the man's back, the layer of absorbent cotton rolls and turns the body slowly onto its side to give the harrow additional space. Meanwhile the areas that are pierced by the writing press against the cotton, which, thanks to its special preparation, stops the bleeding at once and clears the way for the lettering to sink in further. The prongs here at the edge of the harrow then rip the cotton from the wounds as the body continues to turn, fling it into the pit, and the harrow can go on working. In this way it writes more and more deeply for the twelve hours. For the first six hours the condemned man lives almost as he previously did, but suffering pain. After two hours the felt is removed, because the man has no more strength to scream. In this electrically heated bowl at the head end we place hot boiled rice and milk, from which the man, if he feels like it, can take whatever he can get hold of with his tongue. None of them passes up the opportunity. I know of none, and my experience is extensive. Only around the sixth hour does he lose his pleasure in eating. Then I generally kneel down here and observe this phenomenon. The man seldom swallows the last mouthful, he just turns it around in his mouth and spits it out into the pit. Then I have to duck or he'll hit me in the face with it. But then, how quiet the man becomes around the sixth hour! Even the dumbest one starts to understand. It begins around the eyes. From there it spreads out. A sight that could tempt someone to lie down alongside the man under the harrow. Nothing further happens, the man merely begins to decipher the writing; he purses his lips as if listening to something. As you've seen, it isn't easy to decipher the script with

unser Mann entziffert sie aber mit seinen Wunden. Es ist allerdings viel Arbeit; er braucht sechs Stunden zu ihrer Vollendung. Dann aber spießt ihn die Egge vollständig auf und wirft ihn in die Grube, wo er auf das Blutwasser und die Watte niederklatscht. Dann ist das Gericht zu Ende, und wir, ich und der Soldat, scharren ihn ein.«

Der Reisende hatte das Ohr zum Offizier geneigt und sah, die Hände in den Rocktaschen, der Arbeit der Maschine zu. Auch der Verurteilte sah ihr zu, aber ohne Verständnis. Er bückte sich ein wenig und verfolgte die schwankenden Nadeln, als ihm der Soldat, auf ein Zeichen des Offiziers, mit einem Messer hinten Hemd und Hose durchschnitt, so daß sie von dem Verurteilten abfielen; er wollte nach dem fallenden Zeug greifen, um seine Blöße zu bedecken, aber der Soldat hob ihn in die Höhe und schüttelte die letzten Fetzen von ihm ab. Der Offizier stellte die Maschine ein, und in der jetzt eintretenden Stille wurde der Verurteilte unter die Egge gelegt. Die Ketten wurden gelöst und statt dessen die Riemen befestigt; es schien für den Verurteilten im ersten Augenblick fast eine Er- leichterung zu bedeuten. Und nun senkte sich die Egge noch ein Stück tiefer, denn es war ein magerer Mann. Als ihn die Spitzen berührten, ging ein Schauer über seine Haut; er streckte, während der Soldat mit seiner rechten Hand beschäftigt war, die linke aus, ohne zu wissen wohin; es war aber die Richtung, wo der Reisende stand. Der Offizier sah ununterbrochen den Reisenden von der Seite an, als suche er von seinem Gesicht den Eindruck abzulesen, den die Exekution, die er ihm nun wenigstens oberflächlich erklärt hatte, auf ihn mache.

Der Riemen, der für das Handgelenk bestimmt war, riß; wahrscheinlich hatte ihn der Soldat zu stark angezogen. Der Offizier sollte helfen, der Soldat zeigte ihm das abgerissene Riemenstück. Der Offizier ging auch zu ihm hinüber und sagte, das Gesicht dem Reisenden zugewendet: »Die Maschine ist sehr zusammengesetzt, es muß hie und da etwas reißen oder brechen; dadurch darf man sich aber im Gesamturteil nicht beirren lassen. Für den Riemen ist übrigens sofort Ersatz geschafft; ich werde eine Kette verwenden; die Zartheit der Schwingungen wird dadurch für den rechten Arm allerdings beeinträchtigt.« Und während er die Ketten anlegte, sagte er noch: »Die Mittel zur Erhaltung der Maschine sind jetzt sehr eingeschränkt. Unter dem früheren Kommandanten war eine mir frei zugängliche Kassa nur für diesen Zweck bestimmt. Es gab hier ein Magazin, in dem alle möglichen Ersatzstücke aufbewahrt wurden. Ich gestehe, ich trieb damit fast Verschwendung, ich meine früher, nicht jetzt, wie der neue Kommandant behauptet, dem alles nur zum

your eyes; but our man deciphers it with his wounds. True, it takes a lot of effort; he needs six hours to complete it. But then the harrow skewers him completely and throws him into the pit, where he splashes down into the bloody water and the cotton. Then the execution is over, and we, the soldier and I, bury him."

The explorer had inclined his ear toward the officer and, his hands in his jacket pockets, was watching the machine run. The condemned man was watching it, too, but without understanding. He was stooping a little and following the moving needles, when the soldier, at a sign from the officer, cut through his shirt and trousers in the back with a knife, so that they fell off the condemned man; he wanted to make a grab for the falling garments, in order to hide his nakedness, but the soldier lifted him up in the air and shook the last scraps off him. The officer turned off the machine, and in the silence that ensued the condemned man was placed under the harrow. His chains were removed and replaced by the fastened straps; at the first moment this seemed to be almost a relief for the condemned man. And now the harrow lowered itself a little more, because he was a thin man. When the points touched him, a shudder ran over his skin; while the soldier was busy with his right hand, he stretched out the left, without knowing in what direction; but it was toward the spot where the explorer was standing. The officer uninterruptedly watched the explorer from the side, as if trying to read in his face the impression being made by the execution, which he had now explained to him at least superficially.

The strap intended for the wrist tore; probably the soldier had drawn it up too tightly. The officer was to help, the soldier showed him the torn-off piece of strap. And the officer did go over to him, saying: "The machine is composed of many, many parts; from time to time something has to rip or break; but that shouldn't falsify one's total judgment. Besides, an immediate substitute is available for the strap; I shall use a chain; of course, for the right arm the delicacy of the vibrations will be impaired." And, while he attached the chains, he added: "The means for maintaining the machine are now quite limited. Under the previous governor there was a fund, readily accessible to me, set aside for just that purpose. There was a supply depot here in which all conceivable spare parts were stored. I confess, I was almost wasteful with it, I mean in the past, not now, as the new governor

Vorwand dient, alte Einrichtungen zu bekämpfen. Jetzt hat er die Maschinenkassa in eigener Verwaltung, und schicke ich um einen neuen Riemen, wird der zerrissene als Beweisstück verlangt, der neue kommt erst in zehn Tagen, ist dann aber von schlechterer Sorte und taugt nicht viel. Wie ich aber in der Zwischenzeit ohne Riemen die Maschine betreiben soll, darum kümmert sich niemand.«

Der Reisende überlegte: Es ist immer bedenklich, in fremde Verhältnisse entscheidend einzugreifen. Er war weder Bürger der Strafkolonie, noch Bürger des Staates, dem sie angehörte. Wenn er die Exekution verurteilen oder gar hintertreiben wollte, konnte man ihm sagen: Du bist ein Fremder, sei still. Darauf hätte er nichts erwidern, sondern nur hinzufügen können, daß er sich in diesem Falle selbst nicht begreife, denn er reise nur mit der Absicht, zu sehen, und keineswegs etwa, um fremde Gerichtsverfassungen zu ändern. Nun lagen aber hier die Dinge allerdings sehr verführerisch. Die Ungerechtigkeit des Verfahrens und die Unmenschlichkeit der Exekution war zweifellos. Niemand konnte irgendeine Eigennützigkeit des Reisenden annehmen, denn der Verurteilte war ihm fremd, kein Landsmann und ein zum Mitleid gar nicht auffordernder Mensch. Der Reisende selbst hatte Empfehlungen hoher Ämter, war hier mit großer Höflichkeit empfangen worden, und daß er zu dieser Exekution eingeladen worden war, schien sogar darauf hinzudeuten, daß man sein Urteil über dieses Gericht verlangte. Dies war aber um so wahrscheinlicher, als der Kommandant, wie er jetzt überdeutlich gehört hatte, kein Anhänger dieses Verfahrens war und sich gegenüber dem Offizier fast feindselig verhielt.

Da hörte der Reisende einen Wutschrei des Offiziers. Er hatte gerade, nicht ohne Mühe, dem Verurteilten den Filzstumpf in den Mund geschoben, als der Verurteilte in einem unwiderstehlichen Brechreiz die Augen schloß und sich erbrach. Eilig riß ihn der Offizier vom Stumpf in die Höhe und wollte den Kopf zur Grube hindrehen; aber es war zu spät, der Unrat floß schon an der Maschine hinab. »Alles Schuld des Kommandanten!« schrie der Offizier und rüttelte besinnungslos vorn an den Messingstangen, »die Maschine wird mir verunreinigt wie ein Stall.« Er zeigte mit zitternden Händen dem Reisenden, was geschehen war. »Habe ich nicht stundenlang dem Kommandanten begreiflich zu machen gesucht, daß einen Tag vor der Exekution kein Essen mehr verabfolgt werden soll. Aber die neue milde Richtung ist anderer Meinung. Die Damen des Kommandanten stopfen dem Mann, ehe er abgeführt wird, den Hals mit Zuckersachen voll. Sein ganzes Leben hat er sich von stinkenden Fischen genährt und muß jetzt Zuckersachen essen! Aber es wäre ja

claims; for him everything serves as a mere pretext for combating the old arrangements. Now he has the machine fund under his own management, and, if I send for a new strap, the torn one is requested as evidence, the new one doesn't come for ten days, and then is of poorer quality and isn't worth much. But how I am supposed to run the machine in the meantime without a strap—nobody cares about that."

The explorer thought it over: It's always a ticklish thing to interfere in someone else's affairs in some decisive way. He was neither a citizen of the penal colony nor a citizen of the country it belonged to. If he wished to condemn the execution or even prevent it, they could say to him: "You're a foreigner, keep quiet." He would have no reply to that, but would only be able to add that in this case he didn't even understand his own motives, since he was traveling purely with the intention of seeing things, and by no means that of altering other people's legal codes, or the like. But matters here were truly very tempting. The injustice of the proceedings and the inhumanity of the execution couldn't be denied. No one could assume that the explorer was doing anything self-serving, because the condemned man was unknown to him, not a compatriot and in no way a person who elicited sympathy. The explorer himself had letters of recommendation from high official sources, he had been welcomed here with great courtesy, and the fact that he had been invited to this execution even seemed to indicate that his opinion of this court was desired. Moreover, this was all the more likely since the governor, as he had now heard more than explicitly, was not partial to these proceedings and was almost hostile to the officer.

At that point the explorer heard the officer shout with rage. He had just shoved the felt gag into the condemned man's mouth, not without difficulty, when the condemned man shut his eyes with an uncontrollable urge to vomit, and vomited. Hastily the officer pulled him up and away from the gag, trying to turn his head toward the pit; but it was too late, the filth was already running down the machine. "All the governor's fault!" yelled the officer, beside himself, shaking the brass rods in front, "my machine is getting befouled like a stable." With trembling hands he showed the explorer what had happened. "Haven't I tried for hours on end to get it across to the governor that no more food is to be given a day before the execution? But the new, lenient school of thought is of a different opinion. The governor's ladies stuff the man's mouth with sweets before he's led away. All his life he's lived on stinking fish and now he's got to eat sweets! But

möglich, ich würde nichts einwenden, aber warum schafft man nicht einen neuen Filz an, wie ich ihn seit einem Vierteljahr erbitte. Wie kann man ohne Ekel diesen Filz in den Mund nehmen, an dem mehr als hundert Männer im Sterben gesaugt und gebissen haben?«

Der Verurteilte hatte den Kopf niedergelegt und sah friedlich aus, der Soldat war damit beschäftigt, mit dem Hemd des Verurteilten die Maschine zu putzen. Der Offizier ging zum Reisenden, der in irgendeiner Ahnung einen Schritt zurücktrat, aber der Offizier faßte ihn bei der Hand und zog ihn zur Seite. »Ich will einige Worte im Vertrauen mit Ihnen sprechen«, sagte er, »ich darf das doch?« »Gewiß«, sagte der Reisende und hörte mit gesenkten Augen zu.

»Dieses Verfahren und diese Hinrichtung, die Sie jetzt zu bewundern Gelegenheit haben, hat gegenwärtig in unserer Kolonie keinen offenen Anhänger mehr. Ich bin ihr einziger Vertreter, gleichzeitig der einzige Vertreter des Erbes des alten Kommandanten. An einen weiteren Ausbau des Verfahrens kann ich nicht mehr denken, ich verbrauche alle meine Kräfte, um zu erhalten, was vorhanden ist. Als der alte Kommandant lebte, war die Kolonie von seinen Anhängern voll; die Überzeugungskraft des alten Kommandanten habe ich zum Teil, aber seine Macht fehlt mir ganz; infolgedessen haben sich die Anhänger verkrochen, es gibt noch viele, aber keiner gesteht es ein. Wenn Sie heute, also an einem Hinrichtungstag, ins Teehaus gehen und herumhorchen, werden Sie vielleicht nur zweideutige Äußerungen hören. Das sind lauter Anhänger, aber unter dem gegenwärtigen Kommandanten und bei seinen gegenwärtigen Anschauungen für mich ganz unbrauchbar. Und nun frage ich Sie: Soll wegen dieses Kommandanten und seiner Frauen, die ihn beeinflussen, ein solches Lebenswerk«—er zeigte auf die Maschine—»zugrunde gehen? Darf man das zulassen? Selbst wenn man nur als Fremder ein paar Tage auf unserer Insel ist? Es ist aber keine Zeit zu verlieren, man bereitet etwas gegen meine Gerichtsbarkeit vor; es finden schon Beratungen in der Kommandantur statt, zu denen ich nicht zugezogen werde; sogar Ihr heutiger Besuch scheint mir für die ganze Lage bezeichnend; man ist feig und schickt Sie, einen Fremden, vor.—Wie war die Exekution anders in früherer Zeit! Schon einen Tag vor der Hinrichtung war das ganze Tal von Menschen überfüllt; alle kamen nur um zu sehen; früh am Morgen erschien der Kommandant mit seinen Damen; Fanfaren weckten den ganzen Lagerplatz; ich erstattete die Meldung, daß alles vorbereitet sei; die Gesellschaft—kein hoher Beamte durfte fehlen— ordnete sich um die Maschine; dieser Haufen Rohrsessel ist ein armseliges Überbleibsel aus jener Zeit. Die Maschine glänzte frisch geputzt, fast zu jeder Exekution nahm ich neue Ersatzstücke. Vor

it would still be possible, I'd have no objection, if they only supplied me with a new piece of felt, which I've been requesting for three months now. How can anyone put this felt in his mouth without being disgusted, after more than a hundred men have sucked on it and bitten it while they were dying?"

The condemned man had put his head down and looked peaceful, the soldier was busy cleaning the machine with the condemned man's shirt. The officer walked over to the explorer, who with some sort of foreboding took a step backwards, but the officer took him by the hand and drew him to one side. "I want to say a few words to you in confidence," he said; "that is, if I may?" "Of course," said the explorer, and then listened with lowered eyes.

"This procedure and execution, which you now have the opportunity to admire, are no longer openly supported by any one in our colony at the present time. I am their only spokesman, and at the same time the only spokesman for the old governor's legacy. I can no longer contemplate a further extension of the procedure; I consume all my strength to retain what still exists. While the old governor was alive, the colony was full of his followers; I have some of the old governor's power of persuasion, but I lack his authority entirely; as a consequence, his followers have gone underground; there are still a lot of them, but none of them will admit it. If today—that is, on an execution day—you go into the teahouse and keep your ears open, you will perhaps hear nothing but ambiguous utterances. They are all loyal followers, but under the present governor, with his present views, I can't use them at all. And now I ask you. Is it right that, on account of this governor and his women, who influence him, a life's work like this"—he pointed to the machine—"should be wrecked? Is that to be allowed? Even if someone is a foreigner and only staying on our island for a few days? But there's no time to be lost, preparations are under way to combat my jurisdiction; meetings are already being held in the governor's office in which I am not asked to participate; even your visit today seems to me to be characteristic of the whole situation; they're cowardly and send you, a foreigner, out in advance.—How different the execution was in the old times! A day before the punishment was meted out, the whole valley was already crammed with people; they all came only to watch; early in the morning the governor would arrive with his ladies; fanfares roused the whole encampment; I reported that all was in readiness; the guests—no high official was allowed to be absent—grouped themselves around the machine; this stack of cane-bottomed chairs is a pathetic survival from those days. The machine was freshly polished and gleaming; for almost every execution I put in new spare

Hunderten Augen—alle Zuschauer standen auf den Fußspitzen bis dort zu den Anhöhen—wurde der Verurteilte vom Kommandanten selbst unter die Egge gelegt. Was heute ein gemeiner Soldat tun darf, war damals meine, des Gerichtspräsidenten, Arbeit und ehrte mich. Und nun begann die Exekution! Kein Mißton störte die Arbeit der Maschine. Manche sahen nun gar nicht mehr zu, sondern lagen mit geschlossenen Augen im Sand; alle wußten: Jetzt geschieht Gerechtigkeit. In der Stille hörte man nur das Seufzen des Verurteilten, gedämpft durch den Filz. Heute gelingt es der Maschine nicht mehr, dem Verurteilten ein stärkeres Seufzen auszupressen, als der Filz noch ersticken kann; damals aber tropften die schreibenden Nadeln eine beizende Flüssigkeit aus, die heute nicht mehr verwendet werden darf. Nun, und dann kam die sechste Stunde! Es war unmöglich, allen die Bitte, aus der Nähe zuschauen zu dürfen, zu gewähren. Der Kommandant in seiner Einsicht ordnete an, daß vor allem die Kinder berücksichtigt werden sollten; ich allerdings durfte kraft meines Berufes immer dabeistehen, oft hockte ich dort, zwei kleine Kinder rechts und links in meinen Armen. Wie nahmen wir alle den Ausdruck der Verklärung von dem gemarterten Gesicht, wie hielten wir unsere Wangen in den Schein dieser endlich erreichten und schon vergehenden Gerechtigkeit! Was für Zeiten, mein Kamerad!« Der Offizier hatte offenbar vergessen, wer vor ihm stand; er hatte den Reisenden umarmt und den Kopf auf seine Schulter gelegt. Der Reisende war in großer Verlegenheit, ungeduldig sah er über den Offizier hinweg. Der Soldat hatte die Reinigungsarbeit beendet und jetzt noch aus einer Büchse Reisbrei in den Napf geschüttet. Kaum merkte dies der Verurteilte, der sich schon vollständig erholt zu haben schien, als er mit der Zunge nach dem Brei zu schnappen begann. Der Soldat stieß ihn immer wieder weg, denn der Brei war wohl für eine spätere Zeit bestimmt, aber ungehörig war es jedenfalls auch, daß der Soldat mit seinen schmutzigen Händen hineingriff und vor dem gierigen Verurteilten davon aß.

Der Offizier faßte sich schnell. »Ich wollte Sie nicht etwa rühren«, sagte er, »ich weiß, es ist unmöglich, jene Zeiten heute begreiflich zu machen. Im übrigen arbeitet die Maschine noch und wirkt für sich. Sie wirkt für sich, auch wenn sie allein in diesem Tal steht. Und die Leiche fällt zum Schluß noch immer in dem unbegreiflich sanften Flug in die Grube, auch wenn nicht, wie damals, Hunderte wie Fliegen um die Grube sich versammeln. Damals mußten wir ein starkes Geländer um die Grube anbringen, es ist längst weggerissen.«

Der Reisende wollte sein Gesicht dem Offizier entziehen und blickte ziellos herum. Der Offizier glaubte, er betrachte die Öde des

parts. In front of hundreds of eyes—all the spectators stood
on their toes all the way up to the heights there—the condemned man was placed under the harrow by the governor
himself. What a private soldier is allowed to do today, was
then my task, the chief judge's, and was an honor for me.
And now the execution began! No false note disturbed the
operation of the machine. At this point many people were
no longer watching, but were lying on the sand with closed
eyes; everybody knew: Now justice will be done. In the silence all that could be heard was the condemned man's
sighing, muffled by the felt. Today the machine no longer
manages to squeeze a sigh out of the condemned man that's
loud enough not to be stifled by the felt; but in those days
the writing needles exuded a corrosive fluid that isn't allowed to be used any more. Well, and then the sixth hour
arrived! It was impossible to comply with everyone's request
to watch from up close. The governor in his wisdom ordered
that the children should be considered first and foremost; of
course, thanks to my station, I was always allowed to stay
right there; often I would squat down, holding two small
children in my arms, right and left. How we all captured the
transfigured expression on the tortured face, how we held
our cheeks in the glow of this finally achieved and already
perishing justice! What times those were, my friend!" The
officer had obviously forgotten who was in front of him; he
had embraced the explorer and had laid his head on his
shoulder. The explorer felt extremely awkward, and impa-
tiently looked past the officer. The soldier had finished his
cleaning and had just poured boiled rice into the bowl from
a jar. The condemned man, who seemed to have recovered
completely by this time, had scarcely noticed this when he
began snatching at the rice with his tongue. The soldier kept
pushing him away again, because the rice was meant for a
later time, but surely the soldier also was acting improperly
when he dug into the rice with his dirty hands and ate some
before the eyes of the covetous condemned man.

The officer quickly regained control of himself. "Please
don't think I wanted to play on your sympathy," he said, "I
know it's impossible to make anyone understand those times
today. Anyway, the machine is still working and speaks for
itself. It speaks for itself even when left alone in this valley.
And at the end the corpse still falls into the pit with that
incomprehensibly gentle sweep, even if hundreds of people
are no longer clustered around the pit like flies, as in the
past. Then we had to install a strong railing around the pit;
it was torn down long ago."

The explorer wanted to move his face out of the officer's
gaze, and looked around aimlessly. The officer thought he

Tales; er ergriff deshalb seine Hände, drehte sich um ihn, um seine Blicke zu erfassen, und fragte:»Merken Sie die Schande?«

Aber der Reisende schwieg. Der Offizier ließ für ein Weilchen von ihm ab; mit auseinandergestellten Beinen, die Hände in den Hüften, stand er still und blickte zu Boden. Dann lächelte er dem Reisenden aufmunternd zu und sagte:»Ich war gestern in Ihrer Nähe, als der Kommandant Sie einlud. Ich hörte die Einladung. Ich kenne den Kommandanten. Ich verstand sofort, was er mit der Einladung bezweckte. Trotzdem seine Macht groß genug wäre, um gegen mich einzuschreiten, wagt er es noch nicht, wohl aber will er mich Ihrem, dem Urteil eines angesehenen Fremden aussetzen. Seine Berechnung ist sorgfältig; Sie sind den zweiten Tag auf der Insel, Sie kannten den alten Kommandanten und seinen Gedankenkreis nicht, Sie sind in europäischen Anschauungen befangen, vielleicht sind Sie ein grundsätzlicher Gegner der Todesstrafe im allgemeinen und einer derartigen maschinellen Hinrichtungsart im besonderen, Sie sehen überdies, wie die Hinrichtung ohne öffentliche Anteilnahme, traurig, auf einer bereits etwas beschädigten Maschine vor sich geht—wäre es nun, alles dieses zusammengenommen (so denkt der Kommandant), nicht sehr leicht möglich, daß Sie mein Verfahren nicht für richtig halten? Und wenn Sie es nicht für richtig halten, werden Sie dies (ich rede noch immer im Sinne des Kommandanten) nicht verschweigen, denn Sie vertrauen doch gewiß Ihren vielerprobten Überzeugungen. Sie haben allerdings viele Eigentümlichkeiten vieler Völker gesehen und achten gelernt, Sie werden daher wahrscheinlich sich nicht mit ganzer Kraft, wie Sie es vielleicht in Ihrer Heimat tun würden, gegen das Verfahren aussprechen. Aber dessen bedarf der Kommandant gar nicht. Ein flüchtiges, ein bloß unvorsichtiges Wort genügt. Es muß gar nicht Ihrer Überzeugung entsprechen, wenn es nur scheinbar seinem Wunsche entgegenkommt. Daß er Sie mit aller Schlauheit ausfragen wird, dessen bin ich gewiß. Und seine Damen werden im Kreis herumsitzen und die Ohren spitzen; Sie werden etwa sagen: ›Bei uns ist das Gerichtsverfahren ein anderes‹, oder ›Bei uns wird der Angeklagte vor dem Urteil verhört‹, oder ›Bei uns gibt es auch andere Strafen als Todesstrafen‹, oder ›Bei uns gab es Folterungen nur im Mittelalter‹. Das alles sind Bemerkungen, die ebenso richtig sind, als sie Ihnen selbstverständlich erscheinen, unschuldige Bemerkungen, die mein Verfahren nicht antasten. Aber wie wird sie der Kommandant aufnehmen? Ich sehe ihn, den guten Kommandanten, wie er sofort den Stuhl beiseite schiebt und auf den Balkon eilt, ich sehe seine Damen, wie sie ihm nachströmen, ich höre seine Stimme—die Damen nennen sie eine Donnerstimme—,

was contemplating the barrenness of the valley; and so he took his hands, stepped around him to make their eyes meet, and asked: "Do you observe the disgrace?"

But the explorer remained silent. For a while the officer let him alone; with legs planted far apart, his hands on his hips, he stood quietly looking at the ground. Then he smiled at the explorer encouragingly and said: "I was near you yesterday when the governor invited you. I heard the invitation. I know the governor. I immediately understood his purpose in inviting you. Even though his authority may be great enough for him to take steps against me, he still doesn't dare to, but instead he wishes to expose me to your opinion, that of a highly esteemed foreign visitor. He worked it out carefully; this is your second day on the island, you didn't know the old governor and his philosophy, you are prejudiced by European points of view, perhaps you are an opponent on principle of any kind of capital punishment, and of this kind of execution by machine in particular; furthermore, you observe that the execution is performed without the participation of the public, in a dismal atmosphere, on a machine that is already somewhat damaged—now, taking all this together, thinks the governor, wouldn't it be quite possible for you to consider my procedure incorrect? And if you consider it incorrect (I'm still stating the governor's train of thought), you won't keep silent about it, because you must surely trust your tried-and-true convictions. Of course, you've seen and learned to respect many peculiar customs of many nations, and so probably you won't come out against the procedure as openly as you might do at home. But the governor doesn't need that much. A hasty word, merely a careless word, is enough. It doesn't have to be rooted in your convictions, if only it apparently suits his purposes. I'm sure he's going to question you as shrewdly as possible. And his ladies will sit around in a circle, pricking up their ears; you'll say something like 'In our country the judicial procedure is different' or 'In our country the defendant is interrogated before the sentence' or 'In our country there are punishments other than capital punishment' or 'In our country torture was used only in the Middle Ages.' Those are all remarks that are just as correct as they seem self-evident to you, innocent remarks that do not impugn my procedure. But how will the governor take them? I can see him, the good governor, immediately pushing his chair aside and dashing onto the balcony, I can see his ladies pouring after him, I can now hear his voice—his ladies call it a voice of thunder—as he says: 'A great Occidental ex-

nun, und er spricht: ›Ein großer Forscher des Abendlandes, dazu bestimmt, das Gerichtsverfahren in allen Ländern zu überprüfen, hat eben gesagt, daß unser Verfahren nach altem Brauch ein unmenschliches ist. Nach diesem Urteil einer solchen Persönlichkeit ist es mir natürlich nicht mehr möglich, dieses Verfahren zu dulden. Mit dem heutigen Tage also ordne ich an—und so weiter.‹ Sie wollen eingreifen, Sie haben nicht das gesagt, was er verkündet, Sie haben mein Verfahren nicht unmenschlich genannt, im Gegenteil, Ihrer tiefen Einsicht entsprechend, halten Sie es für das menschlichste und menschenwürdigste, Sie bewundern auch diese Maschinerie— aber es ist zu spät; Sie kommen gar nicht auf den Balkon, der schon voll Damen ist; Sie wollen sich bemerkbar machen; Sie wollen schreien; aber eine Damenhand hält Ihnen den Mund zu—und ich und das Werk des alten Kommandanten sind verloren.«

Der Reisende mußte ein Lächeln unterdrücken; so leicht war also die Aufgabe, die er für so schwer gehalten hatte. Er sagte ausweichend:»Sie überschätzen meinen Einfluß; der Kommandant hat mein Empfehlungsschreiben gelesen, er weiß, daß ich kein Kenner der gerichtlichen Verfahren bin. Wenn ich eine Meinung aussprechen würde, so wäre es die Meinung eines Privatmannes, um nichts bedeutender als die Meinung eines beliebigen anderen, und jedenfalls viel bedeutungsloser als die Meinung des Kommandanten, der in dieser Strafkolonie, wie ich zu wissen glaube, sehr ausgedehnte Rechte hat. Ist seine Meinung über dieses Verfahren eine so bestimmte, wie Sie glauben, dann, fürchte ich, ist allerdings das Ende dieses Verfahrens gekommen, ohne daß es meiner bescheidenen Mithilfe bedürfte.«

Begriff es schon der Offizier? Nein, er begriff noch nicht. Er schüttelte lebhaft den Kopf, sah kurz nach dem Verurteilten und dem Soldaten zurück, die zusammenzuckten und vom Reis abließen, ging ganz nahe an den Reisenden heran, blickte ihm nicht ins Gesicht, sondern irgendwohin auf seinen Rock und sagte leiser als früher: »Sie kennen den Kommandanten nicht; Sie stehen ihm und uns allen—verzeihen Sie den Ausdruck—gewissermaßen harmlos gegenüber; Ihr Einfluß, glauben Sie mir, kann nicht hoch genug eingeschätzt werden. Ich war ja glückselig, als ich hörte, daß Sie allein der Exekution beiwohnen sollten. Diese Anordnung des Kommandanten sollte mich treffen, nun aber wende ich sie zu meinen Gunsten. Unabgelenkt von falschen Einflüsterungen und verächtlichen Blicken—wie sie bei größerer Teilnahme an der Exekution nicht hätten vermieden werden können—haben Sie meine Erklärungen angehört, die Maschine gesehen und sind nun im

plorer, sent to investigate judicial procedure all over the world, has just said that our old traditional procedure is inhumane. After this judgment by such a personality, it is naturally impossible for me to tolerate this procedure any longer. As of this date, therefore, I decree—and so on.' You will want to intervene, you didn't say what he is proclaiming, you didn't call my procedure inhumane; on the contrary, in accordance with your profoundest insight, you consider it the most humane and the most fitting for human society, you also admire this machinery—but it's too late; you can't get onto the balcony, which is already full of ladies; you want to call attention to yourself; you want to shout; but a lady's hand shuts your mouth—and I and the achievement of the old governor are lost."

The explorer had to suppress a smile; the task he had considered so hard was thus so easy. He said evasively: "You overestimate my influence; the governor read my letter of recommendation, he knows I'm not an expert on judicial procedure. If I were to express an opinion, it would be the opinion of a private person, no more significant than any-one else's opinion, and at any rate much more insignificant than the opinion of the governor, who, if I'm not misin-formed, has very wide-ranging powers in this penal colony. If his opinion of this procedure is as unshakable as you believe, then I'm afraid the end of this procedure has come anyway, without the need of my modest cooperation."

Did the officer understand by this time? No, he still didn't understand. He shook his head vigorously, cast a brief glance back at the condemned man and the soldier, who winced and left the rice alone; then he stepped up close to the explorer, looking not at his face but at a random area of his jacket, and said, more softly than before: "You don't know the governor; to some extent—please forgive the expres-sion—you're an innocent in comparison with him and all of us; believe me, your influence cannot be rated highly enough. In fact, I was overjoyed when I heard that you were to attend the execution alone. That order of the governor's was di-rected against me, but now I'm turning it around in my favor. Undistracted by false insinuations and contemptuous glances—which couldn't have been avoided if more people had participated in the execution—you have listened to my explanations, you have seen the machine and you are now

Begriffe, die Exekution zu besichtigen. Ihr Urteil steht gewiß schon fest; sollten noch kleine Unsicherheiten bestehen, so wird sie der Anblick der Exekution beseitigen. Und nun stelle ich an Sie die Bitte: helfen Sie mir gegenüber dem Kommandanten!«

Der Reisende ließ ihn nicht weiterreden. »Wie könnte ich denn das«, rief er aus, »das ist ganz unmöglich. Ich kann Ihnen ebensowenig nützen, als ich Ihnen schaden kann.«

»Sie können es«, sagte der Offizier. Mit einiger Befürchtung sah der Reisende, daß der Offizier die Fäuste ballte. »Sie können es«, wiederholte der Offizier noch dringender. »Ich habe einen Plan, der gelingen muß. Sie glauben, Ihr Einfluß genüge nicht. Ich weiß, daß er genügt. Aber zugestanden, daß Sie recht haben, ist es denn nicht notwendig, zur Erhaltung dieses Verfahrens alles, selbst das möglicherweise Unzureichende zu versuchen? Hören Sie also meinen Plan. Zu seiner Ausführung ist es vor allem nötig, daß Sie heute in der Kolonie mit Ihrem Urteil über das Verfahren möglichst zurückhalten. Wenn man Sie nicht geradezu fragt, dürfen Sie sich keinesfalls äußern; Ihre Äußerungen aber müssen kurz und unbestimmt sein; man soll merken, daß es Ihnen schwer wird, darüber zu sprechen, daß Sie verbittert sind, daß Sie, falls Sie offen reden sollten, geradezu in Verwünschungen ausbrechen müßten. Ich verlange nicht, daß Sie lügen sollen; keineswegs; Sie sollen nur kurz antworten, etwa: ›Ja, ich habe die Exekution gesehen‹, oder ›Ja, ich habe alle Erklärungen gehört.‹ Nur das, nichts weiter. Für die Verbitterung, die man Ihnen anmerken soll, ist ja genügend Anlaß, wenn auch nicht im Sinne des Kommandanten. Er natürlich wird es vollständig mißverstehen und in seinem Sinne deuten. Darauf gründet sich mein Plan. Morgen findet in der Kommandantur unter dem Vorsitz des Kommandanten eine große Sitzung aller höheren Verwaltungsbeamten statt. Der Kommandant hat es natürlich verstanden, aus solchen Sitzungen eine Schaustellung zu machen. Es wurde eine Galerie gebaut, die mit Zuschauern immer besetzt ist. Ich bin gezwungen, an den Beratungen teilzunehmen, aber der Widerwille schüttelt mich. Nun werden Sie gewiß auf jeden Fall zu der Sitzung eingeladen werden; wenn Sie sich heute meinem Plane gemäß verhalten, wird die Einladung zu einer dringenden Bitte werden. Sollten Sie aber aus irgendeinem unerfindlichen Grunde doch nicht eingeladen werden, so müßten Sie allerdings die Einladung verlangen; daß Sie sie dann erhalten, ist zweifellos. Nun sitzen Sie also morgen mit den Damen in der Loge des Kommandanten. Er versichert sich öfters durch Blicke nach oben, daß Sie da sind. Nach verschiedenen gleichgültigen, lächerlichen, nur für die

about to view the execution. Certainly your opinion has been formed; if some small uncertainties still persist, the sight of the execution will remove them. And now I request of you: help me in my dealings with the governor!"

The explorer wouldn't let him continue. "How could I?" he exclaimed, "it's altogether impossible. I can't help you any more than I can harm you."

"Yes, you can," said the officer. With some alarm the explorer saw that the officer was clenching his fists. "Yes, you can," the officer repeated even more urgently. "I have a plan that can't fail. You think your influence isn't enough. I know that it *is* enough. But even granting that you're right, isn't it still necessary to try everything, even measures that are inadequate, in order to preserve this procedure? So listen to my plan. To carry it out, it's necessary above all for you to conceal your opinion of the procedure as much as possible in the colony today. If you're not actually asked, you must by no means make a statement; but if you do make statements, they must be brief and vague; people should notice that it's hard for you to talk about it, that you're bitter, that, in case you were to speak openly, you would actually break out into curses. I'm not asking you to lie; not a bit; you should merely make brief replies, such as 'Yes, I saw the execution' or 'Yes, I heard all the explanations.' Only that, nothing more. Of course, there's enough reason for the resentment that people must see in you, even if it's not in the way the governor thinks. Naturally, he will misunderstand it completely and interpret it in his own fashion. That's the basis of my plan. Tomorrow in the government building, under his chairmanship, a big meeting of all the top administration officials will take place. Naturally, the governor has managed to turn such meetings into a show. A gallery has been built that's always full of spectators. I am compelled to take part in the deliberations, but I tremble with repugnance. Now, in any case, you will surely be invited to the meeting; if you behave today in accordance with my plan, the invitation will become an urgent request. But if, for some inconceivable reason, you're not invited after all, you will have to ask for an invitation; there's no doubt you'll get it then. So then, tomorrow you are sitting with the ladies in the governor's box. He looks upward again and again to make sure you're there. After various indifferent, ridiculous items on the agenda that are

Zuhörer berechneten Verhandlungsgegenständen—meistens sind es Hafenbauten, immer wieder Hafenbauten!—kommt auch das Gerichtsverfahren zur Sprache. Sollte es von seiten des Kommandanten nicht oder nicht bald genug geschehen, so werde ich dafür sorgen, daß es geschieht. Ich werde aufstehen und die Meldung von der heutigen Exekution erstatten. Ganz kurz, nur diese Meldung. Eine solche Meldung ist zwar dort nicht üblich, aber ich tue es doch. Der Kommandant dankt mir, wie immer, mit freundlichem Lächeln, und nun, er kann sich nicht zurückhalten, erfaßt er die gute Gelegenheit. ›Es wurde eben‹, so oder ähnlich wird er sprechen, ›die Meldung von der Exekution erstattet. Ich möchte dieser Meldung nur hinzufügen, daß gerade dieser Exekution der große Forscher beigewohnt hat, von dessen unsere Kolonie so außerordentlich ehrenden Besuch Sie alle wissen. Auch unsere heutige Sitzung ist durch seine Anwesenheit in ihrer Bedeutung erhöht. Wollen wir nun nicht an diesen großen Forscher die Frage richten, wie er die Exekution nach altem Brauch und das Verfahren, das ihr vorausgeht, beurteilt?‹ Natürlich überall Beifallklatschen, allgemeine Zustimmung, ich bin der lauteste. Der Kommandant verbeugt sich vor Ihnen und sagt: ›Dann stelle ich im Namen aller die Frage.‹ Und nun treten Sie an die Brüstung. Legen Sie die Hände für alle sichtbar hin, sonst fassen sie die Damen und spielen mit den Fingern.—Und jetzt kommt endlich Ihr Wort. Ich weiß nicht, wie ich die Spannung der Stunden bis dahin ertragen werde. In Ihrer Rede müssen Sie sich keine Schranken setzen, machen Sie mit der Wahrheit Lärm, beugen Sie sich über die Brüstung, brüllen Sie, aber ja, brüllen Sie dem Kommandanten Ihre Meinung, Ihre unerschütterliche Meinung zu. Aber vielleicht wollen Sie das nicht, es entspricht nicht Ihrem Charakter, in Ihrer Heimat verhält man sich vielleicht in solchen Lagen anders, auch das ist richtig, auch das genügt vollkommen, stehen Sie gar nicht auf, sagen Sie nur ein paar Worte, flüstern Sie sie, daß sie gerade noch die Beamten unter Ihnen hören, es genügt, Sie müssen gar nicht selbst von der mangelnden Teilnahme an der Exekution, von dem kreischenden Rad, dem zerrissenen Riemen, dem widerlichen Filz reden, nein, alles Weitere übernehme ich, und, glauben Sie, wenn meine Rede ihn nicht aus dem Saale jagt, so wird sie ihn auf die Knie zwingen, daß er bekennen muß: Alter Kommandant, vor dir beuge ich mich.—Das ist mein Plan; wollen Sie mir zu seiner Ausführung helfen? Aber natürlich wollen Sie, mehr als das, Sie müssen.« Und der Offizier faßt den Reisenden an beiden Armen und sah ihm schwer atmend ins Gesicht. Die letzten Sätze hatte er so geschrien, daß selbst der Soldat und der Verurteilte

just sops for the audience—generally, harbor construction, always harbor construction!—the legal procedure comes up for discussion, too. If it isn't mentioned, or isn't mentioned soon enough, by the governor, I'll make sure that it gets mentioned. I'll stand up and make my report on today's execution. A very brief speech, nothing but the report. True, a report of that nature isn't customary, but I'll make it. The governor thanks me, as always, with a friendly smile, and then he isn't able to restrain himself, he seizes the favorable opportunity. 'Just now,' he'll say, or words to that effect, 'the report on the execution has been made. I would merely like to add to this report the fact that the great explorer whose visit, which honors our colony so immensely, you all know about, was present at that very execution. Our meeting today is also made more significant by his presence. Now, shall we not ask this great explorer for his opinion of this old, traditional style of execution and of the proceedings that lead up to it?' Everyone naturally applauds to indicate approval and general consent, I loudest of all. The governor bows to you and says: 'Then, in the name of all assembled here, I pose the question.' And now you walk up to the railing. Place your hands where everyone can see them, or else the ladies will take hold of them and play with your fingers.—And now finally comes your speech. I don't know how I'll bear the suspense of the hours till then. In your talk you mustn't keep within any bounds; shout out the truth; lean over the railing; roar, yes, roar your opinion, your unalterable opinion, at the governor. But perhaps you don't want to, it doesn't suit your nature, perhaps in your country behavior in such situations is different; that's all right, too, even that is perfectly satisfactory; don't stand up at all, say only a few words, whisper them, so that only the officials right below you can hear; that's enough; you yourself don't need to speak about the lack of attendance at the execution, the squeaking cogwheel, the torn strap, the disgusting felt gag; no, I'll pick up on all the rest, and, trust me, if my speech doesn't actually drive him out of the room, at least it will bring him to his knees, so he'll have to avow: 'Old governor, I bow down before you.'—That's my plan; are you willing to help me carry it out? But of course you're willing; what's more, you must." And the officer grasped the explorer by both arms and looked him in the face, breathing heavily. He had shouted the last few sentences so loud that even the

aufmerksam geworden waren; trotzdem sie nichts verstehen konnten, hielten sie doch im Essen inne und sahen kauend zum Reisenden hinüber.

Die Antwort, die er zu geben hatte, war für den Reisenden von allem Anfang an zweifellos; er hatte in seinem Leben zu viel erfahren, als daß er hier hätte schwanken können; er war im Grunde ehrlich und hatte keine Furcht. Trotzdem zögerte er jetzt im Anblick des Soldaten und des Verurteilten einen Atemzug lang. Schließlich aber sagte er, wie er mußte:»Nein.« Der Offizier blinzelte mehrmals mit den Augen, ließ aber keinen Blick von ihm.»Wollen Sie eine Erklärung?« fragte der Reisende. Der Offizier nickte stumm.»Ich bin ein Gegner dieses Verfahrens«, sagte nun der Reisende,»noch ehe Sie mich ins Vertrauen zogen—dieses Vertrauen werde ich natürlich unter keinen Umständen mißbrauchen—habe ich schon überlegt, ob ich berechtigt wäre, gegen dieses Verfahren einzuschreiten und ob mein Einschreiten auch nur eine kleine Aussicht auf Erfolg haben könnte. An wen ich mich dabei zuerst wenden müßte, war mir klar: an den Kommandanten natürlich. Sie haben es mir noch klarer gemacht, ohne aber etwa meinen Entschluß erst befestigt zu haben, im Gegenteil, Ihre ehrliche Überzeugung geht mir nahe, wenn sie mich auch nicht beirren kann.«

Der Offizier blieb stumm, wendete sich der Maschine zu, faßte eine der Messingstangen und sah dann, ein wenig zurückgebeugt, zum Zeichner hinauf, als prüfe er, ob alles in Ordnung sei. Der Soldat und der Verurteilte schienen sich miteinander befreundet zu haben; der Verurteilte machte, so schwierig dies bei der festen Einschnallung durchzuführen war, dem Soldaten Zeichen; der Soldat beugte sich zu ihm; der Verurteilte flüsterte ihm etwas zu, und der Soldat nickte.

Der Reisende ging dem Offizier nach und sagte:»Sie wissen noch nicht, was ich tun will. Ich werde meine Ansicht über das Verfahren dem Kommandanten zwar sagen, aber nicht in einer Sitzung, sondern unter vier Augen; ich werde auch nicht so lange hier bleiben, daß ich irgendeiner Sitzung beigezogen werden könnte; ich fahre schon morgen früh weg oder schiffe mich wenigstens ein.« Es sah nicht aus, als ob der Offizier zugehört hätte.»Das Verfahren hat Sie also nicht überzeugt«, sagte er für sich und lächelte, wie ein Alter über den Unsinn eines Kindes lächelt und hinter dem Lächeln sein eigenes wirkliches Nachdenken behält.

»Dann ist es also Zeit«, sagte er schließlich und blickte plötzlich mit hellen Augen, die irgendeine Aufforderung, irgendeinen Aufruf zur Beteiligung enthielten, den Reisenden an.

soldier and the condemned man had had their attention aroused; even though they couldn't understand any of it, still they stopped eating and looked over at the explorer as they chewed.

The answer he had to give was unequivocal for the explorer from the very outset; he had experienced too much in his life for him to possibly waver now; he was basically honest and he was fearless. Nevertheless he now hesitated for the space of a moment at the sight of the soldier and the condemned man. But finally he said as he had to: "No." The officer blinked his eyes several times, but didn't avert his gaze from him. "Do you want an explanation?" the explorer asked. The officer nodded in silence. "I'm an opponent of this procedure," the explorer now said; "even before you took me into your confidence—naturally, under no circumstances will I abuse that confidence—I had already considered whether I had any right to take steps against this procedure, and whether my intervention could have even a small chance of succeeding. It was clear to me whom I should turn to first if I wanted to do this: to the governor, of course. You made that even clearer to me, but you didn't plant the seeds of my decision; on the contrary, I sincerely respect your honest conviction, even if it can't lead me astray."

The officer remained silent, turned toward the machine, grasped one of the brass rods and then, bending backwards a little, looked up at the sketcher as if to check whether everything was in order. The soldier and the condemned man seemed to have become friends; difficult as it was to accomplish, being strapped in as tightly as he was, the condemned man made signs to the soldier; the soldier leaned over toward him; the condemned man whispered something to him, and the soldier nodded.

The explorer walked after the officer and said: "You still don't know what I intend to do. Yes, I'll give the governor my views about the procedure, but personally, not at an open meeting; furthermore, I won't be staying here long enough to be drawn into any meeting; by tomorrow morning I'll be sailing away or at least boarding the ship." It didn't look as if the officer had been listening. "So the procedure didn't win you over," he said to himself, and smiled, the way an old man smiles at a child's silliness while pursuing his own real thoughts behind the smile.

"Well, then, it's time," he finally said, and suddenly looked at the explorer with bright eyes that communicated some invitation, some summons to participate.

»Wozu ist es Zeit?« fragte der Reisende unruhig, bekam aber keine Antwort.

»Du bist frei«, sagte der Offizier zum Verurteilten in dessen Sprache. Dieser glaubte es zuerst nicht. »Nun, frei bist du«, sagte der Offizier. Zum erstenmal bekam das Gesicht des Verurteilten wirkliches Leben. War es Wahrheit? War es nur eine Laune des Offiziers, die vorübergehen konnte? Hatte der fremde Reisende ihm Gnade erwirkt? Was war es? So schien sein Gesicht zu fragen. Aber nicht lange. Was immer es sein mochte, er wollte, wenn er durfte, wirklich frei sein und er begann sich zu rütteln, soweit es die Egge erlaubte.

»Du zerreißt mir die Riemen«, schrie der Offizier, »sei ruhig! Wir öffnen sie schon.« Und er machte sich mit dem Soldaten, dem er ein Zeichen gab, an die Arbeit. Der Verurteilte lachte ohne Worte leise vor sich hin, bald wendete er das Gesicht links zum Offizier, bald rechts zum Soldaten, auch den Reisenden vergaß er nicht.

»Zieh ihn heraus«, befahl der Offizier dem Soldaten. Es mußte hiebei wegen der Egge einige Vorsicht angewendet werden. Der Verurteilte hatte schon infolge seiner Ungeduld einige kleine Rißwunden auf dem Rücken. Von jetzt ab kümmerte sich aber der Offizier kaum mehr um ihn. Er ging auf den Reisenden zu, zog wieder die kleine Ledermappe hervor, blätterte in ihr, fand schließlich das Blatt, das er suchte, und zeigte es dem Reisenden. »Lesen Sie«, sagte er. »Ich kann nicht«, sagte der Reisende, »ich sagte schon, ich kann diese Blätter nicht lesen.« »Sehen Sie das Blatt doch genau an«, sagte der Offizier und trat neben den Reisenden, um mit ihm zu lesen. Als auch das nichts half, fuhr er mit dem kleinen Finger in großer Höhe, als dürfe das Blatt auf keinen Fall berührt werden, über das Papier hin, um auf diese Weise dem Reisenden das Lesen zu erleichtern. Der Reisende gab sich auch Mühe, um wenigstens darin dem Offizier gefällig sein zu können, aber es war ihm unmöglich. Nun begann der Offizier die Aufschrift zu buchstabieren und dann las er sie noch einmal im Zusammenhang. » ›Sei gerecht!‹— heißt es«, sagte er, »jetzt können Sie es doch lesen.« Der Reisende beugte sich so tief über das Papier, daß der Offizier aus Angst vor einer Berührung es weiter entfernte; nun sagte der Reisende zwar nichts mehr, aber es war klar, daß er es noch immer nicht hatte lesen können. » ›Sei gerecht!‹—heißt es«, sagte der Offizier nochmals. »Mag sein«, sagte der Reisende, »ich glaube es, daß es dort steht.« »Nun gut«, sagte der Offizier, wenigstens teilweise befriedigt, und stieg mit dem Blatt auf die Leiter; er bettete das Blatt mit großer Vorsicht im Zeichner und ordnete das Räderwerk scheinbar gänzlich um; es war eine sehr mühselige Arbeit, es mußte sich auch um ganz

"Time for what?" asked the explorer uneasily, but received no reply.

"You're free," the officer said to the condemned man in the man's language. At first the man didn't believe it. "Well, you're free," said the officer. For the first time the condemned man's face showed real signs of life. Was it true? Was it only a caprice of the officer that might be only temporary? Had the foreign explorer won him a pardon? What was it? Those were the questions visible in his face. But not for long. Whatever the case might be, he wanted to be really free if he could, and he began to squirm, to the extent that the harrow would permit him to.

"You'll rip the straps on me," shouted the officer; "lie still! We're opening them now." And, along with the soldier, to whom he signaled, he set to work. The condemned man laughed quietly and wordlessly to himself; now he would turn his face to the officer on his left, now to the soldier on his right, nor did he forget the explorer.

"Pull him out," the officer ordered the soldier. To do this, some precautions had to be taken because of the harrow. As a result of his impatience the condemned man already had a few small scratches on his back. But, from this point on, the officer hardly gave him another thought. He walked up to the explorer, drew out the little leather wallet again, leafed through it, finally found the sheet he was looking for and showed it to the explorer. "Read it," he said. "I can't" said the explorer, "I've already told you I can't read these sheets." "But look at the sheet closely," said the officer, and stepped right next to the explorer to read along with him. When even that didn't help, he moved his little finger over the paper—but high above it, as if the sheet was in no case to be touched—in order to make it easier for the explorer to read. The explorer also made an effort, so that he could at least be obliging to the officer in this matter, but it was impossible. Now the officer began to spell out the inscription, and then he read it once more straight through. "It says 'Be just!' " he said, "now surely you can read it." The explorer bent so low over the paper that the officer moved it further away, fearing he might touch it; now the explorer said no more, but it was obvious that he still hadn't been able to read it. "It says 'Be just!' " the officer said again. "Could be," said the explorer, "I take your word for it." "Good," said the officer, at least partially contented, and, holding the sheet, stepped onto the ladder; with great care he inserted the sheet into the sketcher, apparently making a total rearrangement of the wheels; it was a very painstaking

kleine Räder handeln, manchmal verschwand der Kopf des Offiziers völlig im Zeichner, so genau mußte er das Räderwerk untersuchen. Der Reisende verfolgte von unten diese Arbeit ununterbrochen, der Hals wurde ihm steif, und die Augen schmerzten ihn von dem mit Sonnenlicht überschütteten Himmel. Der Soldat und der Verurteilte waren nur miteinander beschäftigt. Das Hemd und die Hose des Verurteilten, die schon in der Grube lagen, wurden vom Soldaten mit der Bajonettspitze herausgezogen. Das Hemd war entsetzlich schmutzig, und der Verurteilte wusch es in dem Wasserkübel. Als er dann Hemd und Hose anzog, mußte der Soldat wie der Verurteilte laut lachen, denn die Kleidungsstücke waren doch hinten entzweigeschnitten. Vielleicht glaubte der Verurteilte, verpflichtet zu sein, den Soldaten zu unterhalten, er drehte sich in der zerschnittenen Kleidung im Kreise vor dem Soldaten, der auf dem Boden hockte und lachend auf seine Knie schlug. Immerhin bezwangen sie sich noch mit Rücksicht auf die Anwesenheit der Herren.

Als der Offizier oben endlich fertiggeworden war, überblickte er noch einmal lächelnd das Ganze in allen seinen Teilen, schlug diesmal den Deckel des Zeichners zu, der bisher offen gewesen war, stieg hinunter, sah in die Grube und dann auf den Verurteilten, merkte befriedigt, daß dieser seine Kleidung herausgenommen hatte, ging dann zu dem Wasserkübel, um die Hände zu waschen, erkannte zu spät den widerlichen Schmutz, war traurig darüber, daß er nun die Hände nicht waschen konnte, tauchte sie schließlich—dieser Ersatz genügte ihm nicht, aber er mußte sich fügen—in den Sand, stand dann auf und begann seinen Uniformrock aufzuknöpfen. Hierbei fielen ihm zunächst die zwei Damentaschentücher, die er hinter den Kragen gezwängt hatte, in die Hände. »Hier hast du deine Taschentücher«, sagte er und warf sie dem Verurteilten zu. Und zum Reisenden sagte er erklärend: »Geschenke der Damen.«

Trotz der offenbaren Eile, mit der er den Uniformrock auszog und sich dann vollständig entkleidete, behandelte er doch jedes Kleidungsstück sehr sorgfältig, über die Silberschnüre an seinem Waffenrock strich er sogar eigens mit den Fingern hin und schüttelte eine Troddel zurecht. Wenig paßte es allerdings zu dieser Sorgfalt, daß er, sobald er mit der Behandlung eines Stückes fertig war, es dann sofort mit einem unwilligen Ruck in die Grube warf. Das letzte, was ihm übrigblieb, war sein kurzer Degen mit dem Tragriemen. Er zog den Degen aus der Scheide, zerbrach ihn, faßte dann alles zusammen, die Degenstücke, die Scheide und den Riemen, und warf es so heftig weg, daß es unten in der Grube aneinanderklang.

task; very small wheels must also have been involved; at times the officer's head disappeared in the sketcher altogether, because he had to examine the wheels so closely.

The explorer watched this labor from below without a pause; his neck grew stiff and his eyes hurt from the sunlight that streamed all over the sky. The soldier and the condemned man were occupied only with each other. The condemned man's shirt and trousers, which were already in the pit, were fished out by the soldier on the point of his bayonet. The shirt was horribly filthy, and the condemned man washed it in the bucket of water. When he put on the shirt and trousers, both the solder and the condemned man had to laugh out loud, because, after all, the garments were cut in two in the back. Perhaps the condemned man felt obligated to entertain the soldier; in his cut-up clothes he turned around in a circle in front of the soldier, who squatted on the ground and slapped his knees as he laughed. Nevertheless, they still controlled themselves out of regard for the gentlemen's presence.

When the officer was finally finished up above, he once more surveyed the whole thing in every detail, smiling all the while; now he closed the cover of the sketcher, which had been opened up till then, climbed down, looked into the pit and then at the condemned man, noticed with satisfaction that he had taken his clothing out, then went to the bucket of water to wash his hands, realized too late how loathsomely filthy it now was, was sad about not being able to wash his hands, finally dipped them in the sand—he found this substitute inadequate but he had to make do with it— then stood up and started to unbutton his uniform jacket. As he did so, the two lady's handkerchiefs he had crammed behind his collar fell into his hands right away. "Here are your handkerchiefs for you," he said, throwing them to the condemned man. And to the explorer he said, by way of explanation, "Gifts from the ladies."

Despite the obvious haste with which he took off his jacket and then stripped completely, he nevertheless handled each garment very carefully; he even expressly ran his fingers over the silver braid on his jacket and shook a tassel back into place. It seemed inconsistent with this care, however, that, as soon as he was through handling a garment, he immediately threw in into the pit with an angry jerk. The last thing left to him was his short sword with its belt. He drew the sword from its sheath, broke it, then gathered everything together in his hand, the pieces of the sword, the sheath and the belt, and threw them away so violently that they clattered together down in the pit.

Nun stand er nackt da. Der Reisende biß sich auf die Lippen und sagte nichts. Er wußte zwar, was geschehen würde, aber er hatte kein Recht, den Offizier an irgend etwas zu hindern. War das Gerichtsverfahren, an dem der Offizier hing, wirklich so nahe daran, behoben zu werden—möglicherweise infolge des Einschreitens des Reisenden, zu dem sich dieser seinerseits verpflichtet fühlte—dann handelte jetzt der Offizier vollständig richtig; der Reisende hätte an seiner Stelle nicht anders gehandelt.

Der Soldat und der Verurteilte verstanden zuerst nichts, sie sahen anfangs nicht einmal zu. Der Verurteilte war sehr erfreut darüber, die Taschentücher zurückerhalten zu haben, aber er durfte sich nicht lange an ihnen freuen, denn der Soldat nahm sie ihm mit einem raschen, nicht vorherzusehenden Griff. Nun versuchte wieder der Verurteilte, dem Soldaten die Tücher hinter dem Gürtel, hinter dem er sie verwahrt hatte, hervorzuziehen, aber der Soldat war wachsam. So stritten sie in halbem Scherz. Erst als der Offizier vollständig nackt war, wurden sie aufmerksam. Besonders der Verurteilte schien von der Ahnung irgendeines großen Umschwungs getroffen zu sein. Was ihm geschehen war, geschah nun dem Offizier. Vielleicht würde es so bis zum Äußersten gehen. Wahrscheinlich hatte der fremde Reisende den Befehl dazu gegeben. Das war also Rache. Ohne selbst bis zum Ende gelitten zu haben, wurde er doch bis zum Ende gerächt. Ein breites, lautloses Lachen erschien nun auf seinem Gesicht und verschwand nicht mehr.

Der Offizier aber hatte sich der Maschine zugewendet. Wenn es schon früher deutlich gewesen war, daß er die Maschine gut verstand, so konnte es jetzt einen fast bestürzt machen, wie er mit ihr umging und wie sie gehorchte. Er hatte die Hand der Egge nur genähert, und sie hob und senkte sich mehrmals, bis sie die richtige Lage erreicht hatte, um ihn zu empfangen; er faßte das Bett nur am Rande, und es fing schon zu zittern an; der Filzstumpf kam seinem Mund entgegen, man sah, wie der Offizier ihn eigentlich nicht haben wollte, aber das Zögern dauerte nur einen Augenblick, gleich fügte er sich und nahm ihn auf. Alles war bereit, nur die Riemen hingen noch an den Seiten hinunter, aber sie waren offenbar unnötig, der Offizier mußte nicht angeschnallt sein. Da bemerkte der Verurteilte die losen Riemen, seiner Meinung nach war die Exekution nicht vollkommen, wenn die Riemen nicht festgeschnallt waren, er winkte eifrig dem Soldaten, und sie liefen hin, den Offizier anzuschnallen. Dieser hatte schon den einen Fuß ausgestreckt, um in die Kurbel zu stoßen, die den Zeichner in Gang bringen sollte; da sah er, daß die zwei gekommen waren, er zog daher den Fuß zurück und ließ sich

Now he stood there naked. The explorer bit his lips and said nothing. Of course, he knew what was going to happen, but he had no right to prevent the officer from doing anything he wanted. If the judicial procedure to which the officer was devoted was really so close to being abolished—possibly as a result of the intervention of the explorer, which the latter, for his part, felt obligated to go ahead with—then the officer was now acting perfectly correctly; in his place the explorer would have acted no differently.

At first the soldier and the condemned man understood nothing; at the beginning they didn't even watch. The condemned man was quite delighted to have gotten the handkerchiefs back, but he wasn't allowed to take pleasure in them long, because the soldier took them away from him in one rapid, unforeseeable grab. Now, in his turn, the condemned man tried to pull the handkerchiefs out of the belt under which he had stowed them, but the soldier was alert. They were fighting that way half-jokingly. Only when the officer was completely naked did they pay attention. The condemned man in particular seemed struck by the presentiment of some great shift in events. What had happened to him was now happening to the officer. Perhaps it would continue that way right up to the bitter end. Probably the foreign explorer had given the order for it. Thus it was revenge. Without having suffered all the way himself, he was nevertheless avenged all the way. A broad, soundless laugh now appeared on his face and no longer left it.

But the officer had turned toward the machine. If it had been clear even earlier that he understood the machine intimately, now it was absolutely astounding how he manipulated it and how it obeyed him. He had merely brought his hand close to the harrow and it rose and sank several times until reaching the proper position for receiving him; he merely clutched the bed by the edge and it already began to vibrate; the felt gag moved toward his mouth; it was evident that the officer didn't really want to use it, but his hesitation lasted only a moment; he gave in right away and closed his mouth around it. Everything was ready, only the straps still hung down along the sides, but they were obviously unnecessary; the officer didn't need to be buckled in. Then the condemned man noticed the loose straps; in his opinion the execution wouldn't be perfect if the straps weren't buckled tight; he made a vigorous sign to the soldier and they ran over to strap in the officer. He had already stretched out one foot to move the crank that was to set the sketcher in motion; then he saw that those two had come, so he pulled back

anschnallen. Nun konnte er allerdings die Kurbel nicht mehr erreichen; weder der Soldat noch der Verurteilte würden sie auffinden, und der Reisende war entschlossen, sich nicht zu rühren. Es war nicht nötig; kaum waren die Riemen angebracht, fing auch schon die Maschine zu arbeiten an; das Bett zitterte, die Nadeln tanzten auf der Haut, die Egge schwebte auf und ab. Der Reisende hatte schon eine Weile hingestarrt, ehe er sich erinnerte, daß ein Rad im Zeichner hätte kreischen sollen; aber alles war still, nicht das geringste Surren war zu hören.

Durch diese stille Arbeit entschwand die Maschine förmlich der Aufmerksamkeit. Der Reisende sah zu dem Soldaten und dem Verurteilten hinüber. Der Verurteilte war der lebhaftere, alles an der Maschine interessierte ihn, bald beugte er sich nieder, bald streckte er sich, immerfort hatte er den Zeigefinger ausgestreckt, um dem Soldaten etwas zu zeigen. Dem Reisenden war es peinlich. Er war entschlossen, hier bis zum Ende zu bleiben, aber den Anblick der zwei hätte er nicht lange ertragen. »Geht nach Hause«, sagte er. Der Soldat wäre dazu vielleicht bereit gewesen, aber der Verurteilte empfand den Befehl geradezu als Strafe. Er bat flehentlich mit gefalteten Händen, ihn hier zu lassen, und als der Reisende kopfschüttelnd nicht nachgeben wollte, kniete er sogar nieder. Der Reisende sah, daß Befehle hier nichts halfen, er wollte hinüber und die zwei vertreiben. Da hörte er oben im Zeichner ein Geräusch. Er sah hinauf. Störte also das eine Zahnrad doch? Aber es war etwas anderes. Langsam hob sich der Deckel des Zeichners und klappte dann vollständig auf. Die Zacken eines Zahnrades zeigten und hoben sich, bald erschien das ganze Rad, es war, als presse irgendeine große Macht den Zeichner zusammen, so daß für dieses Rad kein Platz mehr übrig blieb, das Rad drehte sich bis zum Rand des Zeichners, fiel hinunter, kollerte aufrecht ein Stück im Sand und blieb dann liegen. Aber schon stieg oben ein anderes auf, ihm folgten viele, große, kleine und kaum zu unterscheidende, mit allen geschah dasselbe, immer glaubte man, nun müsse der Zeichner jedenfalls schon entleert sein, da erschien eine neue, besonders zahlreiche Gruppe, stieg auf, fiel hinunter, kollerte im Sand und legte sich. Über diesem Vorgang vergaß der Verurteilte ganz den Befehl des Reisenden, die Zahnräder entzückten ihn völlig, er wollte immer eines fassen, trieb gleichzeitig den Soldaten an, ihm zu helfen, zog aber erschreckt die Hand zurück, denn es folgte gleich ein anderes Rad, das ihn, wenigstens im ersten Anrollen, erschreckte.

Der Reisende dagegen war sehr beunruhigt; die Maschine ging offenbar in Trümmer; ihr ruhiger Gang war eine Täuschung; er

his foot and let himself be strapped in. Now, of course, he could no longer reach the crank; neither the soldier nor the condemned man would be able to find it, and the explorer was determined not to move an inch. It wasn't necessary; the straps were scarcely in place when the machine started running; the bed vibrated, the needles danced on his skin; the harrow moved lightly up and down. The explorer had already been staring at the scene for some time before he recalled that a wheel in the sketcher should have been squeaking; but all was still, not the slightest whir was to be heard.

Because of this quietness, their attention was drawn away from the actual operation of the machine. The explorer looked over at the soldier and the condemned man. The condemned man was the livelier one; everything about the machine interested him; now he bent down, now he stretched upward; his index finger was constantly extended to show the soldier something. It was agonizing for the explorer. He was resolved to stay there to the end, but he knew he couldn't stand the sight of those two very long. "Go home," he said. The soldier may have been prepared to do so, but the condemned man looked on the order as an actual punishment. He asked beseechingly, with clasped hands, to be allowed to remain, and when the explorer shook his head and refused to give in, he even knelt down. The explorer saw that orders were of no use in this instance; he was about to go over and chase the two away. Then he heard a noise up in the sketcher. He looked up. Was that cogwheel creating a hindrance after all? But it was something else. Slowly the cover of the sketcher lifted and then flew wide open with a bang. The cog of a wheel became visible and rose higher, soon the whole wheel could be seen; it was as if some terrific force were compressing the sketcher, so that there was no more room for this wheel; the wheel turned until it reached the rim of the sketcher, fell down and rolled on its edge for some distance in the sand before coming to rest on its side. But up there a second wheel was already rising, followed by many more wheels, large, small and barely discernible ones; the same thing occurred with all of them; every time it seemed the sketcher surely had to be completely empty, a new, particularly numerous group appeared, rose, fell down, rolled in the sand and came to rest. This series of events made the condemned man completely forget the explorer's command; the cogwheels delighted him thoroughly; he kept trying to grab hold of one, at the same time spurring the soldier on to help him, but always drew back his hand in alarm, because that wheel was followed immediately by another wheel that frightened him, at least when it just started to roll.

The explorer, on the other hand, was very uneasy; the machine was obviously falling apart; the quietness of its

hatte das Gefühl, als müsse er sich jetzt des Offiziers annehmen, da dieser nicht mehr für sich selbst sorgen konnte. Aber während der Fall der Zahnräder seine ganze Aufmerksamkeit beanspruchte, hatte er versäumt, die übrige Maschine zu beaufsichtigen; als er jedoch jetzt, nachdem das letzte Zahnrad den Zeichner verlassen hatte, sich über die Egge beugte, hatte er eine neue, noch ärgere Überraschung. Die Egge schrieb nicht, sie stach nur, und das Bett wälzte den Körper nicht, sondern hob ihn nur zitternd in die Nadeln hinein. Der Reisende wollte eingreifen, möglicherweise das Ganze zum Stehen bringen, das war ja keine Folter, wie sie der Offizier erreichen wollte, das war unmittelbarer Mord. Er streckte die Hände aus. Da hob sich aber schon die Egge mit dem aufgespießten Körper zur Seite, wie sie es sonst erst in der zwölften Stunde tat. Das Blut floß in hundert Strömen, nicht mit Wasser vermischt, auch die Wasserröhrchen hatten diesmal versagt. Und nun versagte noch das letzte, der Körper löste sich von den langen Nadeln nicht, strömte sein Blut aus, hing aber über der Grube, ohne zu fallen. Die Egge wollte schon in ihre alte Lage zurückkehren, aber als merke sie selbst, daß sie von ihrer Last noch nicht befreit sei, blieb sie doch über der Grube. »Helft doch!« schrie der Reisende zum Soldaten und zum Verurteilten hinüber und faßte selbst die Füße des Offiziers. Er wollte sich hier gegen die Füße drücken, die zwei sollten auf der anderen Seite den Kopf des Offiziers fassen, und so sollte er langsam von den Nadeln gehoben werden. Aber nun konnten sich die zwei nicht entschließen zu kommen; der Verurteilte drehte sich geradezu um; der Reisende mußte zu ihnen hinübergehen und sie mit Gewalt zu dem Kopf des Offiziers drängen. Hierbei sah er fast gegen Willen das Gesicht der Leiche. Es war, wie es im Leben gewesen war; kein Zeichen der versprochenen Erlösung war zu entdecken; was alle anderen in der Maschine gefunden hatten, der Offizier fand es nicht; die Lippen waren fest zusammengedrückt, die Augen waren offen, hatten den Ausdruck des Lebens, der Blick war ruhig und überzeugt, durch die Stirn ging die Spitze des großen eisernen Stachels.

Als der Reisende, mit dem Soldaten und dem Verurteilten hinter sich, zu den ersten Häusern der Kolonie kam, zeigte der Soldat auf eins und sagte: »Hier ist das Teehaus.«

Im Erdgeschoß eines Hauses war ein tiefer, niedriger, höhlenartiger, an den Wänden und an der Decke verräucherter Raum. Gegen die Straße zu war er in seiner ganzen Breite offen. Trotzdem sich das Teehaus von den übrigen Häusern der Kolonie, die bis auf die Palastbauten der Kommandantur alle sehr verkommen waren, wenig unterschied, übte es auf den Reisenden doch den

operation was deceptive; he felt that he now had to do something for the officer, who could no longer take care of himself. But while the falling of the cogwheels had monopolized his entire attention, he had neglected to observe the rest of the machine; now, however, that the last cogwheel had left the sketcher and he bent over the harrow, he had a new, even worse surprise. The harrow wasn't writing, it was merely stabbing, and the bed wasn't turning the body over but merely lifting it, quivering, into the needles. The explorer wanted to intervene and possibly bring the whole thing to a standstill; this was no torture such as the officer wished to achieve, this was outright murder. He extended his hands. But at that moment the harrow was already lifting itself to the side with the skewered body, as it usually did only in the twelfth hour. The blood was flowing in a hundred streams, not mixed with water; the little water pipes had failed to work this time, as well. And now the final failure took place; the body didn't come loose from the long needles; it poured out its blood, but hung over the pit without falling. The harrow was already prepared to return to its former position, but, as if it noticed of its own accord that it was not yet free of its burden, it remained above the pit. "Why don't you help?" shouted the explorer to the soldier and the condemned man, seizing the officer's feet himself. He intended to press himself against the feet on this side, while those two grasped the officer's head on the other side, so he could be slowly removed from the needles. But now those two couldn't make up their minds to come; the condemned man actually turned away; the explorer had to go up to them and forcibly hustle them over to the officer's head. In doing so, he saw the face of the corpse, almost against his will. It was as it had been in life; no sign of the promised redemption could be discovered; what all the others had found in the machine, the officer did not find; his lips were tightly compressed, his eyes were open and had a living expression; his gaze was one of calm conviction; his forehead was pierced by the point of the big iron spike.

When the explorer, with the soldier and the condemned man behind him, arrived at the first houses of the colony, the soldier pointed to one and said: "Here is the teahouse."

On the ground floor of the house was a long, low cavelike room, its walls and ceiling blackened by smoke. On the street side it was open for its entire width. Although the teahouse was not much different from the rest of the houses in the colony, which, except for the governor's palace complex, were all very rundown, it still gave the explorer the impres-

Eindruck einer historischen Erinnerung aus, und er fühlte die Macht der früheren Zeiten. Er trat näher heran, ging, gefolgt von seinen Begleitern, zwischen den unbesetzten Tischen hindurch, die vor dem Teehaus auf der Straße standen, und atmete die kühle, dumpfige Luft ein, die aus dem Innern kam. »Der Alte ist hier begraben«, sagte der Soldat, »ein Platz auf dem Friedhof ist ihm vom Geistlichen verweigert worden. Man war eine Zeitlang unentschlossen, wo man ihn begraben sollte, schließlich hat man ihn hier begraben. Davon hat Ihnen der Offizier gewiß nichts erzählt, denn dessen hat er sich natürlich am meisten geschämt. Er hat sogar einigemal in der Nacht versucht, den Alten auszugraben, er ist aber immer verjagt worden.« »Wo ist das Grab?« fragte der Reisende, der dem Soldaten nicht glauben konnte. Gleich liefen beide, der Soldat wie der Verurteilte, vor ihm her und zeigten mit ausgestreckten Händen dorthin, wo sich das Grab befinden sollte. Sie führten den Reisenden bis zur Rückwand, wo an einigen Tischen Gäste saßen. Es waren wahrscheinlich Hafenarbeiter, starke Männer mit kurzen, glänzend schwarzen Vollbärten. Alle waren ohne Rock, ihre Hemden waren zerrissen, es war armes, gedemütigtes Volk. Als sich der Reisende näherte, erhoben sich einige, drückten sich an die Wand und sahen ihm entgegen. »Es ist ein Fremder«, flüsterte es um den Reisenden herum, »er will das Grab ansehen.« Sie schoben einen der Tische beiseite, unter dem sich wirklich ein Grabstein befand. Es war ein einfacher Stein, niedrig genug, um unter einem Tisch verborgen werden zu können. Er trug eine Aufschrift mit sehr kleinen Buchstaben, der Reisende mußte, um sie zu lesen, niederknien. Sie lautete: ›Hier ruht der alte Kommandant. Seine Anhänger, die jetzt keinen Namen tragen dürfen, haben ihm das Grab gegraben und den Stein gesetzt. Es besteht eine Prophezeiung, daß der Kommandant nach einer bestimmten Anzahl von Jahren auferstehen und aus diesem Hause seine Anhänger zur Wiedereroberung der Kolonie führen wird. Glaubet und wartet!‹ Als der Reisende das gelesen hatte und sich erhob, sah er rings um sich die Männer stehen und lächeln, als hätten sie mit ihm die Aufschrift gelesen, sie lächerlich gefunden und forderten ihn auf, sich ihrer Meinung anzuschließen. Der Reisende tat, als merke er das nicht, verteilte einige Münzen unter sie, wartete noch bis der Tisch über das Grab geschoben war, verließ das Teehaus und ging zum Hafen.

Der Soldat und der Verurteilte hatten im Teehaus Bekannte gefunden, die sie zurückhielten. Sie mußten sich aber bald von ihnen losgerissen haben, denn der Reisende befand sich erst in der Mitte der langen Treppe, die zu den Booten führte, als sie ihm schon

sion of a historic survival; and he felt the impact of earlier times. He stepped up closer and, followed by the two who were accompanying him, he walked among the unoccupied tables that stood in the street in front of the teahouse, inhaling the cool, musty air that came from inside. "The Old Man is buried here," said the soldier; "the priest refused to allow him a place in the cemetery. For a while people were undecided about where to bury him, finally they buried him here. I'm sure the officer didn't tell you anything about that, because he was naturally more ashamed of that than of anything else. He even tried a few times to dig the Old Man out at night, but he was always chased away." "Where is the grave?" asked the explorer, who couldn't believe the soldier. At once both of them, the soldier and the condemned man, ran ahead of him and with outstretched hands indicated a spot where they claimed the grave was located. They led the explorer all the way to the back wall, where customers were sitting at a few tables. Probably they were dock workers, powerful men with short beards that were so black they shone. All were jacketless, their shirts were torn, they were poor, downtrodden people. When the explorer approached, a few of them stood up, flattened themselves against the wall and looked in his direction. "It's a foreigner," was the whisper on all sides of the explorer; "he wants to see the grave." They pushed aside one of the tables, beneath which there actually was a gravestone. It was a simple stone, low enough to be concealed under a table. It bore an inscription in very small letters; the explorer had to kneel to read it. It said: "Here lies the old governor. His followers, who may not now reveal their names, dug this grave for him and erected the stone. There exists a prophecy that after a certain number of years the governor will rise again and will lead his followers out of this house to reconquer the colony. Believe and wait!" When the explorer had read this and stood up, he saw the men standing around him and smiling, as if they had read the inscription along with him, had found it ludicrous and were inviting him to share their opinion. The explorer acted as if he didn't notice this, distributed a few coins among them, waited until the table was pushed back over the grave, left the teahouse and went down to the harbor.

In the teahouse the soldier and the condemned man had run into acquaintances who detained them. But they must have torn themselves away from them quickly, because the explorer was still only halfway down the long flight of stairs that led to the boats when he saw they were already running after him. They probably wanted to force the ex-

nachliefen. Sie wollten wahrscheinlich den Reisenden im letzten Augenblick zwingen, sie mitzunehmen. Während der Reisende unten mit einem Schiffer wegen der Überfahrt zum Dampfer unterhandelte, rasten die zwei die Treppe hinab, schweigend, denn zu schreien wagten sie nicht. Aber als sie unten ankamen, war der Reisende schon im Boot, und der Schiffer löste es gerade vom Ufer. Sie hätten noch ins Boot springen können, aber der Reisende hob ein schweres, geknotetes Tau vom Boden, drohte ihnen damit und hielt sie dadurch von dem Sprunge ab.

plorer to take them along at the last moment. While the explorer, down below, was negotiating with a boatman to row him over to the steamer, those two dashed furiously down the steps, silently, because they didn't dare shout. But when they arrived down below, the explorer was already in the boat, which the boatman was just shoving off from shore. They might still have been able to jump into the boat, but the explorer picked up a heavy, knotted hawser from the floor, threatened them with it and thus prevented them from jumping.

EIN LANDARZT

Ich war in großer Verlegenheit: eine dringende Reise stand mir bevor; ein Schwerkranker wartete auf mich in einem zehn Meilen entfernten Dorfe; starkes Schneegestöber füllte den weiten Raum zwischen mir und ihm; einen Wagen hatte ich, leicht, großräderig, ganz wie er für unsere Landstraßen taugt; in den Pelz gepackt, die Instrumententasche in der Hand, stand ich reisefertig schon auf dem Hofe; aber das Pferd fehlte, das Pferd. Mein eigenes Pferd war in der letzten Nacht, infolge der Überanstrengung in diesem eisigen Winter, verendet; mein Dienstmädchen lief jetzt im Dorf umher, um ein Pferd geliehen zu bekommen; aber es war aussichtslos, ich wußte es, und immer mehr vom Schnee überhäuft, immer unbeweglicher werdend, stand ich zwecklos da. Am Tor erschien das Mädchen, allein, schwenkte die Laterne; natürlich, wer leiht jetzt sein Pferd her zu solcher Fahrt? Ich durchmaß noch einmal den Hof; ich fand keine Möglichkeit; zerstreut, gequält stieß ich mit dem Fuß an die brüchige Tür des schon seit Jahren unbenützten Schweinestalles. Sie öffnete sich und klappte in den Angeln auf und zu. Wärme und Geruch wie von Pferden kam hervor. Eine trübe Stallaterne schwankte drin an einem Seil. Ein Mann, zusammengekauert in dem niedrigen Verschlag, zeigte sein offenes blauäugiges Gesicht. »Soll ich anspannen?« fragte er, auf allen vieren hervorkriechend. Ich wußte nichts zu sagen und beugte mich nur, um zu sehen, was es noch in dem Stalle gab. Das Dienstmädchen stand neben mir. »Man weiß nicht, was für Dinge man im eigenen Hause vorrätig hat«, sagte es, und wir beide lachten. »Holla, Bruder, holla, Schwester!« rief der Pferdeknecht, und zwei Pferde, mächtige flankenstarke Tiere, schoben sich hintereinander, die Beine eng am Leib, die wohlgeformten Köpfe wie Kamele senkend, nur durch die Kraft der Wendungen ihres Rumpfes aus dem Türloch, das sie restlos ausfüllten. Aber gleich standen sie aufrecht, hochbeinig, mit dicht ausdampfendem Körper. »Hilf ihm«, sagte ich, und das willige Mädchen eilte, dem Knecht das Geschirr des Wagens zu reichen. Doch kaum war es bei ihm, umfaßt es der Knecht und schlägt sein Gesicht an ihres. Es schreit auf und flüchtet sich zu mir; rot eingedrückt sind zwei Zahnreihen in des Mädchens Wange. »Du Vieh«, schreie ich wütend, »willst du die Peitsche?«, besinne mich aber gleich, daß es ein Fremder ist; daß ich nicht weiß, woher er kommt, und daß er mir freiwillig aushilft, wo alle andern versagen. Als wisse er von meinen Gedanken,

A COUNTRY DOCTOR

I was in a most awkward predicament: I needed to leave at
once on an urgent journey; a seriously ill patient was waiting
for me in a village ten miles away; a heavy snowstorm filled
the wide interval between him and me; I had a carriage,
light, with large wheels, perfectly suited to our country roads;
wrapped in my fur coat, my instrument bag in my hand, I
was already standing in the yard ready to go; but I lacked a
horse, a horse. The previous night my own horse had died
as a result of overwork in this glacial winter; my maid was
now running all over the village trying to borrow a horse;
but it was hopeless, I knew, and with more and more snow
piling up on me, becoming more and more immobile, I
stood there aimlessly. The maid showed up at the gate alone,
swinging her lantern; naturally, who would lend his horse
for such a ride? I walked across the yard once again; I could
see no possibility; distracted, tormented, I kicked at the ram-
shackle door of the pigpen, which hadn't been used for
years. It opened and swung back and forth on its hinges.
Warmth and a smell like that of horses came out of it. A
murky stable lantern was swinging by a rope inside. A man,
crouching in the low shed, showed his candid, blue-eyed
face. "Shall I hitch up?" he asked, creeping out on all fours.
I could think of nothing to say, and only stooped down to
see what else was in the pen. The maid stood next to me.
"People don't know what they've got available in their own
house," she said, and we both laughed. "Hey there, Brother!
Hey there, Sister!" called the groom, and two horses, powerful animals with strong flanks, their legs drawn up tight to
their bodies, lowering their well-formed heads like camels,
slid out of the door one after the other solely by twisting
their bodies to and fro, and occupied the doorway completely with not an inch to spare. But immediately they stood
up on tall legs, their bodies steaming with dense vapor. "Help
him," I said, and the willing maid ran to hand the groom the
carriage harness. But the moment she has reached him, the
groom embraces her and shoves his face against hers. She
yells out and escapes over to me; two rows of teeth have left
their red marks on the girl's cheek. "You beast," I shout
furiously, "would you like to feel my whip?" But I instantly
recall that he's a stranger, that I don't know where he has
come from, and that he's volunteering to help me when all
the rest are failing me. As if he knew my thoughts, he isn't

167

nimmt er meine Drohung nicht übel, sondern wendet sich nur einmal, immer mit den Pferden beschäftigt, nach mir um. »Steig ein«, sagt er dann, und tatsächlich: alles ist bereit. Mit so schönem Gespann, das merke ich, bin ich noch nie gefahren, und ich steige fröhlich ein. »Kutschieren werde aber ich, du kennst nicht den Weg«, sage ich. »Gewiß«, sagt er, »ich fahre gar nicht mit, ich bleibe bei Rosa.« »Nein«, schreit Rosa und läuft im richtigen Vorgefühl der Unabwendbarkeit ihres Schicksals ins Haus; ich höre die Türkette klirren, die sie vorlegt; ich höre das Schloß einspringen; ich sehe, wie sie überdies im Flur und weiterjagend durch die Zimmer alle Lichter verlöscht, um sich unauffindbar zu machen. »Du fährst mit«, sage ich zu dem Knecht, »oder ich verzichte auf die Fahrt, so dringend sie auch ist. Es fällt mir nicht ein, dir für die Fahrt das Mädchen als Kaufpreis hinzugeben.« »Munter!« sagt er; klatscht in die Hände; der Wagen wird fortgerissen, wie Holz in die Strömung; noch höre ich, wie die Tür meines Hauses unter dem Ansturm des Knechts birst und splittert, dann sind mir Augen und Ohren von einem zu allen Sinnen gleichmäßig dringenden Sausen erfüllt. Aber auch das nur einen Augenblick, denn, als öffne sich unmittelbar vor meinem Hoftor der Hof meines Kranken, bin ich schon dort; ruhig stehen die Pferde; der Schneefall hat aufgehört; Mondlicht ringsum; die Eltern des Kranken eilen aus dem Haus; seine Schwester hinter ihnen; man hebt mich fast aus dem Wagen; den verwirrten Reden entnehme ich nichts; im Krankenzimmer ist die Luft kaum atembar; der vernachlässigte Herdofen raucht; ich werde das Fenster aufstoßen; zuerst aber will ich den Kranken sehen. Mager, ohne Fieber, nicht kalt, nicht warm, mit leeren Augen, ohne Hemd hebt sich der Junge unter dem Federbett, hängt sich an meinen Hals, flüstert mir ins Ohr: »Doktor, laß mich sterben.« Ich sehe mich um; niemand hat es gehört; die Eltern stehen stumm vorgebeugt und erwarten mein Urteil; die Schwester hat einen Stuhl für meine Handtasche gebracht. Ich öffne die Tasche und suche unter meinen Instrumenten; der Junge tastet immerfort aus dem Bett nach mir hin, um mich an seine Bitte zu erinnern; ich fasse eine Pinzette, prüfe sie im Kerzenlicht und lege sie wieder hin. ›Ja‹, denke ich lästernd, ›in solchen Fällen helfen die Götter, schicken das fehlende Pferd, fügen der Eile wegen noch ein zweites hinzu, spenden zum Übermaß noch den Pferdeknecht—.‹ Jetzt erst fällt mir wieder Rosa ein; was tue ich, wie rette ich sie, wie ziehe ich sie unter diesem Pferdeknecht hervor, zehn Meilen von ihr entfernt, unbeherrschbare Pferde vor meinem Wagen? Diese Pferde, die jetzt die Riemen irgendwie gelockert haben; die Fenster, ich weiß nicht wie, von außen aufstoßen? jedes durch ein Fenster den Kopf stecken und, unbeirrt durch den Aufschrei der

vexed by my threat, but still busy with the horses, merely
turns once to face me. "Get in," he then says, and truly:
everything is in readiness. I observe that I have never before
handled such a beautiful team, and I get in cheerfully. "I'll
do the driving, you don't know the way," I say. "Sure," he
says, "I'm not going along at all, I'm staying with Rosa."
"No!" yells Rosa and with a true foreboding that her fate is
inevitable, she runs into the house; I hear the door chain
rattle as she draws it tight; I hear the lock snap shut; I watch
as, in addition, she turns off all the lights, first in the vesti-
bule and then racing through the rooms, so she won't be
found. "You're coming along," I say to the groom, "or I'm
giving up the trip, no matter how urgent it is. I have no wish
to hand the maid over to you as fare for the ride." "Giddy-
up!" he says and claps his hands; the carriage is swept away
like a piece of wood in a current; I can still hear the door
of my house cracking and splintering as the groom assaults
it, then my eyes and ears are filled with a rustling wind that
penetrates all my senses uniformly. But even that lasts only
a moment, because, as if my patient's farmyard opened up
directly in front of the gate of my own yard, I am already
there; the horses are standing calmly; the snowfall has ended;
moonlight all around; the parents of the patient rush out of
the house; his sister after them; they practically lift me out
of the carriage; I can't make out any of their confused talk;
in the sickroom the air is barely breathable; the stove, which
hadn't been tended to, is smoking. I intend to open the
window; but first I want to see the patient. Then, with no
fever, not cold, not warm, with expressionless eyes, without
a shirt, the boy raises himself up under the feather bed,
embraces my neck and whispers in my ear: "Doctor, let me
die." I look around; no one has heard; his parents are standing in silence, bending forward in expectation of my medi-
cal opinion; the sister has brought a chair for my bag. I open
the bag and look through my instruments; the boy continues to grope toward me from his bed in order to remind me
of his request; I take hold of some tweezers, examine them
in the candlelight and put them down again. "Yes," I think
blasphemously, "in such cases, the gods come to your aid;
they send the missing horse; because of the urgency, they
add a second one; and in their bounty they then grant you
the groom—" It is only then that I think of Rosa again; what
am I to do, how can I rescue her, how can I pull her out
from under that groom when I am ten miles away from her
and unmanageable horses are harnessed to my carriage?
Those horses, which somehow have now loosened the reins
and in some unknown way have opened the windows from
outside! Each one has thrust his head in through a window

Familie, den Kranken betrachten. ›Ich fahre gleich wieder zurück‹, denke ich, als forderten mich die Pferde zur Reise auf, aber ich dulde es, daß die Schwester, die mich durch die Hitze betäubt glaubt, den Pelz mir abnimmt. Ein Glas Rum wird mir bereitgestellt, der Alte klopft mir auf die Schulter, die Hingabe seines Schatzes rechtfertigt diese Vertraulichkeit. Ich schüttle den Kopf; in dem engen Denkkreis des Alten würde mir übel; nur aus diesem Grunde lehne ich es ab zu trinken. Die Mutter steht am Bett und lockt mich hin; ich folge und lege, während ein Pferd laut zur Zimmerdecke wiehert, den Kopf an die Brust des Jungen, der unter meinem nassen Bart erschauert. Es bestätigt sich, was ich weiß: der Junge ist gesund, ein wenig schlecht durchblutet, von der sorgenden Mutter mit Kaffee durchtränkt, aber gesund und am besten mit einem Stoß aus dem Bett zu treiben. Ich bin kein Weltverbesserer und lasse ihn liegen. Ich bin vom Bezirk angestellt und tue meine Pflicht bis zum Rand, bis dorthin, wo es fast zu viel wird. Schlecht bezahlt, bin ich doch freigebig und hilfsbereit gegenüber den Armen. Noch für Rosa muß ich sorgen, dann mag der Junge recht haben und auch ich will sterben. Was tue ich hier in diesem endlosen Winter! Mein Pferd ist verendet, und da ist niemand im Dorf, der mir seines leiht. Aus dem Schweinestall muß ich mein Gespann ziehen; wären es nicht zufällig Pferde, müßte ich mit Säuen fahren. So ist es. Und ich nicke der Familie zu. Sie wissen nichts davon, und wenn sie es wüßten, würden sie es nicht glauben. Rezepte schreiben ist leicht, aber im übrigen sich mit den Leuten verständigen, ist schwer. Nun, hier wäre also mein Besuch zu Ende, man hat mich wieder einmal unnötig bemüht, daran bin ich gewöhnt, mit Hilfe meiner Nachtglocke martert mich der ganze Bezirk, aber daß ich diesmal auch noch Rosa hingeben mußte, dieses schöne Mädchen, das jahrelang, von mir kaum beachtet, in meinem Hause lebte—dieses Opfer ist zu groß, und ich muß es mir mit Spitzfindigkeiten aushilfsweise in meinem Kopf irgendwie zurechtlegen, um nicht auf diese Familie loszufahren, die mir ja beim besten Willen Rosa nicht zurückgeben kann. Als ich aber meine Handtasche schließe und nach meinem Pelz winke, die Familie beisammensteht, der Vater schnuppernd über dem Rumglas in seiner Hand, die Mutter, von mir wahrscheinlich enttäuscht—ja, was erwartet denn das Volk?—tränenvoll in die Lippen beißend und die Schwester ein schwer blutiges Handtuch schwenkend, bin ich irgendwie bereit, unter Umständen zuzugeben, daß der Junge doch vielleicht krank ist. Ich gehe zu ihm, er lächelt mir entgegen, als brächte ich ihm etwa die allerstärkste Suppe—ach, jetzt wiehern beide Pferde; der Lärm soll wohl, höhern Orts angeordnet, die Untersuchung erleichtern—und nun finde ich: ja, der Junge ist krank. In seiner

and, heedless of the family's outcry, is scrutinizing the patient. "I'll ride right back," I think, as if the horses are inviting me to go, but I allow the sister, who believes I am numb from the heat, to take off my fur coat. A glass of rum is prepared for me, the old man pats me on the shoulder; the surrender of this treasure of his justifies that familiarity. I shake my head; I would grow ill within the old man's circumscribed way of thinking; for that reason alone, I refuse the drink. The mother stands by the bed and entices me over; I obey and, while a horse neighs loudly at the ceiling, I place my head on the chest of the boy, who shivers at the touch of my wet beard. What I know is confirmed: the boy is healthy, with somewhat poor circulation, glutted with coffee* by his anxious mother, but healthy, so that the best thing would be to shove him out of bed. But I'm not out to improve the world, and I let him lie there. I'm an employee of the district government and I do my duty to the hilt, to the point where it's almost too much. Though badly paid, I'm generous and helpful to the poor. I still must take care of Rosa, then the boy may be right and I, too, shall die. What am I doing here in this endless winter? My horse is dead, and there's no one in the village who'll lend me his. I have to find my team in the pigpen; if, by chance, they weren't horses, I'd have to drive with sows. That's the way it is. And I nod at the family. They know nothing about it, and if they knew, they wouldn't believe it. Writing prescriptions is easy, but, otherwise, communicating with people is hard. Well, this seems to be the end of my call here, once again I've been annoyed for nothing; I'm used to that, with the help of my night bell the whole district tortures me; but having to give up Rosa, too, this time, that beautiful girl who has lived in my house for years, and whom I scarcely noticed—that sacrifice is too great, and I must somehow square it temporarily in my own mind through sophistries if I'm not to make an all-out attack on this family, because, even with the best will in the world, they can't give me back Rosa. But as I am closing my bag and signaling to have my coat brought over, as the family stands there together, the father sniffing at the glass of rum in his hand, the mother, whom I have most likely disappointed—what do the people expect of me?— biting her lips tearfully, and the sister waving a blood-soaked towel, I am somehow ready to admit on certain conditions that the boy is perhaps ill after all. I go over to him, he smiles at me as I approach as if I were bringing him, say, the most invigorating soup—oh, now both horses are neighing; the noise, ordained by some lofty powers, is probably meant to facilitate my examination—and I find: yes, the boy is ill.

*[Untranslatable wordplay here: for "with . . . circulation" the German has durchblutet; for "glutted," durchtränkt.—TRANS.]

rechten Seite, in der Hüftengegend hat sich eine handtellergroße
Wunde aufgetan. Rosa, in vielen Schattierungen, dunkel in der Tiefe,
hellwerdend zu den Rändern, zartkörnig, mit ungleichmäßig sich
aufsammelndem Blut, offen wie ein Bergwerk obertags. So aus der
Entfernung. In der Nähe zeigt sich noch eine Erschwerung. Wer kann
das ansehen ohne leise zu pfeifen? Würmer, an Stärke und Länge
meinem kleinen Finger gleich, rosig aus eigenem und außerdem
blutbespritzt, winden sich, im Innern der Wunde festgehalten, mit
weißen Köpfchen, mit vielen Beinchen ans Licht. Armer Junge, dir ist
nicht zu helfen. Ich habe deine große Wunde aufgefunden; an dieser
Blume in deiner Seite gehst du zugrunde. Die Familie ist glücklich, sie
sieht mich in Tätigkeit; die Schwester sagt's der Mutter, die Mutter
dem Vater, der Vater einigen Gästen, die auf den Fußspitzen, mit
ausgestreckten Armen balancierend, durch den Mondschein der
offenen Tür hereinkommen. »Wirst du mich retten?« flüstert
schluchzend der Junge, ganz geblendet durch das Leben in seiner
Wunde. So sind die Leute in meiner Gegend. Immer das Unmögliche
vom Arzt verlangen. Den alten Glauben haben sie verloren; der Pfarrer
sitzt zu Hause und zerzupft die Meßgewänder, eines nach dem andern;
aber der Arzt soll alles leisten mit seiner zarten chirurgischen Hand.
Nun, wie es beliebt: ich habe mich nicht angeboten; verbraucht ihr
mich zu heiligen Zwecken, lasse ich auch das mit mir geschehen; was
will ich Besseres, alter Landarzt, meines Dienstmädchens beraubt!
Und sie kommen, die Familie und die Dorfältesten, und entkleiden
mich; ein Schulchor mit dem Lehrer an der Spitze steht vor dem
Haus und singt eine äußerst einfache Melodie auf den Text:

> Entkleidet ihn, dann wird er heilen,
> Und heilt er nicht, so tötet ihn!
> 's ist nur ein Arzt, 's ist nur ein Arzt.

Dann bin ich entkleidet und sehe, die Finger im Barte, mit geneig-
tem Kopf die Leute ruhig an. Ich bin durchaus gefaßt und allen
überlegen und bleibe es auch, trotzdem es mir nichts hilft, denn
jetzt nehmen sie mich beim Kopf und bei den Füßen und tragen
mich ins Bett. Zur Mauer, an die Seite der Wunde legen sie mich.
Dann gehen alle aus der Stube; die Tür wird zugemacht; der Gesang
verstummt; Wolken treten vor den Mond; warm liegt das Bettzeug
um mich, schattenhaft schwanken die Pferdeköpfe in den Fen-
sterlöchern. »Weißt du«, höre ich, mir ins Ohr gesagt, »mein
Vertrauen zu dir ist sehr gering. Du bist ja auch nur irgendwo ab-
geschüttelt, kommst nicht auf eigenen Füßen. Statt zu helfen, engst

On his right side, around the hip, a wound as large as the palm of one's hand has opened up. Pink,* in many shades, dark as it gets deeper, becoming light at the edges, softly granular, with irregular accumulations of blood, wide open as the surface entrance to a mine. That's how it looks from some distance. But, close up, a complication can be seen, as well. Who can look at it without giving a low whistle? Worms as long and thick as my little finger, naturally rose-colored and in addition spattered with blood, firmly attached to the inside of the wound, with white heads and many legs, are writhing upward into the light. Poor boy, there's no hope for you. I have discovered your great wound; you will be destroyed by this flower on your side. The family is happy; it sees me active; the sister tells it to the mother, the mother to the father, the father to a few guests who are entering the open door through the moonlight on tiptoe, balancing with outstretched arms. "Will you save me?" the boy whispers with a sob, completely dazzled by the life in his wound. That's how the people are in my area. Always asking the doctor for the impossible. They've lost their old faith; the priest sits home and picks his vestments to pieces, one after another; but the doctor is supposed to accomplish everything with his gentle, surgical hands. Well, have it any way you like: I didn't offer my services; if you misuse me for religious purposes, I'll go along with that, too; what better can I ask for, an old country doctor, robbed of my maid! And they come, the family and the village elders, and they undress me; a school choir led by their teacher is standing in front of the house and singing an extremely simple setting of these words:

> Undress him, then he will cure,
> And if he doesn't cure, then kill him!
> It's only a doctor, it's only a doctor.

Then I'm undressed and, my fingers in my beard, I look at the people calmly with head bowed. I am completely composed and superior to them all, and remain so, too, even though it doesn't help me, because now they take me by the head and feet and carry me into the bed. They lay me against the wall, on the side where the wound is. Then they all leave the room; the door is closed; the singing dies away; clouds pass in front of the moon; the bedclothes lie warmly on top of me, the horses' heads in the window openings waver like shadows. "Do you know," I hear, spoken into my ear, "I don't have much confidence in *you*. You just drifted in here from somewhere, you didn't come on your own two feet. Instead

*[In German, *Rosa*. A wordplay?—TRANS.]

du mir mein Sterbebett ein. Am liebsten kratzte ich dir die Augen
aus.« »Richtig«, sage ich, »es ist eine Schmach. Nun bin ich aber
Arzt. Was soll ich tun? Glaube mir, es wird auch mir nicht leicht.«
»Mit dieser Entschuldigung soll ich mich begnügen? Ach, ich muß
wohl. Immer muß ich mich begnügen. Mit einer schönen Wunde
kam ich auf die Welt; das war meine ganze Ausstattung.« »Junger
Freund«, sage ich, »dein Fehler ist: du hast keinen Überblick. Ich,
der ich schon in allen Krankenstuben, weit und breit, gewesen bin,
sage dir: deine Wunde ist so übel nicht. Im spitzen Winkel mit zwei
Hieben der Hacke geschaffen. Viele bieten ihre Seite an und hören
kaum die Hacke im Forst, geschweige denn, daß sie ihnen näher
kommt.« »Ist es wirklich so oder täuschest du mich im Fieber?« »Es
ist wirklich so, nimm das Ehrenwort eines Amtsarztes mit hinüber.«
Und er nahm's und wurde still. Aber jetzt war es Zeit, an meine
Rettung zu denken. Noch standen treu die Pferde an ihren Plätzen.
Kleider, Pelz und Tasche waren schnell zusammengerafft; mit dem
Ankleiden wollte ich mich nicht aufhalten; beeilten sich die Pferde
wie auf der Herfahrt, sprang ich ja gewissermaßen aus diesem Bett
in meines. Gehorsam zog sich ein Pferd vom Fenster zurück; ich
warf den Ballen in den Wagen; der Pelz flog zu weit, nur mit einem
Ärmel hielt er sich an einem Haken fest. Gut genug. Ich schwang
mich aufs Pferd. Die Riemen lose schleifend, ein Pferd kaum mit
dem andern verbunden, der Wagen irrend hinterher, den Pelz als
letzter im Schnee. »Munter!« sagte ich, aber munter ging's nicht;
langsam wie alte Männer zogen wir durch die Schneewüste; lange
klang hinter uns der neue, aber irrtümliche Gesang der Kinder:

> Freuet euch, ihr Patienten,
> Der Arzt ist euch ins Bett gelegt!

Niemals komme ich so nach Hause; meine blühende Praxis ist
verloren; ein Nachfolger bestiehlt mich, aber ohne Nutzen, denn er
kann mich nicht ersetzen; in meinem Hause wütet der ekle Pferdeknecht; Rosa ist sein Opfer; ich will es nicht ausdenken. Nackt,
dem Froste dieses unglückseligsten Zeitalters ausgesetzt, mit irdischem
Wagen, unirdischen Pferden, treibe ich alter Mann mich umher.
Mein Pelz hängt hinten am Wagen, ich kann ihn aber nicht erreichen,
und keiner aus dem beweglichen Gesindel der Patienten rührt den
Finger. Betrogen! Betrogen! Einmal dem Fehlläuten der Nachtglocke
gefolgt—es ist niemals gutzumachen.

of helping, you're just crowding me out of my deathbed. I'd like most of all to scratch your eyes out." "Right," I say, "it's a disgrace. But I'm a doctor, you see. What should I do? Believe me, it's not easy for me, either." "Am I supposed to be contented with that excuse? Oh, I guess I must, I'm always forced to be contented. I came into the world with a fine wound; that was my entire portion in life." "My young friend," I say, "your mistake is this: you don't have the big picture. I, who have already been in all sickrooms, far and wide, tell you: your wound isn't that bad. Brought on by two hatchet blows at an acute angle. Many people offer their sides and scarcely hear the hatchet in the forest, let alone having it come closer to them." "Is it really so, or are you fooling me in my fever?" "It's really so, take a government doctor's word of honor into the next world with you." And he took it, and fell silent. But now it was time to think about how to save myself. The horses still stood faithfully in their places. Clothing, fur coat and bag were quickly seized and bundled together; I didn't want to waste time getting dressed; if the horses made the same good time as on the way over, I would, so to speak, be jumping out of this bed into mine. Obediently a horse withdrew from the window; I threw the bundle into the carriage; the fur coat flew too far, it just barely caught on to a hook with one sleeve. Good enough. I leaped onto the horse. The reins loosely trailing along, one horse just barely attached to the other, the carriage meandering behind, the fur coat bringing up the rear in the snow. "Giddy-up, and look lively," I said, but the ride wasn't lively; as slowly as old men we proceeded across the snowy waste; for a long time there resounded behind us the new, but incorrect, song of the children:

> Rejoice, O patients,
> The doctor has been put in bed alongside you!

Traveling this way, I'll never arrive home; my flourishing practice is lost; a successor is robbing me, but it will do him no good, because he can't replace me; in my house the loathsome groom is rampaging; Rosa is his victim; I don't want to think of all the consequences. Naked, exposed to the frost of this most unhappy era, with an earthly carriage and unearthly horses, I, an old man, roam about aimlessly. My fur coat is hanging in back of the carriage, but I can't reach it, and no one among the sprightly rabble of my patients lifts a finger to help. Betrayed! Betrayed! Having obeyed the false ringing of the night bell just once—the mistake can never be rectified.

EIN BERICHT FÜR EINE AKADEMIE

Hohe Herren von der Akademie!

Sie erweisen mir die Ehre, mich aufzufordern, der Akademie
einen Bericht über mein äffisches Vorleben einzureichen.

In diesem Sinne kann ich leider der Aufforderung nicht
nachkommen. Nahezu fünf Jahre trennen mich vom Affentum, eine
Zeit, kurz vielleicht am Kalender gemessen, unendlich lang aber
durchzugaloppieren, so wie ich es getan habe, streckenweise begleitet
von vortrefflichen Menschen, Ratschlägen, Beifall und Orchestral-
musik, aber im Grunde allein, denn alle Begleitung hielt sich, um im
Bilde zu bleiben, weit von der Barriere. Diese Leistung wäre unmöglich gewesen, wenn ich eigensinnig hätte an meinem Ursprung,
an den Erinnerungen der Jugend festhalten wollen. Gerade Verzicht
auf jeden Eigensinn war das oberste Gebot, das ich mir auferlegt
hatte; ich, freier Affe, fügte mich diesem Joch. Dadurch verschlossen
sich mir aber ihrerseits die Erinnerungen immer mehr. War mir
zuerst die Rückkehr, wenn die Menschen gewollt hätten, freigestellt
durch das ganze Tor, das der Himmel über der Erde bildet, wurde
es gleichzeitig mit meiner vorwärtsgepeitschten Entwicklung immer
niedriger und enger; wohler und eingeschlossener fühlte ich mich
in der Menschenwelt; der Sturm, der mir aus meiner Vergangenheit
nachblies, sänftigte sich; heute ist es nur ein Luftzug, der mir die
Fersen kühlt; und das Loch in der Ferne, durch das er kommt und
durch das ich einstmals kam, ist so klein geworden, daß ich, wenn
überhaupt die Kräfte und der Wille hinreichen würden, um bis
dorthin zurückzulaufen, das Fell vom Leib mir schinden müßte, um
durchzukommen. Offen gesprochen, so gerne ich auch Bilder wähle
für diese Dinge, offen gesprochen: Ihr Affentum, meine Herren,
soferne Sie etwas Derartiges hinter sich haben, kann Ihnen nicht
ferner sein als mir das meine. An der Ferse aber kitzelt es jeden, der
hier auf Erden geht: den kleinen Schimpansen wie den großen
Achilles. In eingeschränktestem Sinn aber kann ich doch vielleicht
Ihre Anfrage beantworten und ich tue es sogar mit großer Freude.
Das erste, was ich lernte, war: den Handschlag geben; Handschlag
bezeigt Offenheit; mag nun heute, wo ich auf dem Höhepunkte
meiner Laufbahn stehe, zu jenem ersten Handschlag auch das offene
Wort hinzukommen. Es wird für die Akademie nichts wesentlich
Neues beibringen und weit hinter dem zurückbleiben, was man von

A REPORT TO AN ACADEMY

Gentlemen of the Academy:

You have honored me with your invitation to submit a report to the Academy about my former life as an ape.

Taking this invitation in its literal sense, I am unfortunately unable to comply with it. Nearly five years stand between me and my apehood, a period that may be short in terms of the calendar but is an infinitely long one to gallop through as I have done, accompanied for certain stretches by excellent people, advice, applause and band music, but fundamentally on my own, because, to remain within the metaphor, all that accompaniment never got very close to the rail. This achievement would have been impossible if I had willfully clung to my origins, to the memories of my youth. In fact, avoidance of all willfulness was the supreme commandment I had imposed on myself; I, a free ape, accepted that yoke. Thereby, however, my memories were in turn increasingly lost to me. If at first a return to the past, should the humans have so wished, was as wide open to me as the universal archway the sky forms over the earth, at the same time my wildly accelerated development made this archway increasingly low and narrow; I felt more at ease and sheltered in the human world; the storm winds that blew out of my past grew calm; today there is only a breeze that cools my heels; and the hole in the distance through which it issues, and from which I once issued, has become so small that, if I ever had sufficient strength and desire to run all the way back there, I would have to scrape the hide off my body to squeeze through. Speaking frankly (although I enjoy using figures of speech for these matters), speaking frankly: your own apehood, gentlemen, to the extent that there is anything like that in your past, cannot be more remote from you than mine is from me. But every wanderer on earth feels a tickling in his heels: the little chimpanzee and great Achilles. In the most limited sense, however, I may be able to satisfy your demands, and, in fact, I do so with great pleasure. The first thing I learned was shaking hands; shaking hands indicates candidness; today, when I am at the pinnacle of my career, why not add my candid words to that first handshake? My report will not teach the Academy anything basically new and will fall far short of what has been

177

mir verlangt hat und was ich beim besten Willen nicht sagen kann—
immerhin, es soll die Richtlinie zeigen, auf welcher ein gewesener
Affe in die Menschenwelt eingedrungen ist und sich dort festgesetzt
hat. Doch dürfte ich selbst das Geringfügige, was folgt, gewiß nicht
sagen, wenn ich meiner nicht völlig sicher wäre und meine Stellung
auf allen großen Varietébühnen der zivilisierten Welt sich nicht bis
zur Unerschütterlichkeit gefestigt hätte:

Ich stamme von der Goldküste. Darüber, wie ich eingefangen
wurde, bin ich auf fremde Berichte angewiesen. Eine Jagdexpedition
der Firma Hagenbeck—mit dem Führer habe ich übrigens seither
schon manche gute Flasche Rotwein geleert—lag im Ufergebüsch
auf dem Anstand, als ich am Abend inmitten eines Rudels zur Tränke
lief. Man schoß; ich war der einzige, der getroffen wurde; ich bekam
zwei Schüsse.

Einen in die Wange; der war leicht; hinterließ aber eine große
ausrasierte rote Narbe, die mir den widerlichen, ganz und gar
unzutreffenden, förmlich von einem Affen erfundenen Namen
Rotpeter eingetragen hat, so als unterschiede ich mich von dem
unlängst krepierten, hie und da bekannten, dressierten Affentier
Peter nur durch den roten Fleck auf der Wange. Dies nebenbei.

Der zweite Schuß traf mich unterhalb der Hüfte. Er war schwer,
er hat es verschuldet, daß ich noch heute ein wenig hinke. Letzthin
las ich in einem Aufsatz irgendeines der zehntausend Windhunde, die
sich in den Zeitungen über mich auslassen: meine Affennatur sei noch
nicht ganz unterdrückt; Beweis dessen sei, daß ich, wenn Besucher
kommen, mit Vorliebe die Hosen ausziehe, um die Einlaufstelle des
Schusses zu zeigen. Dem Kerl sollte jedes Fingerchen seiner
schreibenden Hand einzeln weggeknallt werden. Ich, ich darf meine
Hosen ausziehen, vor wem es mir beliebt; man wird dort nichts finden
als einen wohlgepflegten Pelz und die Narbe nach einem—wählen wir
hier zu einem bestimmten Zwecke ein bestimmtes Wort, das aber
nicht mißverstanden werden wolle—die Narbe nach einem frevelhaften
Schuß. Alles liegt offen zutage; nichts ist zu verbergen; kommt es auf
Wahrheit an, wirft jeder Großgesinnte die allerfeinsten Manieren ab.
Würde dagegen jener Schreiber die Hosen ausziehen, wenn Besuch
kommt, so hätte dies allerdings ein anderes Ansehen, und ich will es
als Zeichen der Vernunft gelten lassen, daß er es nicht tut. Aber dann
mag er mir auch mit seinem Zartsinn vom Halse bleiben!

Nach jenen Schüssen erwachte ich—und hier beginnt allmählich
meine eigene Erinnerung—in einem Käfig im Zwischendeck des
Hagenbeckschen Dampfers. Es war kein vierwandiger Gitterkäfig;
vielmehr waren nur drei Wände an einer Kiste festgemacht; die Kiste

asked of me, which, with the best will in the world, I am
unable to tell you—nevertheless, it is meant to show the
guidelines by which a former ape has burst into the human
world and established himself there. But I certainly would
not have the right to make even the insignificant statement
that follows, if I were not completely sure of myself and had
not secured a truly unassailable position on all the great
vaudeville stages of the civilized world.

I come from the Gold Coast. For the story of how I was
captured I must rely on the reports of others. A hunting expe-
dition of the Hagenbeck* firm—incidentally, since then I've
drained many a fine bottle of red wine with its leader—was
lying in wait in the brush by the shore when I ran down to the
watering place one evening in the midst of a pack of apes. They
fired; I was the only one hit; I was wounded in two places.

One wound was in the cheek; that was slight, but left
behind a large, red, hairless scar, which won me the repul-
sive, totally unsuitable name of Red Peter, which must have
been invented by an ape!—as if the red spot on my cheek
were the only difference between me and the trained ape
Peter, who had a local reputation here and there and who
kicked the bucket recently. But that's by the by.

The second bullet hit me below the hip. It was a serious
wound and the cause of my limping a little even today. Not
long ago I read in an article by one of ten thousand wind-
bags† who gab about me in the papers, saying my ape nature
is not yet suppressed; the proof being that, when visitors
come, I'm fond of taking off my trousers to show where the
bullet hit me. That guy should have every last finger of the
hand he writes with individually blasted off! I, I have the
right to drop my pants in front of anyone I feel like; all
they'll see there is a well-tended coat of fur and the scar left
over from—here let us choose a specific word for a specific
purpose, but a word I wouldn't want misunderstood—the
scar left over from an infamous shot. Everything is open and
aboveboard; there's nothing to hide; when it comes to the
truth, every high-minded person rejects namby-pamby eti-
quette. On the other hand, if that writer were to take his
trousers off when company came, you can be sure it would
look quite different, and I'm ready to accept it as a token of
his good sense that he refrains from doing so. But then he
shouldn't bedevil me with his delicate sensibilities!

After those shots I woke up—and here my own recollec-
tions gradually begin—in a cage between decks on the
Hagenbeck steamer. It wasn't a four-sided cage with bars all
around; instead, there were only three barred sides attached

*[Carl Hagenbeck of Hamburg was a pioneering zoo director, circus entre-
preneur and supplier of live animals for exhibitions of all kinds.—TRANS.]
†[One of Kafka's animal jokes is irretrievably lost in translation here: the
word he uses for "windbags" also means "greyhounds."—TRANS.]

also bildete die vierte Wand. Das Ganze war zu niedrig zum Aufrechtstehen und zu schmal zum Niedersitzen. Ich hockte deshalb mit eingebogenen, ewig zitternden Knien, und zwar, da ich zunächst wahrscheinlich niemanden sehen und immer nur im Dunkel sein wollte, zur Kiste gewendet, während sich mir hinten die Gitterstäbe ins Fleisch einschnitten. Man hält eine solche Verwahrung wilder Tiere in der allerersten Zeit für vorteilhaft, und ich kann heute nach meiner Erfahrung nicht leugnen, daß dies im menschlichen Sinn tatsächlich der Fall ist.

Daran dachte ich aber damals nicht. Ich war zum erstenmal in meinem Leben ohne Ausweg; zumindest geradeaus ging es nicht; geradeaus vor mir war die Kiste, Brett fest an Brett gefügt. Zwar war zwischen den Brettern eine durchlaufende Lücke, die ich, als ich sie zuerst entdeckte, mit dem glückseligen Heulen des Unverstandes begrüßte, aber diese Lücke reichte bei weitem nicht einmal zum Durchstecken des Schwanzes aus und war mit aller Affenkraft nicht zu verbreitern.

Ich soll, wie man mir später sagte, ungewöhnlich wenig Lärm gemacht haben, woraus man schloß, daß ich entweder bald eingehen müsse oder daß ich, falls es mir gelingt, die erste kritische Zeit zu überleben, sehr dressurfähig sein werde. Ich überlebte diese Zeit. Dumpfes Schluchzen, schmerzhaftes Flöhesuchen, müdes Lecken einer Kokosnuß, Beklopfen der Kistenwand mit dem Schädel, Zungenblecken, wenn mir jemand nahekam—das waren die ersten Beschäftigungen in dem neuen Leben. In alledem aber doch nur das eine Gefühl: kein Ausweg. Ich kann natürlich das damals affenmäßig Gefühlte heute nur mit Menschenworten nachzeichnen und verzeichne es infolgedessen, aber wenn ich auch die alte Affenwahrheit nicht mehr erreichen kann, wenigstens in der Richtung meiner Schilderung liegt sie, daran ist kein Zweifel.

Ich hatte doch so viele Auswege bisher gehabt und nun keinen mehr. Ich war festgerannt. Hätte man mich angenagelt, meine Freizügigkeit wäre dadurch nicht kleiner geworden. Warum das? Kratz dir das Fleisch zwischen den Fußzehen auf, du wirst den Grund nicht finden. Drück dich hinten gegen die Gitterstange, bis sie dich fast zweiteilt, du wirst den Grund nicht finden. Ich hatte keinen Ausweg, mußte mir ihn aber verschaffen, denn ohne ihn konnte ich nicht leben. Immer an dieser Kistenwand—ich wäre unweigerlich verreckt. Aber Affen gehören bei Hagenbeck an die Kistenwand—nun, so hörte ich auf, Affe zu sein. Ein klarer, schöner Gedankengang, den ich irgendwie mit dem Bauch ausgeheckt haben muß, denn Affen denken mit dem Bauch.

to a crate, so that the crate formed the fourth wall. The whole thing was too low for standing erect in, and too narrow for sitting down in. And so I squatted with bent, constantly trembling knees, and, since at first I probably didn't want to see anyone and felt like being in the dark all the time, I faced the crate, while behind me the bars cut into my flesh. This way of keeping wild animals right after their capture is considered advantageous, and, with the experience I have today, I can't deny that, in a human sense, it is really the case.

But at that time I didn't think about it. For the first time in my life I had no way out, or at least not straight ahead of me; right in front of me was the crate, each board tightly joined to the next. True, between the boards there was a gap running right through, and when I first discovered it I greeted it with a joyful howl of ignorance, but this gap wasn't even nearly wide enough for me to push my tail through,* and all my ape's strength couldn't widen it.

They told me later on that I made unusually little noise, from which they concluded that I would either go under, or else, if I managed to live through the first, critical period, I would be extremely trainable. I lived through that period. Muffled sobbing, painful searching for fleas, weary licking of a coconut, banging the side of the crate with my cranium, sticking out my tongue whenever someone approached—those were my first occupations in my new life. But, throughout it all, only that one feeling: no way out. Today, naturally, I can only sketch from hindsight, and in human words, what I then felt as an ape, and therefore I am sketching it incorrectly, but even if I can no longer attain the old apish truth, my description isn't basically off course, and no doubt about it.

And yet, up to then, I had had so many ways out and now no longer one. I had boxed myself in. If I had been nailed down that couldn't have subtracted from my freedom of action. Why so? Scratch the skin between your toes till it bleeds, and you still won't find the reason. Press yourself backwards against the bars until they nearly cut you in two, you won't find the reason. I had no way out, but had to create one for myself, because without it I couldn't live. Always up against the side of that crate—I would definitely have dropped dead. But, for Hagenbeck, apes belong at the side of the crate—so I stopped being an ape. A lucid, elegant train of thought, which I must have somehow hatched out with my belly, because apes think with their belly.

*[There are several indications in the story, and in posthumously published deleted fragments, that Kafka meant Red Peter to be a chimpanzee; he either didn't know or didn't care that chimpanzees have no tail. (The German *Affe* that Kafka mainly uses means either ape or monkey indiscriminately.)—TRANS.]

Ich habe Angst, daß man nicht genau versteht, was ich unter
Ausweg verstehe. Ich gebrauche das Wort in seinem gewöhnlichsten
und vollsten Sinn. Ich sage absichtlich nicht Freiheit. Ich meine
nicht dieses große Gefühl der Freiheit nach allen Seiten. Als Affe
kannte ich es vielleicht und ich habe Menschen kennengelernt, die
sich danach sehnen. Was mich aber anlangt, verlangte ich Freiheit
weder damals noch heute. Nebenbei: mit Freiheit betrügt man sich
unter Menschen allzuoft. Und so wie die Freiheit zu den erhabensten
Gefühlen zählt, so auch die entsprechende Täuschung zu den
erhabensten. Oft habe ich in den Varietés vor meinem Auftreten
irgendein Künstlerpaar oben an der Decke an Trapezen hantieren
sehen. Sie schwangen sich, sie schaukelten, sie sprangen, sie schwebten
einander in die Arme, einer trug den anderen an den Haaren mit
dem Gebiß. ›Auch das ist Menschenfreiheit‹, dachte ich ›selbstherr-
liche Bewegung.‹ Du Verspottung der heiligen Natur! Kein Bau würde
standhalten vor dem Gelächter des Affentums bei diesem Anblick.

Nein, Freiheit wollte ich nicht. Nur einen Ausweg; rechts, links,
wohin immer; ich stellte keine anderen Forderungen; sollte der
Ausweg auch nur eine Täuschung sein; die Forderung war klein, die
Täuschung würde nicht größer sein. Weiterkommen, weiterkommen!
Nur nicht mit aufgehobenen Armen stillestehen, angedrückt an eine
Kistenwand.

Heute sehe ich klar: ohne größte innere Ruhe hätte ich nie
entkommen können. Und tatsächlich verdanke ich vielleicht alles,
was ich geworden bin, der Ruhe, die mich nach den ersten Tagen
dort im Schiff überkam. Die Ruhe wiederum aber verdanke ich wohl
den Leuten vom Schiff.

Es sind gute Menschen, trotz allem. Gerne erinnere ich mich
noch heute an den Klang ihrer schweren Schritte, der damals in
meinem Halbschlaf widerhallte. Sie hatten die Gewohnheit, alles
äußerst langsam in Angriff zu nehmen. Wollte sich einer die Augen
reiben, so hob er die Hand wie ein Hängegewicht. Ihre Scherze
waren grob, aber herzlich. Ihr Lachen war immer mit einem
gefährlich klingenden aber nichts bedeutenden Husten gemischt.
Immer hatten sie im Mund etwas zum Ausspeien und wohin sie
ausspien war ihnen gleichgültig. Immer klagten sie, daß meine Flöhe
auf sie überspringen; aber doch waren sie mir deshalb niemals
ernstlich böse; sie wußten eben, daß in meinem Fell Flöhe gedeihen
und daß Flöhe Springer sind; damit fanden sie sich ab. Wenn sie
dienstfrei waren, setzten sich manchmal einige im Halbkreis um mich
nieder; sprachen kaum, sondern gurrten einander nur zu; rauchten,
auf Kisten ausgestreckt, die Pfeife; schlugen sich aufs Knie, sobald

I'm afraid that it may not be clearly understood what I
mean by "a way out." I am using the phrase in its most
common and most comprehensive sense. I purposely do not
say "freedom." I don't mean the expansive feeling of freedom on all sides. As an ape I might have known it, and I've
met human beings who long for it. As for me, however, I
didn't desire freedom then, and I don't now. Incidentally:
human beings fool themselves all too often on the subject of
freedom. And just as freedom counts among the loftiest
feelings, so does the corresponding delusion count among
the loftiest. Often in vaudeville houses, before my act came
on, I've seen some pair of artists do their trapeze routine
way up near the ceiling. They swung to and fro, they rocked
back and forth, they made leaps, they floated into each other's
arms, one held the other by the hair with his teeth. "That,
too, is human freedom," I would muse, "movement achieved
in sovereign self-confidence." You mockery of holy Nature!
No building would remain unshaken by the laughter of the
ape world at that sight.

No, it wasn't freedom I wanted. Only a way out; to the
right, to the left, in any direction at all; I made no other
demands; even if the way out were a delusion; the demand
was a small one, the delusion wouldn't be any bigger. To
move forward, to move forward! Anything but standing still
with raised arms, flattened against the side of a crate.

Today I see it clearly: without the utmost inner calm I
would never have been able to save myself. And, in reality,
I may owe everything that I've achieved to the calm that
came over me after the first few days there on the ship. But,
in turn, I probably owe that calm to the people on the ship.

They're good sorts, despite everything. Even today I enjoy
recalling the sound of their heavy steps, which at the time
reechoed in my half-slumber. They had the habit of tackling
everything as slowly as possible. If one of them wanted to
rub his eyes, he would lift his hand as if it were a hanging
weight. Their jokes were coarse but hearty. Their laughter
was always mingled with a coughing sound that sounded
dangerous but was insignificant. They always had something
in their mouth they could spit out and they didn't care a bit
where they spat it. They were always complaining that my
fleas were jumping onto them; but they were never seriously
mad at me for it; they were perfectly well aware that fleas
thrive in my fur and that fleas jump; they reconciled themselves to it. When they had no duties, sometimes a few of
them would sit down in a semicircle around me; they rarely
spoke but just mumbled to one another like pigeons cooing;
they would stretch out on crates and smoke their pipes; they
would slap their knees the minute I made the slightest

ich die geringste Bewegung machte; und hie und da nahm einer einen Stecken und kitzelte mich dort, wo es mir angenehm war. Sollte ich heute eingeladen werden, eine Fahrt auf diesem Schiffe mitzumachen, ich würde die Einladung gewiß ablehnen, aber ebenso gewiß ist, daß es nicht nur häßliche Erinnerungen sind, denen ich dort im Zwischendeck nachhängen könnte.

Die Ruhe, die ich mir im Kreise dieser Leute erwarb, hielt mich vor allem von jedem Fluchtversuch ab. Von heute aus gesehen scheint es mir, als hätte ich zumindest geahnt, daß ich einen Ausweg finden müsse, wenn ich leben wolle, daß dieser Ausweg aber nicht durch Flucht zu erreichen sei. Ich weiß nicht mehr, ob Flucht möglich war, aber ich glaube es; einem Affen sollte Flucht immer möglich sein. Mit meinen heutigen Zähnen muß ich schon beim gewöhnlichen Nüsseknacken vorsichtig sein, damals aber hätte es mir wohl im Lauf der Zeit gelingen müssen, das Türschloß durchzubeißen. Ich tat es nicht. Was wäre damit auch gewonnen gewesen? Man hätte mich, kaum war der Kopf hinausgesteckt, wieder eingefangen und in einen noch schlimmeren Käfig gesperrt; oder ich hätte mich unbemerkt zu anderen Tieren, etwa zu den Riesenschlangen mir gegenüber flüchten können und mich in ihren Umarmungen ausgehaucht; oder es wäre mir gar gelungen, mich bis aufs Deck zu stehlen und über Bord zu springen, dann hätte ich ein Weilchen auf dem Weltmeer geschaukelt und wäre ersoffen. Verzweiflungstaten. Ich rechnete nicht so menschlich, aber unter dem Einfluß meiner Umgebung verhielt ich mich so, wie wenn ich gerechnet hätte.

Ich rechnete nicht, wohl aber beobachtete ich in aller Ruhe. Ich sah diese Menschen auf und ab gehen, immer die gleichen Gesichter, die gleichen Bewegungen, oft schien es mir, als wäre es nur einer. Dieser Mensch oder diese Menschen gingen also unbehelligt. Ein hohes Ziel dämmerte mir auf. Niemand versprach mir, daß, wenn ich so wie sie werden würde, das Gitter aufgezogen werde. Solche Versprechungen für scheinbar unmögliche Erfüllungen werden nicht gegeben. Löst man aber die Erfüllungen ein, erscheinen nachträglich auch die Versprechungen genau dort, wo man sie früher vergeblich gesucht hat. Nun war an diesen Menschen an sich nichts, was mich sehr verlockte. Wäre ich ein Anhänger jener erwähnten Freiheit, ich hätte gewiß das Weltmeer dem Ausweg vorgezogen, der sich mir im trüben Blick dieser Menschen zeigte. Jedenfalls aber beobachtete ich sie schon lange vorher, ehe ich an solche Dinge dachte, ja die angehäuften Beobachtungen drängten mich erst in die bestimmte Richtung.

Es war so leicht, die Leute nachzuahmen. Spucken konnte ich schon in den ersten Tagen. Wir spuckten einander dann gegenseitig

movement; and from time to time one of them would take a stick and tickle me where I liked it. If I were to be invited today to take part in a voyage on that ship, I would certainly decline the invitation, but it is equally certain that the memories I could muse over from my days between the decks there are not all unpleasant.

The calm I acquired in the company of those people restrained me especially from any attempt to escape. From the vantage point of today, it seems to me I had at least a vague notion that I had to find a way out if I were to survive, but that the way out was not to be attained by escape. I no longer know for certain whether escape was possible, but I think so; an ape probably always has some means of escape. With my teeth as they are today, I have to be careful even when cracking an ordinary nut, but at the time I would probably certainly have managed to bite through the lock on the door in a matter of time. I didn't. What would I have gained if I had? They would have caught me again the minute I stuck my head out and locked me in a cage that was worse yet; or else I might have escaped unnoticed and run over to other animals, for instance the giant snakes opposite me, and breathed my last in their embraces; or I might even have successfully stolen away onto the top deck and jumped overboard; in that case, I would have rocked on the ocean for a while and then drowned. Deeds of desperation. My calculations weren't that human, but under the influence of my environment I behaved as if I had calculated it all.

I didn't calculate, but I did observe things very calmly. I watched those human beings walk back and forth, always the same faces, the same motions; it often seemed to me as if it was just a single person. Well, that person or those persons were walking around unmolested. A lofty goal hazily entered my mind. Nobody promised me that, if I became like them, the bars would be removed. Promises like that based on apparently impossible terms just aren't made. But if the terms are met, later on the promises turn up exactly where they were formerly sought in vain. Now, there was nothing about these humans in themselves that allured me all that much. If I were a devotee of that above-mentioned freedom, I would certainly have chosen the ocean over the kind of way out that offered itself to me in the dull eyes of those people. At any rate, I had already been observing them long before I thought about such things; in fact, it was the accumulation of observations that first pushed me in the chosen direction.

It was so easy to imitate people. I could already spit within the first few days. Then we would mutually spit in

ins Gesicht; der Unterschied war nur, daß ich mein Gesicht nachher reinleckte, sie ihres nicht. Die Pfeife rauchte ich bald wie ein Alter; drückte ich dann auch noch den Daumen in den Pfeifenkopf, jauchzte das ganze Zwischendeck; nur den Unterschied zwischen der leeren und der gestopften Pfeife verstand ich lange nicht.

Die meiste Mühe machte mir die Schnapsflasche. Der Geruch peinigte mich; ich zwang mich mit allen Kräften; aber es vergingen Wochen, ehe ich mich überwand. Diese inneren Kämpfe nahmen die Leute merkwürdigerweise ernster als irgend etwas sonst an mir. Ich unterscheide die Leute auch in meiner Erinnerung nicht, aber da war einer, der kam immer wieder, allein oder mit Kameraden, bei Tag, bei Nacht, zu den verschiedensten Stunden; stellte sich mit der Flasche vor mich hin und gab mir Unterricht. Er begriff mich nicht, er wollte das Rätsel meines Seins lösen. Er entkorkte langsam die Flasche und blickte mich dann an, um zu prüfen, ob ich verstanden habe; ich gestehe, ich sah ihm immer mit wilder, mit überstürzter Aufmerksamkeit zu; einen solchen Menschenschüler findet kein Menschenlehrer auf dem ganzen Erdenrund; nachdem die Flasche entkorkt war, hob er sie zum Mund; ich mit meinen Blicken ihm nach bis in die Gurgel; er nickte, zufrieden mit mir, und setzt die Flasche an die Lippen; ich, entzückt von allmählicher Erkenntnis, kratze mich quietschend der Länge und Breite nach, wo es sich trifft; er freut sich, setzt die Flasche an und macht einen Schluck; ich, ungeduldig und verzweifelt, ihm nachzueifern, verunreinige mich in meinem Käfig, was wieder ihm große Genugtuung macht; und nun weit die Flasche von sich streckend und im Schwung sie wieder hinaufführend, trinkt er sie, übertrieben lehrhaft zurückgebeugt, mit einem Zuge leer. Ich, ermattet von allzu großem Verlangen, kann nicht mehr folgen und hänge schwach am Gitter, während er den theoretischen Unterricht damit beendet, daß er sich den Bauch streicht und grinst.

Nun erst beginnt die praktische Übung. Bin ich nicht schon allzu erschöpft durch das Theoretische? Wohl, allzu erschöpft. Das gehört zu meinem Schicksal. Trotzdem greife ich, so gut ich kann, nach der hingereichten Flasche; entkorke sie zitternd; mit dem Gelingen stellen sich allmählich neue Kräfte ein; ich hebe die Flasche, vom Original schon kaum zu unterscheiden; setze sie an und—und werfe sie mit Abscheu, mit Abscheu, trotzdem sie leer ist und nur noch der Geruch sie füllt, werfe sie mit Abscheu auf den Boden. Zur Trauer meines Lehrers, zur größeren Trauer meiner selbst; weder ihn noch mich versöhne ich dadurch, daß ich auch nach dem Wegwerfen der Flasche nicht vergesse, ausgezeichnet meinen Bauch zu streichen und dabei zu grinsen.

each other's faces; the only difference being that I licked my
face clean afterwards, and they didn't. I was soon smoking
a pipe like an old hand; if, when doing so, I still stuck my
thumb into the bowl, everyone between the decks whooped
with joy; it was only the difference between the empty and
filled pipe that I didn't understand for a long time.

It was the liquor bottle that gave me most trouble. The
smell was torture to me; I forced myself with all my strength;
but weeks went by before I overcame the resistance. Oddly,
it was these inward struggles that the people took more seriously than anything else about me. Although in my recol-
lections I can't tell the people apart, there was one of them
who came again and again, alone or with comrades, by day
and night, at the most varied hours; he would place himself
in front of me with the bottle and give me instruction. He
couldn't comprehend me, he wanted to solve the riddle of
my being. Slowly he uncorked the bottle and then looked at
me to see if I had understood; I confess, I always watched
him with frantic, exaggerated attention; no human teacher
will ever find such a human pupil anywhere on earth; after
the bottle was uncorked, he lifted it to his mouth; my eyes
followed him all the way into his gullet; he nodded, contented with me, and put the bottle to his lips; I, delighted by
dawning knowledge, then squeal and scratch myself all over
wherever I feel the need; he is happy, presses the bottle
against his mouth and takes a swallow; I, impatient and
desperate to emulate him, soil myself in my cage, and this,
too, gives him great satisfaction; and now, holding the bottle
far away from himself and lifting it toward himself again
briskly, he bends backwards with pedagogical exaggeration
and empties it in one draught. I, worn out by the excess of
my desire, am unable to follow any longer and hang weakly
on the bars while he concludes the theoretical instruction by
rubbing his stomach and grinning.

Only now does the practical exercise begin. Am I not
too exhausted already by the theoretical part? Far too exhausted, most likely. That's how my destiny goes. All the
same, I do the best I can as I reach for the bottle he holds
out to me; trembling, I uncork it; as I succeed, I gradually
acquire new strength; I lift the bottle, by this time imitating
my model so closely that there's hardly any difference; I put
it to my mouth and—and with loathing, with loathing, even
though it's empty and only the smell is left, with loathing I
throw it on the ground. To my teacher's sorrow, to my own
greater sorrow; I fail to make things right with either him or
myself when, even after throwing away the bottle, I don't
forget to do an excellent job of rubbing my stomach and
grinning at the same time.

Allzuoft nur verlief so der Unterricht. Und zur Ehre meines Lehrers: er war mir nicht böse; wohl hielt er mir manchmal die brennende Pfeife ans Fell, bis es irgendwo, wo ich nur schwer hinreichte, zu glimmen anfing, aber dann löschte er es selbst wieder mit seiner riesigen guten Hand; er war mir nicht böse, er sah ein, daß wir auf der gleichen Seite gegen die Affennatur kämpften und daß ich den schwereren Teil hatte.

Was für ein Sieg dann allerdings für ihn wie für mich, als ich eines Abends vor großem Zuschauerkreis—vielleicht war ein Fest, ein Grammophon spielte, ein Offizier erging sich zwischen den Leuten—als ich an diesem Abend, gerade unbeachtet, eine vor meinem Käfig versehentlich stehengelassene Schnapsflasche ergriff, unter steigender Aufmerksamkeit der Gesellschaft sie schulgerecht entkorkte, an den Mund setzte und ohne Zögern, ohne Mundverziehen, als Trinker vom Fach, mit rund gewälzten Augen, schwappender Kehle, wirklich und wahrhaftig leer trank; nicht mehr als Verzweifelter, sondern als Künstler die Flasche hinwarf; zwar vergaß den Bauch zu streichen; dafür aber, weil ich nicht anders konnte, weil es mich drängte, weil mir die Sinne rauschten, kurz und gut »Hallo!« ausrief, in Menschenlaut ausbrach, mit diesem Ruf in die Menschengemeinschaft sprang und ihr Echo:»Hört nur, er spricht!« wie einen Kuß auf meinem ganzen schweißtriefenden Körper fühlte.

Ich wiederhole: es verlockte mich nicht, die Menschen nachzuahmen; ich ahmte nach, weil ich einen Ausweg suchte, aus keinem anderen Grund. Auch war mit jenem Sieg noch wenig getan. Die Stimme versagte mir sofort wieder; stellte sich erst nach Monaten ein; der Widerwille gegen die Schnapsflasche kam sogar noch verstärkter. Aber meine Richtung allerdings war mir ein für allemal gegeben.

Als ich in Hamburg dem ersten Dresseur übergeben wurde, erkannte ich bald die zwei Möglichkeiten, die mir offenstanden: Zoologischer Garten oder Varieté. Ich zögerte nicht. Ich sagte mir: setze alle Kraft an, um ins Varieté zu kommen; das ist der Ausweg; Zoologischer Garten ist nur ein neuer Gitterkäfig; kommst du in ihn, bist du verloren.

Und ich lernte, meine Herren. Ach, man lernt, wenn man muß; man lernt, wenn man einen Ausweg will; man lernt rücksichtslos. Man beaufsichtigt sich selbst mit der Peitsche; man zerfleischt sich beim geringsten Widerstand. Die Affennatur raste, sich überkugelnd, aus mir hinaus und weg, so daß mein erster Lehrer selbst davon fast äffisch wurde, bald den Unterricht aufgeben und in eine Heilanstalt gebracht werden mußte. Glücklicherweise kam er bald wieder hervor.

Things went that way all too often during my course of instruction. And to my teacher's credit: he wasn't angry with me; true, he sometimes held his lit pipe against my fur until it started to get singed in some spot that was very hard to reach, but then he would put it out again himself with his gigantic, kindly hand; he wasn't angry with me, he realized that we were both fighting as allies against ape nature, and the difficulty was more on my side.

What a victory it was, then, for him and for me, when one evening, before a large group of spectators—maybe it was a party, a gramophone was playing, an officer was walking about among the men—when on that evening, while no one was observing me, I grasped a liquor bottle that had been accidentally left in front of my cage, uncorked it according to all the rules as the people paid increasingly greater attention, put it to my mouth and, without hesitating, without twisting my lips, like a drinker from way back, with rolling eyes and gurgling throat, really and truly emptied the bottle; threw it away, no longer like someone in despair, but like an artiste; did actually forget to rub my stomach; but, instead, because I simply had to, because I had the urge to, because my senses were in an uproar—in a word, I called out, "Hello," breaking into human speech, leaping into the human community by means of that outcry, and feeling its echo, "Listen, he's talking," like a kiss all over my sweat-soaked body.

I repeat: I didn't imitate human beings because they appealed to me; I imitated because I was looking for a way out, for no other reason. And that victory still didn't amount to much. My speaking voice failed me again immediately, and it took months for it to come back; my aversion to the liquor bottle returned and was even stronger than before. But, all the same, my course was set once and for all.

When I was handed over to the first trainer in Hamburg, I immediately recognized the two possibilities that were open to me: zoo or vaudeville. I didn't hesitate. I told myself: make every effort to get into vaudeville; that's the way out; the zoo is just another cage; once you land there, you're lost.

And I learned, gentlemen. Oh, you learn when you have to; you learn when you want a way out; you learn regardless of all else. You observe yourself, whip in hand; you lacerate yourself at the least sign of resistance. My ape nature, turning somersaults, raged out of me and away, so that my first teacher nearly became apelike himself, and soon had to give up the instruction and go to a sanatorium. Fortunately he came out again before long.

Aber ich verbrauchte viele Lehrer, ja sogar einige Lehrer gleichzeitig. Als ich meiner Fähigkeiten schon sicherer geworden war, die Öffentlichkeit meinen Fortschritten folgte, meine Zukunft zu leuchten begann, nahm ich selbst Lehrer auf, ließ sie in fünf aufeinanderfolgenden Zimmern niedersetzen und lernte bei allen zugleich, indem ich ununterbrochen aus einem Zimmer ins andere sprang.

Diese Fortschritte! Dieses Eindringen der Wissensstrahlen von allen Seiten ins erwachende Hirn! Ich leugne nicht: es beglückte mich. Ich gestehe aber auch ein: ich überschätzte es nicht, schon damals nicht, wieviel weniger heute. Durch eine Anstrengung, die sich bisher auf der Erde nicht wiederholt hat, habe ich die Durchschnittsbildung eines Europäers erreicht. Das wäre an sich vielleicht gar nichts, ist aber insofern doch etwas, als es mir aus dem Käfig half und mir diesen besonderen Ausweg, diesen Menschenausweg verschaffte. Es gibt eine ausgezeichnete deutsche Redensart: sich in die Büsche schlagen; das habe ich getan, ich habe mich in die Büsche geschlagen. Ich hatte keinen anderen Weg, immer vorausgesetzt, daß nicht die Freiheit zu wählen war.

Überblicke ich meine Entwicklung und ihr bisheriges Ziel, so klage ich weder, noch bin ich zufrieden. Die Hände in den Hosentaschen, die Weinflasche auf dem Tisch, liege ich halb, halb sitze ich im Schaukelstuhl und schaue aus dem Fenster. Kommt Besuch, empfange ich ihn, wie es sich gebührt. Mein Impresario sitzt im Vorzimmer; läute ich, kommt er und hört, was ich zu sagen habe. Am Abend ist fast immer Vorstellung, und ich habe wohl kaum mehr zu steigernde Erfolge. Komme ich spät nachts von Banketten, aus wissenschaftlichen Gesellschaften, aus gemütlichem Beisammensein nach Hause, erwartet mich eine kleine halbdressierte Schimpansin und ich lasse es mir nach Affenart bei ihr wohlgehen. Bei Tag will ich sie nicht sehen; sie hat nämlich den Irrsinn des verwirrten dressierten Tieres im Blick; das erkenne nur ich, und ich kann es nicht ertragen.

Im ganzen habe ich jedenfalls erreicht, was ich erreichen wollte. Man sage nicht, es wäre der Mühe nicht wert gewesen. Im übrigen will ich keines Menschen Urteil, ich will nur Kenntnisse verbreiten, ich berichte nur, auch Ihnen, hohe Herren von der Akademie, habe ich nur berichtet.

But I used up many teachers, sometimes a few teachers simultaneously. When I had become more sure of my abilities, when the public was following my progress and my future began to look bright, I took on teachers on my own, sat them down in five successive rooms and took lessons from all of them at once, uninterruptedly leaping from one room to another.

That progress! That penetration of rays of knowledge from all sides into my awakening brain! I won't deny it: it made me happy. But I also admit: I didn't overestimate it, not even then, let alone today. Through an effort that hasn't found its match on earth to the present day, I have attained the educational level of an average European. Perhaps that wouldn't be anything by itself, but it is really something when you consider that it helped me out of my cage and gave me this particular way out, this human way out. There's an excellent German expression: *sich in die Büsche schlagen,** to steal away secretly. That's what I did, I stole away secretly, I had no other way, always presupposing that I couldn't choose freedom.

When I survey my development and the goal it has had up to now, I am neither unhappy nor contented. My hands in my trousers pockets, the wine bottle on the table, I half recline, half sit, in my rocking chair and look out the window. When a visitor comes, I receive him in a proper manner. My impresario sits in the anteroom; when I ring, he comes and listens to what I have to say. There's a performance almost every evening, and my success probably can't get much greater. When I come home late at night from banquets, learned societies or friendly gatherings, a little half-trained female chimpanzee is waiting for me and I have a good time with her, ape fashion; in the daytime I don't want to see her, because her eyes have the deranged look which bewildered trained animals have; I'm the only one who recognizes it, and I can't stand it.

All in all, however, I have achieved what I wanted to achieve. Let nobody say that it wasn't worth the trouble. Anyway, I don't want any human being's opinion, I merely wish to disseminate information; I am merely making a report; even to you, gentlemen of the Academy, I have merely made a report.

*[Literally, "to beat one's way into the bushes."—TRANS.]

A CATALOG OF SELECTED
DOVER BOOKS
IN ALL FIELDS OF INTEREST

A CATALOG OF SELECTED DOVER
BOOKS IN ALL FIELDS OF INTEREST

CONCERNING THE SPIRITUAL IN ART, Wassily Kandinsky. Pioneering work by father of abstract art. Thoughts on color theory, nature of art. Analysis of earlier masters. 12 illustrations. 80pp. of text. 5⅜ x 8½. 23411-8 Pa. $4.95

ANIMALS: 1,419 Copyright-Free Illustrations of Mammals, Birds, Fish, Insects, etc., Jim Harter (ed.). Clear wood engravings present, in extremely lifelike poses, over 1,000 species of animals. One of the most extensive pictorial sourcebooks of its kind. Captions. Index. 284pp. 9 x 12. 23766-4 Pa. $14.95

CELTIC ART: The Methods of Construction, George Bain. Simple geometric techniques for making Celtic interlacements, spirals, Kells-type initials, animals, humans, etc. Over 500 illustrations. 160pp. 9 x 12. (USO) 22923-8 Pa. $9.95

AN ATLAS OF ANATOMY FOR ARTISTS, Fritz Schider. Most thorough reference work on art anatomy in the world. Hundreds of illustrations, including selections from works by Vesalius, Leonardo, Goya, Ingres, Michelangelo, others. 593 illustrations. 192pp. 7⅛ x 10¼. 20241-0 Pa. $9.95

CELTIC HAND STROKE-BY-STROKE (Irish Half-Uncial from "The Book of Kells"): An Arthur Baker Calligraphy Manual, Arthur Baker. Complete guide to creating each letter of the alphabet in distinctive Celtic manner. Covers hand position, strokes, pens, inks, paper, more. Illustrated. 48pp. 8¼ x 11. 24336-2 Pa. $3.95

EASY ORIGAMI, John Montroll. Charming collection of 32 projects (hat, cup, pelican, piano, swan, many more) specially designed for the novice origami hobbyist. Clearly illustrated easy-to-follow instructions insure that even beginning papercrafters will achieve successful results. 48pp. 8¼ x 11. 27298-2 Pa. $3.50

THE COMPLETE BOOK OF BIRDHOUSE CONSTRUCTION FOR WOODWORKERS, Scott D. Campbell. Detailed instructions, illustrations, tables. Also data on bird habitat and instinct patterns. Bibliography. 3 tables. 63 illustrations in 15 figures. 48pp. 5¼ x 8½. 24407-5 Pa. $2.50

BLOOMINGDALE'S ILLUSTRATED 1886 CATALOG: Fashions, Dry Goods and Housewares, Bloomingdale Brothers. Famed merchants' extremely rare catalog depicting about 1,700 products: clothing, housewares, firearms, dry goods, jewelry, more. Invaluable for dating, identifying vintage items. Also, copyright-free graphics for artists, designers. Co-published with Henry Ford Museum & Greenfield Village. 160pp. 8¼ x 11. 25780-0 Pa. $10.95

HISTORIC COSTUME IN PICTURES, Braun & Schneider. Over 1,450 costumed figures in clearly detailed engravings–from dawn of civilization to end of 19th century. Captions. Many folk costumes. 256pp. 8⅜ x 11¾. 23150-X Pa. $12.95

MY BONDAGE AND MY FREEDOM, Frederick Douglass. Born a slave, Douglass became outspoken force in antislavery movement. The best of Douglass' autobiographies. Graphic description of slave life. 464pp. 5⅜ x 8½. 22457-0 Pa. $8.95

FOLLOWING THE EQUATOR: A Journey Around the World, Mark Twain. Fascinating humorous account of 1897 voyage to Hawaii, Australia, India, New Zealand, etc. Ironic, bemused reports on peoples, customs, climate, flora and fauna, politics, much more. 197 illustrations. 720pp. 5⅜ x 8½. 26113-1 Pa. $15.95

THE PEOPLE CALLED SHAKERS, Edward D. Andrews. Definitive study of Shakers: origins, beliefs, practices, dances, social organization, furniture and crafts, etc. 33 illustrations. 351pp. 5⅜ x 8½. 21081-2 Pa. $8.95

THE MYTHS OF GREECE AND ROME, H. A. Guerber. A classic of mythology, generously illustrated, long prized for its simple, graphic, accurate retelling of the principal myths of Greece and Rome, and for its commentary on their origins and significance. With 64 illustrations by Michelangelo, Raphael, Titian, Rubens, Canova, Bernini and others. 480pp. 5⅜ x 8½. 27584-1 Pa. $9.95

PSYCHOLOGY OF MUSIC, Carl E. Seashore. Classic work discusses music as a medium from psychological viewpoint. Clear treatment of physical acoustics, auditory apparatus, sound perception, development of musical skills, nature of musical feeling, host of other topics. 88 figures. 408pp. 5⅜ x 8½. 21851-1 Pa. $10.95

THE PHILOSOPHY OF HISTORY, Georg W. Hegel. Great classic of Western thought develops concept that history is not chance but rational process, the evolution of freedom. 457pp. 5⅜ x 8½. 20112-0 Pa. $9.95

THE BOOK OF TEA, Kakuzo Okakura. Minor classic of the Orient: entertaining, charming explanation, interpretation of traditional Japanese culture in terms of tea ceremony. 94pp. 5⅜ x 8½. 20070-1 Pa. $3.95

LIFE IN ANCIENT EGYPT, Adolf Erman. Fullest, most thorough, detailed older account with much not in more recent books, domestic life, religion, magic, medicine, commerce, much more. Many illustrations reproduce tomb paintings, carvings, hieroglyphs, etc. 597pp. 5⅜ x 8½. 22632-8 Pa. $12.95

SUNDIALS, Their Theory and Construction, Albert Waugh. Far and away the best, most thorough coverage of ideas, mathematics concerned, types, construction, adjusting anywhere. Simple, nontechnical treatment allows even children to build several of these dials. Over 100 illustrations. 230pp. 5⅜ x 8½. 22947-5 Pa. $8.95

DYNAMICS OF FLUIDS IN POROUS MEDIA, Jacob Bear. For advanced students of ground water hydrology, soil mechanics and physics, drainage and irrigation engineering, and more. 335 illustrations. Exercises, with answers. 784pp. 6⅛ x 9¼. 65675-6 Pa. $19.95

SONGS OF EXPERIENCE: Facsimile Reproduction with 26 Plates in Full Color, William Blake. 26 full-color plates from a rare 1826 edition. Includes "TheTyger," "London," "Holy Thursday," and other poems. Printed text of poems. 48pp. 5¼ x 7. 24636-1 Pa. $4.95

OLD-TIME VIGNETTES IN FULL COLOR, Carol Belanger Grafton (ed.). Over 390 charming, often sentimental illustrations, selected from archives of Victorian graphics—pretty women posing, children playing, food, flowers, kittens and puppies, smiling cherubs, birds and butterflies, much more. All copyright-free. 48pp. 9¼ x 12¼. 27269-9 Pa. $7.95

AUTOBIOGRAPHY: The Story of My Experiments with Truth, Mohandas K. Gandhi. Boyhood, legal studies, purification, the growth of the Satyagraha (nonviolent protest) movement. Critical, inspiring work of the man responsible for the freedom of India. 480pp. 5⅜ x 8½. (USO)   24593-4 Pa. $8.95

CELTIC MYTHS AND LEGENDS, T. W. Rolleston. Masterful retelling of Irish and Welsh stories and tales. Cuchulain, King Arthur, Deirdre, the Grail, many more. First paperback edition. 58 full-page illustrations. 512pp. 5⅜ x 8½.   26507-2 Pa. $9.95

THE PRINCIPLES OF PSYCHOLOGY, William James. Famous long course complete, unabridged. Stream of thought, time perception, memory, experimental methods; great work decades ahead of its time. 94 figures. 1,391pp. 5⅜ x 8½. 2-vol. set.
Vol. I: 20381-6 Pa. $13.95
Vol. II: 20382-4 Pa. $14.95

THE WORLD AS WILL AND REPRESENTATION, Arthur Schopenhauer. Definitive English translation of Schopenhauer's life work, correcting more than 1,000 errors, omissions in earlier translations. Translated by E. F. J. Payne. Total of 1,269pp. 5⅜ x 8½. 2-vol. set.
Vol. 1: 21761-2 Pa. $12.95
Vol. 2: 21762-0 Pa. $12.95

MAGIC AND MYSTERY IN TIBET, Madame Alexandra David-Neel. Experiences among lamas, magicians, sages, sorcerers, Bonpa wizards. A true psychic discovery. 32 illustrations. 321pp. 5⅜ x 8½. (USO)   22682-4 Pa. $9.95

THE EGYPTIAN BOOK OF THE DEAD, E. A. Wallis Budge. Complete reproduction of Ani's papyrus, finest ever found. Full hieroglyphic text, interlinear transliteration, word-for-word translation, smooth translation. 533pp. 6½ x 9¼.
21866-X Pa. $11.95

MATHEMATICS FOR THE NONMATHEMATICIAN, Morris Kline. Detailed, college-level treatment of mathematics in cultural and historical context, with numerous exercises. Recommended Reading Lists. Tables. Numerous figures. 641pp. 5⅜ x 8½.
24823-2 Pa. $11.95

THEORY OF WING SECTIONS: Including a Summary of Airfoil Data, Ira H. Abbott and A. E. von Doenhoff. Concise compilation of subsonic aerodynamic characteristics of NACA wing sections, plus description of theory. 350pp. of tables. 693pp. 5⅜ x 8½.   60586-8 Pa. $14.95

THE RIME OF THE ANCIENT MARINER, Gustave Doré, S. T. Coleridge. Doré's finest work; 34 plates capture moods, subtleties of poem. Flawless full-size reproductions printed on facing pages with authoritative text of poem. "Beautiful. Simply beautiful."–Publisher's Weekly. 77pp. 9¼ x 12.   22305-1 Pa. $7.95

NORTH AMERICAN INDIAN DESIGNS FOR ARTISTS AND CRAFTSPEOPLE, Eva Wilson. Over 360 authentic copyright-free designs adapted from Navajo blankets, Hopi pottery, Sioux buffalo hides, more. Geometrics, symbolic figures, plant and animal motifs, etc. 128pp. 8⅜ x 11. (EUK)   25341-4 Pa. $8.95

SCULPTURE: Principles and Practice, Louis Slobodkin. Step-by-step approach to clay, plaster, metals, stone; classical and modern. 253 drawings, photos. 255pp. 8⅛ x 11.
22960-2 Pa. $11.95

THE INFLUENCE OF SEA POWER UPON HISTORY, 1660–1783, A. T. Mahan. Influential classic of naval history and tactics still used as text in war colleges. First paperback edition. 4 maps. 24 battle plans. 640pp. 5⅜ x 8½.   25509-3 Pa. $14.95

THE STORY OF THE TITANIC AS TOLD BY ITS SURVIVORS, Jack Winocour (ed.). What it was really like. Panic, despair, shocking inefficiency, and a little hero-ism. More thrilling than any fictional account. 26 illustrations. 320pp. 5⅜ x 8½.
20610-6 Pa. $8.95

FAIRY AND FOLK TALES OF THE IRISH PEASANTRY, William Butler Yeats (ed.). Treasury of 64 tales from the twilight world of Celtic myth and legend: "The Soul Cages," "The Kildare Pooka," "King O'Toole and his Goose," many more. Introduction and Notes by W. B. Yeats. 352pp. 5⅜ x 8½.   26941-8 Pa. $8.95

BUDDHIST MAHAYANA TEXTS, E. B. Cowell and Others (eds.). Superb, accu-rate translations of basic documents in Mahayana Buddhism, highly important in his-tory of religions. The Buddha-karita of Asvaghosha, Larger Sukhavativyuha, more. 448pp. 5⅜ x 8½.   25552-2 Pa. $12.95

ONE TWO THREE . . . INFINITY: Facts and Speculations of Science, George Gamow. Great physicist's fascinating, readable overview of contemporary science: number theory, relativity, fourth dimension, entropy, genes, atomic structure, much more. 128 illustrations. Index. 352pp. 5⅜ x 8½.   25664-2 Pa. $8.95

ENGINEERING IN HISTORY, Richard Shelton Kirby, et al. Broad, nontechnical survey of history's major technological advances: birth of Greek science, industrial revolution, electricity and applied science, 20th-century automation, much more. 181 illustrations. ". . . excellent . . ."–Isis. Bibliography. vii + 530pp. 5⅜ x 8¼.
26412-2 Pa. $14.95

DALÍ ON MODERN ART: The Cuckolds of Antiquated Modern Art, Salvador Dalí. Influential painter skewers modern art and its practitioners. Outrageous evalu-ations of Picasso, Cézanne, Turner, more. 15 renderings of paintings discussed. 44 calligraphic decorations by Dalí. 96pp. 5⅜ x 8½. (USO)   29220-7 Pa. $4.95

ANTIQUE PLAYING CARDS: A Pictorial History, Henry René D'Allemagne. Over 900 elaborate, decorative images from rare playing cards (14th–20th centuries): Bacchus, death, dancing dogs, hunting scenes, royal coats of arms, players cheating, much more. 96pp. 9¼ x 12¼.   29265-7 Pa. $12.95

MAKING FURNITURE MASTERPIECES: 30 Projects with Measured Drawings, Franklin H. Gottshall. Step-by-step instructions, illustrations for constructing hand-some, useful pieces, among them a Sheraton desk, Chippendale chair, Spanish desk, Queen Anne table and a William and Mary dressing mirror. 224pp. 8⅛ x 11¼.
29338-6 Pa. $13.95

THE FOSSIL BOOK: A Record of Prehistoric Life, Patricia V. Rich et al. Profusely illustrated definitive guide covers everything from single-celled organisms and dinosaurs to birds and mammals and the interplay between climate and man. Over 1,500 illustrations. 760pp. 7½ x 10⅛.   29371-8 Pa. $29.95

Prices subject to change without notice.

Available at your book dealer or write for free catalog to Dept. GI, Dover Publications, Inc., 31 East 2nd St., Mineola, N.Y. 11501. Dover publishes more than 500 books each year on science, elementary and advanced mathematics, biology, music, art, literary history, social sciences and other areas.